傭兵団の料理番
10
Youheidan no Ryouriban
川井 昂
Ko Kawai
illustration 四季童子
シュリもジャガイ
手に取り、作業を
始めます。
「さてやりましょうか」

『なんなんだこのスープ!?』
ガーンさんは豚肉の塊《かたまり》に齧《かじ》りつきます。

テビス姫は美味《おい》しそうに
レモンのコンフィを食べました。
『うむ、よくできている』

「部屋に帰って休みましょうね！　リルさんは疲れてるんですよー」
「何をする、シュリっ」

『立派な母親になったんだな』
ミューリシャーリの胸に抱かれた子を覗《のぞ》き込む。

『かー、なかなか強い酒じゃぁ』
ブツブツと何かを呟《つぶや》きながら酒を楽しむトウリヌスさん。
『どうしましたウーティンさん？』
『……熱い』

言葉を交わしながら
酒を飲むフルブニルさん。
『強い酒だねこれ……
ボクには
キツいよ……』
『確かに強いねこれ……っ』
ミトスさんが少し飲んで顔をしかめていました。

傭兵団の料理番

INTRODUCTION

波乱の会議

「先にシュリに目を付けたのは妾《わらわ》じゃ」

ニュービストのテビス姫、アズマ連邦のトゥリヌ、

オリトルのミトス、アルトゥーリアのフルブニル——。

波乱の会議は、戦乱の世を大きく動かすものだった。

「すべてシュリのためだ!」

「結婚するならシュリ……」

「シュリを引き取る!」

料理の知識だけではない。

彼の人としての魅力は、身分や性別に関係なく多くの人を引き付ける。

そして、ついには四か国の王族がシュリ争奪戦を繰り広げるまでに。

ところが、ある人物の一言から会議の様相は一変する。

「お主がこの地の領主となれ」

ただの料理人の奪い合いではない。

一人の人物の覚悟と才覚を知らしめる場ともなったのだ。

「稀代《きたい》の政治家で王族、天才で天災……」

その企みの意味するものは何か?

本シリーズ最大の密室劇を見逃すな!

10

Youheidan no
Ryouriban

傭兵団の料理番

10

川井 昂

ヒーロー文庫

傭兵団の料理番 10

Youheidan no
Ryouriban

illustration : 四季童子

CONTENTS

プロローグ　皆が寝静まった夜に二人で ～シュリ～　005

六十四話　久しぶりの休日に弟子入り志願とカムジャタン ～シュリ～　012

六十五話　久しぶりの休日に弟子入り志願とカムジャタン ～ガーン～　078

六十六話　全員集合とレモンのコンフィ ～シュリ～　133

六十七話　全員集合とレモンのコンフィ ～ガングレイブ～　198

六十八話　挨拶回りとリモンチェッロ ～シュリ～　250

六十九話　四か国会合とリモンチェッロ・続 ～シュリ～　288

閑　話　会議の裏話 ～テビス～　344

七十話　相談と決意と冷や汁 ～シュリ～　359

閑　話　剣術稽古 ～クウガ～　397

イラスト／四季童子
装丁・本文デザイン／5GAS DESIGN STUDIO
校正／福島典子（東京出版サービスセンター）
DTP／伊大知桂子（主婦の友社）

プロローグ　皆が寝静まった夜に二人で ～シュリ～

「ちょっといいか。これからの話をしたいんだが」

「他のみんなは酔い潰れて寝てるんですけど、僕と二人でいいんですか……？」

「……仕方ないだろ。寝てるんだから」

「そっすか」

もつ鍋でみんなと酒盛りをした深夜。僕が床で寝ている面々に毛布をかけていると、ガングレイブさんが話しかけてきました。

窓の外はすっかり夜の帳《とばり》が下り、三日月が空に浮かんでいます。

あらかた食器類を片付け終わった僕は、部屋の魔工ランプの明かりをいじって光量を落としながら言いました。

「これから……といいますと、今後傭兵団《ようへいだん》活動をどうするか、ですよね」

僕たちは、この国でも騒ぎを起こした。結果として領主はその座を追われ、妃は捕らえられた。今頃、あの地下牢《ちかろう》で呪詛《じゅそ》の言葉を吐いているだろうね。

ガングレイブさんは腕を組み、凛《りん》とした表情で言いました。

「言っとくが、俺は自分の国を手に入れることを諦めていない」

「でしょうね」

スッパリと言い切るガングレイブさんに、僕は笑みを浮かべました。そりゃそうだ。そう簡単に諦めませんからね、この人は。

「ガングレイブさんはそこまで諦めのいい人じゃないですもん」

「よく俺のことがわかっていて、よろしい」

「それはどうも」

僕は、床で寝ているみんなを避けながら床に座りました。

「だって、聞き分けがよくて諦めがいいなら、アルトゥーリアの戦の時にアーリウスさんを見捨てるでしょう。そして、ここにいることもなかったでしょう。ですよね！」

「まあな」

諦めのいい人なら、権力に逆らってここまで流れ着くことはなかったでしょう。

あるいは、グルゴとバイキルの戦の時に、最悪の結果になっていたかもしれません。

それを考えれば、やはりガングレイブさんは完全に諦めるなんてことは、しないんじゃないかなーって。

「とは言っても、ガングレイブさんでもあっさり諦めることはあるでしょう？」

「ほう？　言ったな、俺が簡単に諦めることがあるなんて」

「アーリウスさんとの間に子供ができたとき、アーリウスさんばっかりが子供を構って、ガングレイブさんが子供と遊ぶときがないとか」

「そりゃ諦めるなー。どうしようもない、指をくわえて見てるしかないな。母親は強い」

たはー、とガングレイブさんは苦笑いしながら天井を仰ぎました。

「まあ、それはそのとき考えよう」

「そのときに拗《す》ねないでくださいよ？」

「どうだろうな、子供は可愛いからな。俺も愛してやりたい」

「それはそれで、ガングレイブさんに家族愛があることが確認できて安心です……で？これから何をするつもりなんですか？」

僕がそれを聞くと、ガングレイブさんは窓の外の三日月を見ました。ここからちょうど三日月がよく見えて、どこか幻想的です。

「エクレスとギングスに頼み、改めてどこかに土地をもらいたい」

「土地を？」

「そうだ」

ガングレイブさんは腕を組みました。

「もともとそういう話だったしな」

「ふむ……」

それを聞いて、僕は腕を組んで考えました。

確かに今の状況、まあエクレスさんたちに権限があるなら、それも可能だと思いたいです。

どこかの土地で、残った傭兵団《ようへいだん》の仲間のみんなと畑を耕して村を作り、安住の地とする。僕もそんな未来が来てほしい。

とすれば、それに繋《つな》げるために僕は何をすればいいのか。

「僕にできることはありますか?」

「いや、ここからは俺の仕事だ。お前は休んでろ」

「休む」

いきなり休めと言われても困るなぁ。僕は悩みました。

その僕の表情を見たガングレイブさんは、噴き出しながら言います。

「確かに、お前は休めと言っても素直に休まない奴だからな」

「まぁ、それはその……」

確かに、僕は休めと言われても素直に休んだ記憶がないな……。

料理を試作してみたり、外を歩いてみたり。

そのたびに何か事件に巻き込まれてきました。

別にそれを悔やんだことはありませんが……確かに、ここらで腰を落ち着けて、一日でも何もしない日があってもいいかもしれません。

僕は素直に頷《うなず》きました。

「わかりました。今回ばかりは、素直に休ませてもらいます」

「そうしろそうしろ」

ずい、とガングレイブさんは僕の方へ寄り、顔を近づけてきました。

「本当に休むんだよな？」

「今回ばかりは素直に休ませていただきます」

おとなしく頭を下げて返答しておきます。

信用がねぇな……今までの所業を思い返してみれば当然なのかもしれませんけど。

「正直、ここに来るまで僕自身も働きすぎました……ようやく実感できるほどに」

事実、僕の体は気合いで誤魔化せるほどではなくなっています。手が震えるし、体に上手く力が入りません。ここまでロクに休息も取らず活動し、仕事をし続けた疲れが、一気にあふれ出ている感じですね。

試しに手のひらを開いて閉じて……と動かしてみても、どこか力が入らなくて違和感が凄《すご》い。

まるで、自分が頭の中で考えた体の動きと体の連動とが、一拍ほどズレてるような。

そんな僕の様子を見たガングレイブさんは、落ち着いた顔をして言いました。

「だろ? お前も、俺も、ちょっと走りすぎたんだ」

「走り、すぎた」

「そうだ……俺たちは夢に向かって、走ってきた。走り続けた。走りすぎたんだ。

人の営みや人生は、走りっぱなしじゃ成り立たない。どこかで立ち止まったり、歩いたりしてもいいんだ。俺はようやく、今になってそう思えるようになった」

しみじみと語るガングレイブさんのその双肩は、今まで大きなものを背負っていました。夢、命、信頼、愛……たくさんのものを背負っていたのです。

そんなガングレイブさんが、それを下ろして少し休もうとしている。

……なら、僕も休んでいいのでしょう。一緒に、座り込んでもいいはずだ。

「なら、僕は美味《おい》しい食事でも作って労《ねぎら》いましょうか」

「お前も一緒に休むんだ。……ともかく、当分の間は休息に当てよう」

ガングレイブさんは大欠伸《おおあくび》を一つすると、眠そうな声で言いました。

「はい。なら、そうしましょうか」

「期限は特に定めない」

そう続けて、ガングレイブさんは椅子にもたれかかって腕を組み、目を閉じました。

「だから……お前も存分に体を……休めろ……」

「はい」

僕が返事をすると、ほどなくしてガングレイブさんから寝息が聞こえてきました。

相当疲れてたんでしょうね。普段は見たことがない穏やかな顔つきをしています。

それを見て、僕も寝ようと思って窓の近くに椅子を持ってきて座り、外を見る。

どんな世界でも、月というものはあるんだなぁ。

綺麗《きれい》な三日月をもう一度見て、僕はゆっくりと目を閉じていく。

「さて……僕もそろそろ休みましょう」

ガングレイブさんの言うことは、ほぼ正しい。

僕たちはここまで、走って、走って、走り続けた。

走りすぎた。

脇目も振らず、振り返ることもせず、取りこぼしたものも多かったかもしれない。

……僕は、それでも振り返って、置いてきたものたちを忘れずにいたいと思っているのですがね。

「まあ……明日から……頑張れば……」

うつらうつらしながら呟《つぶや》き、僕の意識は途切れる。

この日、僕はこの世界に来て初めて、深い深い眠りに落ちたのです。

六十四話　久しぶりの休日に弟子入り志願とカムジャタン　～シュリ～

「今日も良い天気だ」

おはようございます、シュリです。

「本当に良い天気だ」

今日はお休みを取ったので、市場に来ています。

「良い市場巡り日和《びより》だ」

一人で来るつもりだったんです。

「じゃあシュリくん！」

両隣に予想外の人物が立っているのが、頭痛の種なんです。

「さっそく案内するよ！」

「迷子にならないように」

なんでリルさんとエクレスさんが一緒にいるのさ？

僕は遠い目をしながら、そう考えていました。

どうも、シュリです。

あの酒盛りの後。僕はガングレイブさんの言う通り、ゆっくりと休むことにしました。

ガングレイブさんに指摘されるまでもなく、本当に体が休息を求めていました。

なんと、次の日は昼まで寝ていたほどでしたからね。そして床に寝っ転がってたはずの他の人たちの姿は、すでにありませんでした。みんなよりも遅く起きた僕は、本当に疲れていたのでしょう。

そんな僕ですが、三日も休めば徐々に目が覚める時間も早くなり、普段通りの早起きができるほどになりました。

さらに数日後。僕は休日を有意義に過ごすために、市場へと向かうことにしました。

市場で食品以外にも、何か良い調理道具なんかも見てみたいなと思いましてね。

「よし、行くか」

準備を終えた僕は部屋で伸びをして体をほぐし、宿屋を出ました。

休息は十分に取った。目指すは市場。新しい刺激を得るために！

そんな感じで少しだけお金を持って市場へ向かっていると、何やら背後が騒がしい。

「なんでリルがここにいるのさ！　ボクは誰にも気づかれないようにしてたのに！」

「甘い！　エクレスの考えなど読める！　具体的にはエクレスがシュリに一定の範囲内に近づいた時に、リルの元に知らせが来るような魔工道具を作って監視してる感じに！」

「嘘《うそ》でしょっ⁉」

「嘘だよーん」

「この女！」

……振り向きたくないなぁ。聞き覚えのある二人の声に、僕は悟りを開いた境地で空を見上げました。早朝なので明るくなっていく途中の、独特の空の色が目に映る。

空はこんなに綺麗《きれい》なのに、後ろではどす黒い女の争いが……。神様、どうして？

ああ、でも現実逃避してられないな。これ以上朝早くから争わせてたら、近所迷惑だ。

観念して振り返ってみれば、いがみ合いながらこっちに向かって走ってくる人物が二人。それはリルさんとエクレスさんでした。予想してたけど、外れてほしかった。

「おはようございます。随分と早起きですがなんで？」

「それはキミもだろ？　シュリくん」

僕の前に立ったエクレスさんが、楽しそうに言いました。

「君は今日もお休みをもらってるはずだろ？　自分の部屋で二度寝するなり自由だったはずだけど？」

「なんでそれを知ってるんですか……？」

「君たちの会話を盗み聞きしてたから。ボクは寝たふりをしてたんだよー。

運良く君が休みだと聞いたからね。せっかくだから今日は一緒に市場を回らないかと誘おうと思ってたんだけど、君の宿に行ってみたら、誘う前に君は出かけちゃってたし。だから慌てて追いかけてきたんだよ」

「そしてリルは、そんなエクレスの行動を察知して、追って来た」

眠そうにリルさんは欠伸《あくび》をしますが、どうやって察知したのかわからない。

「この女は油断ならない。そうやって男心をくすぐることを言いながら、男との距離を縮めようと画策している。リルはそれを止めねばならない」

「なぜだい」

リルさんが憮然《ぶぜん》として言ったことに、エクレスさんは笑顔で聞きました。

笑顔だけど、目が全く笑っていません。怖っ。

「別にいいじゃないか。ボクとシュリくんは友人同士だ。気兼ねすることはない」

「え」

「友人だよね……？」

「はい」

上目遣いで聞いてくるなんて、断れるわけないじゃないか。ご丁寧に目まで潤ませるとは、女の武器を最大限使ってくるな、エクレスさんは。

まあ、友人であるのは否定しません。友人でいい、と思うんですけどね。

「シュリは優しいから、あざとく言われたら頷《うなず》いてしまう」

「友人ではないのかな？」

「さあて、どうだろ」

リルさんはそっぽを向いて言いました。なんだろう、エクレスさんに何かと突っかかるな、リルさんは。どうしたんだろうか、何か気に食わないことでもあるんでしょうか。

「リルさんはやたらとエクレスさんに突っかかりますけど、どうしたんですか？」

「え!? 気づかないの、シュリ！」

いきなり、リルさんは驚いた様子で僕に聞いてきました。

それはまるで、僕が今の今まで何かに気づかなかったことに本当に驚いているように見えます。僕が何を見落としたのかわかりませんが、リルさんにしてみれば見落とすはずのないほど、ハッキリとしたもののようです。

はて、何を見落としたんだ僕は？ リルさんの言葉を改めて整理して、考えてみる。

……ダメだ、わからん。

「何に気づかなかったのでしょうか、僕は？」

「シュリくんは何も見落としてないよ！ 安心してよ」

エクレスさんは朗らかな笑みを浮かべていますが、どことなく闇を感じる。このまま気づくなと言わんばかりの雰囲気は、さすがにわかりました。

でも肝心なことに僕が思い至らないことに苛立《いらだ》ったのか、リルさんは頬を膨らました。

「エクレスはシュリに、色仕掛けをしてる」

「えっ」

「巧妙に、自分の魅力をこれでもかとさりげなく、シュリの意識に刷り込んでる。まるで自分に惚《ほ》れろと言わんばかりに」

「そんなことないよー。ね？」

リルさんの言葉に、エクレスさんは腕を組んで反論しました。

……言われてみれば、エクレスさんの腕組みは巧妙に胸を強調するようになってるな。

確かに今までのことを思い出すと、エクレスさんは自分の可愛さが最大限、相手に伝わるような仕草を心掛けていたのかもしれない。

だけどなぁ。僕は呆《あき》れたように言いました。

「それはないでしょ」

「え」

「えっ⁉」

僕の言葉に、リルさんは呆《ほう》けた顔を、エクレスさんは心底驚いた顔をしました。

何を驚く理由があるんだ？　僕の方がびっくりだよ。

「いや、エクレスさんがそういう態度を取るのは、単純に練習のためでしょ？　今まで男として生きてきたので、女としての魅力の引き出し方とかを試してたのでは？」

「そんな鈍感なことを言うなんて、ボクはあんまりだと思うっ！」

「ええ⁉」

そんな僕に対し、エクレスさんは怒りを露わにしました。僕は驚いて素っ頓狂な声を上げてしまいました。

「な、なにゆえにっ？」

「あのねー！　あんな告白まがいの言葉をボクに言っておきながら、いくらなんでもそれはないでしょ！」

「え、ええ、確かに、一緒に幸せになろうみたいな、ことは、言いました」

エクレスさんは怒りのまま僕を見下ろしながら、指を突きつけてきました。

「言っとくけど、ボクは本当にシュリくんのことが好きだからやってるんだよ！　回りくどい外堀埋めは一旦やめてハッキリ言っとくね！」

馬鹿な……僕が女の子から告白されるだと……？

僕は思わず天を仰ぎながら、顔を両手で覆いました。料理を人生の指標として生きてきて、とうとう二十歳を超えた僕。地球にいた頃は、料理の修業や研究、技術を身に付けることに邁進《まいしん》してきたせいで、彼女なんて作ったことも付き合った経験もなく、女性から告白されるなんて夢物語だと思っていました。

こっちの世界に来てからはたくさんの人に頼られましたが、傭兵団《ようへいだん》内では男として見られず、ただの仲間。訪れた国の歓楽街にテグさんに連れて行かれても、緊張のあまり逃げ出し、女性の手を握ったのなんて小学校の運動会くらいなもの。

そんな、そんな僕が女性から好きと言われるとは……こんな嬉《うれ》しいもの、嬉しい……。

「いや、嬉しいけど正直困惑してます……」

「え?! なんでさ!」

「いや、今までそんな経験がなかったので……」

やばい、エクレスさんの本気の哀れみように、僕は告白された喜びよりも、女性と付き合った経験のないこれまでの人生の情けなさで泣きそう。

「はっはー! やはり!」

しかし、ここでリルさんがそれ見たことかって感じで言いました。

「エクレスのぶりっ子は狙った男性を射止めるためのものだけど、効果があるのは女性経験がある人限定! シュリは女性経験が微塵《みじん》もないから引っかからない! というか気づきもしないってのはわかってた!」

「リルさん。それ言われると、僕は泣く」

いや、確かにリルさんの言うように自分が惚《ほ》れられてるなんて、これっぽっちも考えていなかったんだけどさ。いざそれをハッキリ言われると、プライドがズタズタになって泣きそうになるからやめて?

「リルはそれが気に食わなかった！　というか、女から見た女のぶりっ子なんて、はらわたが煮えくり返るからね！　だからリルはエクレスのことが気に食わなかった！」

「ほーん」

リルさんのヒートアップに対し、エクレスさんはクールダウンしていくようでした。まるで、どんどん冷静に思考を巡らせていくような雰囲気が感じられます。

「リルはどうなのさ」

「……リル？」

「そう、君はどうなの？　シュリのことが好きなの？」

「……」

リルさんは何も言わず、困ったような顔をしました。

「……わかんない」

「わからない？」

「リルにはわかんないけど……でもエクレスに取られるのは嫌だ」

リルさん……それは、なんというか。

「まあ、大丈夫ですよリルさん」

「シュリ？」

「僕は別に誰かのものになるとか考えていないので……エクレスさんに好きと言われて嬉

しいのは確かですが……まだ返事ができるような身分でもありません」

　そうだ。ここでエクレスさんに胸を張って告白の返事ができるほど、僕はまだ立派な人間じゃない。

　エクレスさんを見て、思う。エクレスさんは綺麗《きれい》な人だ。立派な人だ。

　だから、この告白を受けるにしても断るにしても、僕はそれに釣り合っていない。

　考えがちょっと変わってるのはわかる。告白された以上、スパッと答えた方がいいと思う。

　でも、相手が勇気を出して告白した以上、こっちだってそれに見合う覚悟を持ちたい。

「僕がエクレスさんに好意を持ってるのは確かですが、それが男性としてなのか友人としてなのか、きっちり自分で確かめて立派になってから返事をしたいです」

「シュリ……」

　エクレスさんは感心したように頷《うなず》きました。

　次の瞬間クワッと目を見開いて、ローキックを僕の太股《ふともも》に蹴り込んできたけどな！

　スパンといい音鳴らすなぁ！　めっちゃ痛い！

「いったいな?!」

「そうやって告白から逃げるんじゃない！　いくらなんでもそれは女の子に対して残酷なやり方だぞ！」

「それが返事じゃないの？」

「リルはうるさい！」

「ちょ、二人とも、ここで喧嘩《けんか》をしないで……」

悶絶《もんぜつ》する僕を尻目に、リルさんとエクレスさんは取っ組み合いのキャットファイトを始めてしまいました。止めたいけど、太股が痛くて止めらんない……。


結局、二人を落ち着かせて市場まで来ましたが、すでに足に打撲を負った僕は帰りたくてたまりません。なんでこんなことになった？

しかもちょっと時間が経ってしまってるせいで、市場の喧噪が落ちついている時間帯になってました。つまり、朝一に並ぶ新鮮な食材は売れてしまってる可能性が高い。

僕は困ったように溜め息をつきました。うーむ、これはどうしたもんか。

「市場に来るのがちょっと遅かったみたいですねー。……どうしたもんか」

「エクレスが騒ぐから」

「リルが突っかかるから」

「喧嘩すんな」

リルさんとエクレスさんは互いに反目し合って、バチバチと火花を散らしています。喧嘩一歩手前。

だけど、再び喧嘩には巻き込まれたくないので、僕はちょっと怒って言いました。

「これ以上やるようなら、ガングレイブさんとガーンさんに報告します」

「ひぇ」

「それはちょっと……わかったよう。ボクからは喧嘩《けんか》を売らないから」

よし、二人とも殊勝な態度になりましたね。これでいい。今後も二人が喧嘩を始めたら、こうやって矛《ほこ》を収めさせよう。ガングレイブさんとガーンさんには苦労させるけど、仕方がないと割り切ってもらいたい。

「まあ、市場はもう少しやってそうですし、見て回りましょうか。新鮮な食材はともかく、良い保存食品とかがあるかもしれません」

「リルは干し肉が食べたい」

「それならあっちの屋台がいいよ。香辛料をたっぷり使ってるし、大きさも程よくて食べ応えがあるから」

「なら、そうしましょうか」

僕とリルさんは、エクレスさんの案内で市場を進みました。

まあ、さっきも僕が言ったように、市場も落ち着く時間帯になってきているので人が少ない。歩きやすくていいですね。

ちらと露店を見ると、めぼしい生鮮食料品はすでに売り切れた後のようです。

だけど、凄《すご》いなこの市場。新鮮な食材だけでなく、客を引き寄せる加工食品も多い。干し肉、魚の干物、その他いろいろな生活必需品の数々。

惚《ほ》れ惚《ぼ》れするような品揃《しなぞろ》えですね。これだけ多種多様な商品が並ぶ市場を見たのは、過去に訪れたニュービスト、オリトル、フルムベルク、アルトゥーリアなどの大きな国以外では初めてかもしれない。

ハッキリ言えば、お世辞にもスーニティは大きな国とは言えません。小国。領主が治める領地。だけど市場の様子から見ても、そんな大国に対抗しようと盛り立て、繁盛させてきたのがよくわかる。

「凄いですね、改めてこの市場は」

「お、わかる？」

僕の呟《つぶや》きに、エクレスさんが誇らしげに言いました。

「苦労したんだ。これだけの市場を作って、多くの客や商人が訪れるようにするには」

「でしょうね……食品だけでなく、靴や服、食器とかの生活用品まである。これだけ多種多様な商品が並ぶのは、市場の規模が順調に成長している証でしょう」

「なんで？」

そこで疑問を口に出してくるのが、リルさんでした。

リルさんはいつの間に買ったのか、魚の干物を齧《かじ》りながら言いました。その干物、多分骨ごと噛《か》み砕いて食べるものじゃないと思うんだ。

「うーん、言葉にするのはなんとも難しいですね……僕は上手く説明できない」

「ボクから言わせてもらえば、『生きるのに必要最低限なもの以外も売られる』ことが市場の成長であり、発展だと思う」

エクレスさんは露店の靴を一つ、手に取って言いました。

「うん。今日もこの露店の木靴と革靴は出来が良いね」

「っ、エクレス様でしたか！」

露店の店主である恰幅《かっぷく》の良い女性が、驚いたように頭を下げました。

「失礼いたしました！　いつもと雰囲気が変わっておられましたので、一目で気づくことができず……！」

「構わないよ。今日は仕事で来たわけじゃないから。そうかしこまらなくていい」

朗らかに笑うエクレスさんに、店主さんは安心した様子を見せました。

「それで？　革の調達はちゃんとできてる？」

「それが……先の争いで、革を売ってくれる行商人の足が遠のいています」

「だろうね……うん、なんとかするよ。安心してほしい」

「あ、ありがとうございます！」

エクレスさんが靴を戻しながらそう言うと、店主さんは頭を下げてお礼を言いました。

すげぇな。こういうところで支配者然とした立ち振る舞いで、領民たちと話ができるんだもん。しかも自然体で、相手も敬意を払ってる感じ。

これからガングレイブさんには、こういうのが必要になるんだろうなぁ。自分の国を手に入れるならなおさらだ。土地をもらってそこに住むにしたって、こういう心構えや物腰は必要になると思います。

「とまぁ、靴にしたって正直あそこまで装飾はいらない。最低限、足を守って耐久性があればいい」

だけど、露店から離れたエクレスさんの口から出たのは、先ほどの店の靴に対して少し冷めた意見でした。

「でもあそこの店の靴は耐久性があって、それに見た目の良さもあるからね。この市場でも良い靴を売ってる方だよ、そこは認める」

「そうなんですか」

「つまり、さっきも言ったけど、市場の良さを計るには、ああいうちょっとした付加価値がある商品がどれだけ並んでるかってことさ」

エクレスさんは遠い目をしながら、市場を見渡しました。

その目は優しく、支配者然とした姿や冷めてた様子など、さきほどまでとは打って変わった、どこか慈悲深いまなざしです。

「それだけ技術や……なんというか、職人のこだわりとでも言えばいいのかな。まあそういうのが商品に反映されるほどの余裕がないと、領地に余裕がないって公言するようなものだからさ。生きるのに精一杯なので最低限生活に必要なものだけ売ります！　というのも当たり前の話なんだけど、それだけが市場の役割ってのはどうかと思うよ」

「なるほど」

僕は腕を組んで、エクレスさんの説明に聞き入っていました。

「戦争は技術を高め、平和は料理を豊かにする」

「お？　シュリくん、なかなかいいことを言うね」

「あ、いえ」

僕は思わず頭を掻《か》いて照れました。いかんいかん、つい口に出してしまいました。

地球の誰が言った言葉か覚えてないけど、これは至極当然な話なんですよね。

「僕の言葉じゃないです。誰かが言った言葉をふと思い出しただけですので、気にしないでください」

「そう？　そういうことを言える人物に、ボクは興味あるけどね」

危ない危ない、エクレスさんはワクワクした顔で言いますが、地球にいた頃に聞いたなんて、おいそれと言えるわけもないですよね。

なんせ、エクレスさんには僕が外海人、流離《さすら》い人《びと》、異世界から来た人間だって言ってないんですから。それにこんなことは、むやみやたらに喧伝《けんでん》するものではないと。

フルムベルク、アルトゥーリアのときは、どちらかというと僕の正体を知られてしまったというより、外海人について知識を持ってたから答えに行き着いたって感じです。

なので、そういう前情報がない人に対して本当のことを言ったら、何をされるかわかりません。フルムベルクのときなんて、それが原因で神殿騎士が来て、ガングレイブさんとクウガさんを連行していきましたからね。殺されるかと思った。

なので……エクレスさんには悪いのですが、そのことを言うのはもうちょっと先になるかな……。

僕は平静を装いながら言いました。

「今はもういませんよ。……会いたいと思っても会えませんから」

「ああ……そういうことか。わかったよ」

エクレスさんはちょっと深読みしてくれたのか、それ以上言及する気をなくしてくれたみたいです。嘘《うそ》を言ってるわけじゃないんだけど、どことなく罪悪感はありますよね。

……いつか、本当のことを言える日が来たら、その時は謝ろう。僕は胸の内でそう思うのでした。

「まあ、それはそれとして。市場は一応、上手く運営されているようだね」

「混乱はあれども商業活動は人が生きるのに必要なこと」

エクレスさんが安心して口に出したことを聞いて、リルさんが両手に焼き肉の串を持った状態で言いました。ていうかいつの間に買ったのさ。両手に三本ずつ持って食べるなんて、食いしん坊ですね。いや、それは元々か。

「働かねば食っていけないし」

「リルの言い分はもっともさ。ボクだってそう思う。ボクの役目は、そういった働く場を調整して守ることだからね。……その役目ももうすぐ終わるけどね」

エクレスさんの遠い目に、僕たちは何も言えなくなりました。

どんな思いなんだろう。領主の妻が国を裏切り続け、それが積み重なりすぎて領地を大国に任せるしか安全な道がなくなってしまったなんて。

なんだかんだ言っても、エクレスさんにとってスーニティは故郷だ。

男装させられ、男と偽る生き方を強いられても、エクレスさんが真摯《しんし》に仕事をしてきた歴史は確かにこの土地に刻まれています。

そうでなければ、領民に慕われるはずがありませんからね。

露店の人たちが、エクレスさんに敬意を持って接することがその証左でしょう。

「その……エクレスさんは」

「シュリ」

僕がようやくそれを聞こうと口を開くと、エクレスさんは人差し指を立てて唇に当てました。黙って、という仕草です。

「それ以上は、今はやめてほしい。聞きたいことはわかる」

「エクレスさん」

「……心を整理する時間が欲しい。ボクだって、この領地には愛着があるんだからね」

そう言うエクレスさんの横顔は、どこか哀愁が漂って美しさを感じました。

僕は誰にも聞こえない声で呟《つぶや》きました。

「そりゃそうだ……次期領主の地位を捨てることに未練はありませんかなんて、聞くもんじゃない……」

エクレスさんも、ギングスさんも、この土地に愛着がある。

だからこそ領地を守るために、自分たちの地位を捨て去ってでも、属国にろくなことをしないと言われているグランエンドの侵略を撥《は》ね除《の》けようとしたのです。

だけど、もしも……事前にレンハの背信行為をどうにかできていたのなら。

自分たちが地位を捨てる必要がなかったのではないか、そう思わないはずがない。

それをわざわざ言葉にして聞こうだなんて、僕はあまりにも無神経で残酷すぎる。

反省しよう。相手にとって心ないことを、聞こうとした愚かさを。

「それで」

リルさんはそんな僕とエクレスさんの間の微妙な空気の中で、話しかけてきました。

相変わらず、いつの間に買ったのかって聞きたくなるような串焼きやらパンやらを手に持って、ずっと食べ続けています。

太るぞ？

「実際のところ、リルたちは土地をもらえるのだろうか」

リルさんは残ったパンを一口で食べてしまいました。

「そういう形になってくれれば、リルたちはとても助かる」

「残念だが難しいよね」

エクレスさんは歩みを止めず、苦悩の表情で腕組みをしました。

「ボクとしては、君たちにどこかの土地を渡したいと思ってる。それだけボクたちに協力してくれたわけだし、領地を救ってもらった恩もある。けど……」

「けど？」

「ボクが、よそ者に土地を与える権限を持つ地位にいなくなってきたことが問題だ」

確かに、エクレスさんは着々と次の統治者へ統治機構を渡すための引き継ぎをしています。それは毎日、忙しそうに。

最近では忙しさも落ち着いてきているので、その作業は順調なんだろうなと思っていましたが、どうやらそれだけ話は難しくなっているらしいです。

「忘れてるかもしれないけど、ここは一応領地だ。領主が治める小さな国だ。だから当たり前だけど、僕たち領主一族に従って補佐してくれていた人間だっているんだよ」

「貴族、とか？」

「見方を変えればそういう立場の人間だね、確かに。言ってしまえば領地を差配する人間かな？　ボクたちがニュービストに領地を明け渡し、それをもって隠居することに反対はしてこないけど、この騒動を利用して自分の権力強化に走ってる節がある」

「つまり？」

「リル、わかるだろう？」

リルさんの問いかけに対して、エクレスさんは悪戯《いたずら》っぽい笑みを浮かべました。

「ボクたちを追い出して、その後の領主の立場に収まりたいって考えてるわけさ」

「え？　でも」

「シュリ。ボクたちは支配者の座を降りる。父上だって強制的に引退させてるし、レンハに至っては反逆罪で投獄だ。ギングスもボクも次期領主の座を放棄している。

そしてその後、ニュービストの傘下に入るわけだけど、当然ニュービストとスーニティを繋《つな》いで治める立場の人間は必要なのさ。

言ってしまえば、ニュービストの部下としてスーニティを治める人間だ」

ああ、そうか。エクレスさんが真剣な顔になって言ったことを、僕は理解しました。

ここにニュービストからの代官が来るのは間違いない。属国となったスーニティを監視する立場の人間だ。

その代官の下で働く、実質的な領主の立場の人間。その地位を狙ってるわけです。領主の下で働くだけだった立場の人間が、一躍領主となれるチャンスが来た。野心を持ってる人間ほど食らいつき、野心がなくとも計算のできる人間は策略を練る。だからこそ、一刻も早くエクレスさんたちには退陣してもらわないといけない、そう考えているのでしょう。

「ふーん。権力者が考えることなんて、いつもおんなじ」

「そだねー。ボクもリルと同じ意見だ。そういう連中を抑えて仕事をさせるのも、領主としての仕事なのさ。これが大国で、王族の立場だったらもっとドロドロしてる」

「なるほど」

リルさんとエクレスさんは、そう言って笑い合っていました。

僕は二人の会話を聞きながら、露店で買った串焼きを食べています。

「……旨《うま》い」

もう一口、串焼きを食べて頷《うなず》く。

「やっぱり旨い」

「シュリ?」

僕が料理について考えていると、ふとリルさんが不思議そうな顔をしてこちらを見ました。おっと、没頭していたようですね。

「何を考えてた？」

「エクレスさんが、僕たちに土地を渡したいと考えてくれてたことにありがたみを感じたことと、やはりこの領地の屋台料理は旨いなと」

「唐突だね」

エクレスさんは苦笑しながら言いました。

「もうちょっとこう、ボクの権力がなくなりきる前に土地をもらおうとか考えないの？」

「それを考えるのは団長の役目なので」

僕は串焼きを食べ尽くして言いました。

「それに」

「それに？」

「僕は料理番なので。統治に関することなんて何も口出しできません」

結局はそこなのです。いくら学校で政治について習ったからって、ネットで見たからって、それを実践して成功させるような技量や度量、知識なんて僕にはない。

僕はあくまでも、料理人なのですから。

半端な知識で生きるより、身に付けて自分の血肉となった技術で生きていくことしかできません。

「なので、ガングレイブさんにはいつでも元気に、そして張り切って働いていただくために、美味《おい》しいものを作らねばと日々精進《しょうじん》しているのです」

「……へぇ」

エクレスさんは興味深そうな顔をして、僕の瞳を覗《のぞ》き込みました。こんなに女性と近い距離にいることなんてなかった。いや、フルムベルクのときは、アサギさんとこのぐらい近かったかもしれない。あー、でもあれはノーカンかな。

そして何かに満足したのか、エクレスさんは好ましそうに笑みを浮かべました。

「なるほど、嘘《うそ》は言っていないんだね」

「嘘じゃないので」

「君は自分を少々、過小評価しているように思えたのだけど……ボクから見たら違うね」

「と、言いますと？」

僕がそう聞くと、エクレスさんは僕の胸を右人差し指で突いてきました。

「てっきり、ボクはこれまでガングレイブ傭兵団《ようへいだん》の台頭には、君の裏からの助力があったと思ってたよ」

「まあ、間違ってはいないかと思いますが……」

ボクも頑張っていたのは事実なので。

「そうだね。でも、ボクは君が料理人としての立場を隠《かく》れ蓑《みの》に、彼らに対して助言や裏からの支えを行う賢者のようなものかと思ってたんだ」

「それこそまさに、買いかぶりです」

僕が賢者って！　思わず苦笑してしまいました。

そんな、賢者の知識だの知恵だなんてとんでもない。僕には料理以外の能力はありませんからね。地球の知識を賢者のそれだと言うのなら、それこそまさに買いかぶり。

地球の知識というのは、今までそれを積み重ねてきた賢者とも言うべき学者たちの努力の積み重ねの末に存在する、人類の財産ですよ。

それを自分の功績のようにひけらかすのはちょっと……僕には無理だ。

半端な知識より、自分の血肉となった技術を。これはさっきも考えた通りの、僕がこの世界で生きる上で大切なことだと胸に刻んでいます。

「僕は」

「僕にできることをする。それがシュリ」

僕とエクレスさんの間に入り込んできたリルさんは、ドヤ顔をして言いました。

「だからシュリは信頼できる。自分のできる仕事とできない仕事を理解して、できない仕事は人に任せてできる仕事を全力で行う。

職人のそれ。だから、リルはシュリを信頼してる」

「あ、ありがとうございます……へへ」

リルさんが真剣な顔をして言うので、思わず僕は照れてしまいました。

この人の口からそれを聞けると、僕は嬉《うれ》しくてたまらないので。

ですが、すぐにリルさんは困った顔をしました。

「だけど、シュリはできることはするけど、とことんやる悪癖がある」

「ん？」

あれ、雲行きが怪しくなってきたぞ……？　リルさんの言葉に、エクレスさんも少し考えてから理解したのか難しい顔をしました。

「ああ、だからボクが父上を殺そうとしたときに、割って入る勇気があったんだね」

「できることはとことんやる。シュリのそれは美徳でもあるけど、ともすれば向こう見ずの一直線馬鹿とも言える」

さすがにそこまで言われて黙ってらんないよ僕？

「おいこムグッ」

反論しようとしたら、リルさんは串焼きの肉を僕の口に突っ込んできました。

驚いて言葉が止まってしまいましたが、肉の旨《うま》みと香辛料の香りに、それ以上何も言えませんでした。美味《おい》しい。

「だから、シュリは走りすぎないで」

「ん？」

「たまには歩いて。リルたちと一緒に」

「……ん」

ああ、これは反省するばかりだ。リルさんにそう思われていたとは。

僕はこの世界に来て、ガングレイブさんと一緒に走り続けたと思う。ガングレイブさんが走りすぎたと言うように。

……僕は肉を飲み込んで言う。

「いつも一緒にいるつもりですよ、僕は」

「それなら、安心した」

リルさんは一瞬だけ笑うと、すぐにいつもの無表情に戻って、残りの食べ物を口にします。

……たまにこんなふうに、リルさんは僕のことを心配してくれる。

走りすぎないよう、生き急ぎすぎないよう、死に急ぎすぎないよう。

この人がストッパーになってくれてるから、僕はまだここにいられるのかもしれません。

「あーあー！　二人だけの世界を作ってさぁ！　ずるいよねー！」

エクレスさんはそう言うと、僕の右腕に自分の腕を絡めてきます。

その唐突な行為に、僕は思わず固まってしまう。

こ、このような振る舞いを女性にしてもらったことは、僕には、ないっ……！

「さぁさシュリくん！　もう少し市場を回ろうか！　もっと案内するよ！」

「そしてリルは案内された露店の料理を食べ尽くす」

「君はデリカシーってものがないのかな!?」

ああ、なんだかんだいっても、この二人の様子を見るのは、安心できるなぁ。

エクレスさんにとって、初めての同性の友人がリルさんであれば楽しいだろうし安心できるだろう。僕はそう思いました。そこでちらりとエクレスさんの顔を見て、驚いた。

悲しげな顔をしている。

だけど、その顔も一瞬で笑顔に変わって、市場の案内を続けてくれたのです。

……もしかしてエクレスさんが僕を市場へ案内すると言ったのは、今のうちに自分が尽力して発展させた市場を見たかったからなのかと思った。

けど、今は何も言わないで、このまま市場を案内してもらおう。そう思ったのです。


その後、ひとしきり市場を回った僕たちは、各自の部屋に帰りました。

リルさんは自分の部屋、エクレスさんは自分がまだいることのできる城へと。

別れ際にエクレスさんは少し寂しそうでしたが……彼女はまだ城に残ってやる仕事があるのだから、仕方がありません。

だけど、僕はいま休暇中なんですることもなく、部屋のベッドに寝転がっていました。

……料理を作りたい。

「料理を作りたい」

本音が心と体、どちらにも湧いてきて、思わず口からこぼれてしまう。

結構なワーカホリックだと自覚はしてましたが、自分がここまでとは思わなかった。

さて、それならば我慢する必要もないので、何か作りましょうか。何を作って食べようかな。材料は何が余ってたかな。

「さて、確認するか」

「そうなると思った！」

「おわ!?　リルさん!?」

ベッドから体を起こして行動しようとした瞬間に、扉を開けてリルさんが入ってくるものだから驚いたよ！　一体どうした!?

リルさんはずかずかと部屋に入ってきて、椅子に座って言いました。

「そろそろ、シュリの欲求が我慢できないところまできたと見た」

「え」

「料理を作りたい。そう思ったはず」

「な、なぜそれを!?」

どういうことだ、なんでそれがわかった？　僕が数秒前に考えたことを察知して、この部屋にやってきたというのかリルさんは？

だとしたらなんという勘だ……これが戦場を渡り歩く、傭兵団《ようへいだん》の魔工兵の隊長の実力なのか……!!

「だって、リルの部屋はシュリの部屋の隣だから、静かに本を読んでるとシュリの独り言が聞こえてくる。料理を作りたいと言ったから、そろそろかなと思って来た」

「僕の感動を返せ」

何が戦場を渡り歩く傭兵団の隊長の実力だ。ただの盗聴じゃねぇか。

感動して損したわ。

「で？　で？　何を作るの？　ねぇ？」

「そんなに楽しみにされても、今回は僕が食べる個人的な趣味だけに留《とど》めるつもりなんですけど」

「そんなことは許されない!!」

「うわびっくりしたな」

いきなりリルさんが般若の如き怒りの表情になるから、驚いて引いてしまったよ。

「美味《おい》しいものを独り占めなど、断じてあり得ない！」

「そ、そんなことを言われても……」

「シュリは、料理を作る」

リルさんは僕を指さし、

「リルはそれを食べる」

そしてリルさん自身を指さして、

「これぞ幸せの形」

なんて言い切るもんだから、思わず僕は固まってしまいましたよ。

しかし困ったな。このままだとリルさんは引かないぞ。僕の料理を食べるまで、ずっと言い続ける気がする。

観念するか……僕は大きく溜め息をついて言いました。

「わかりました……ごちそういたしましょう」

「やった！」

リルさんが嬉《うれ》しそうにするもんだから、僕も思わず笑みをこぼしていました。

なんだかんだ言ったって、僕はこの人に甘いんだよなぁ。なんというか、本当に喜んでくれるから、料理を作りたくなってしまうのです。

「じゃあ、ちょっと作ってきますのでここで待ってて」

「一緒に行く」

僕がベッドから立ち上がると、リルさんも椅子から腰を上げました。

「どうせだから、見ていたい。シュリが料理をするところを」

「見て面白いものでもないと思いますが」

「面白いよ。シュリが料理するところは、見ていて面白い」

リルさんはそう言って、さっさと部屋から出ようと扉を開けました。

「さ、行こう」

仕方ないなぁ、もう。

僕はリルさんと一緒に厨房《ちゅうぼう》へ向かいながら、たわいない話をしました。

朝行った市場のこと、お昼ご飯のこと、そのあとの寄り道や帰り道のこと。

こんな何気ない日常の会話が、この世界でできるとは思っていませんでした。

ああ。こういう平和な時間が、これほど尊いものだとわかる日が来ようとは思いませんでした。

やはり、平和が一番だなぁ。

「……で、帰り道の……て、シュリ、どうしたの？」

「いえ、なんというか」

僕とリルさんは廊下を歩き、エントランスに出て、厨房の前に立っていました。

リルさんが僕の様子におかしいものを感じたらしく、心配そうに聞いてきます。考え事をしすぎたかな。

なので、僕はしみじみと言いました。

「やっぱり、平和な日常はいいなぁ、と」

心からの言葉に、リルさんは何かを言おうとして一度やめました。

そして言葉がまとまったらしく、僕の方を見ずに言います。

「そりゃ、そうだよ」

「ですよね」

多くの言葉はいらない。リルさんの言葉が、如実に平和の大切さを語っていました。

そりゃそうだ。

その一言は、僕が思うよりも遥《はる》かに重い。戦場を渡り歩いてきた人だからこそ、平和に対して考えることも深い。

言葉をもっと多く言いたかったのかもしれない。

自分の考えを言いたかったのかもしれない。

だけどリルさんは一言で、しみじみと、そしてハッキリと言ったのです。そりゃそうだ、と。

……戦争のない平和な日本で生まれた僕だから、この乱世に対して思うこともあるのですがね。

「さて、何を作りましょうか」

僕は厨房に入り、置かせてもらっている道具と食材を確認しました。

今回の争いの折、僕の道具は僕のいた牢屋《ろうや》に送り届けられました。そして食材は、去っていった兵士の人たちにお金と一緒に分け与えられて、少なくなっていました。

戻ってきてくれた人も結構いるんですけど、そういう人は古株とでもいう人たちばかりで、新人さんはほぼ全員、中堅どころは半数以上が去っています。

仕方ねぇよなぁ……責めることなんてできないですよ。僕だって、この傭兵団《ようへいだん》に愛着や仲間意識がなければ同じことをしたかもしれません。

あの人たちは自分の将来と傭兵団への義理を天秤《てんびん》にかけ、そして自分を取った。言葉にすれば酷《ひど》いように聞こえるでしょうが、誰だって自分が大切なのです。明日の食《く》い扶持《ぶち》を得ることに必死なのです。

誰も悪いわけじゃない……むしろ、あの場で衝動的に行動してしまった僕が全責任を負うべきと言ってもいいでしょうねぇ……。

「まあ、それでもちょっとは残ってるから……なんとかなりますか」

残されたほとんどの食材は無事ですが、それでも数日ほっておいたせいで、駄目になった物もあります。

ああ、休日だったとはいえ、整理してちゃんと保存しておかないと駄目だったなぁ。自分の怠け具合を反省するばかりですよ。

「それで？　何を作ってくれるの？」

リルさんは厨房《ちゅうぼう》の椅子に座ってワクワクしています。

そういや、この人に料理を振る舞うのも久しぶりだよなぁ。ちょっと気合いを入れてもいいかもしれない。

「そうですね。久しぶりですし、ちょっと頑張って作ろうかなと」

「ハンバーグっ？」

「いや、それはちょっと……」

正直それでもいいかなと思った自分がいるけど、久しぶりに食べる料理がいつも食べてるものじゃ寂しいよ。僕は困った顔をして言いました。

「久しぶりに振る舞うので、せめて別のものにさせてもらいたいです」

「……」

明らかにリルさんが悲しそうな顔をしました。

「………そう」

そう言ってしょげるリルさんを見て、凄《すご》い罪悪感に襲われて胸を押さえる僕。

僕だって食べてもらうなら、その人が一番喜ぶ料理を作りたいですよ。今だってそうです。どうせなら豪華なチーズハンバーグを作って、笑顔で食べてもらうのもいいかなって思ってますもん。

だけど、久しぶりに人に振る舞う料理なら、少し趣向を変えてみたいと思うのも、料理人として正直な気持ちなわけでしてね……。

「まあ、美味《おい》しいことは間違いありませんから。保証します」

「わかった。なら、楽しみに待たせてもらう」

リルさんはそう言うと、体を揺らしながら楽しそうに待っていました。

この人は本当、こういうところがあるから憎めないっていうか、わがままを思わず聞いてしまうんだよなぁ。

さて、そうと決まったら作りましょ。作る料理は、材料の残り具合で決まりました。

ずばり、カムジャタンです。

カムジャタンってのは韓国の料理でして、専門店も存在するほど人気があります。

日本人にも好まれる料理なので、僕も自分で作って食べたことがあります。

ちなみに修業時代、店で韓国人の同僚に食べてもらったところ「もう少し、韓国っぽさが欲しいね。これは日本人寄りになりすぎてる」と言われたことがありました。結局、どうすれば韓国の人向けにできるのかはわからずじまいです。

さて、材料としては豚肉、ジャガイモ、玉ネギ、長ネギ、ニンニク、ショウガ、作り置きしていたコチュジャン、鶏ガラ、酒、醤油《しょうゆ》、砂糖、味噌、唐辛子、塩、胡椒《こしょう》です。

ちなみにですが、ここで鶏ガラを使うのは鶏ガラスープを取るためですね。なんでかっていうと、鶏ガラスープはダシダという韓国のだしの素の代わりになるからです。味的に似てるんですよね、この二つ。

もし鶏ガラスープもないのなら、和風だしの素でも代用可能です。で、唐辛子なんですけどこれは粗挽《あらび》きにします。この唐辛子も、本格的なものを作るとしたら、コチュカルっていう韓国産の唐辛子を使うといいですよ。

さて、さっそく作るのですが……。

「リルさん」

「なに？」

「すみません、食べていただくのは明日でいいですか？」

「なぜ⁉」

「あ、いや、久しぶりに美味しいものを出そうと思って食材を見て判断したんですけど、作るのに時間がかかるってことに、今気づきました」

リルさんは驚いた顔のまま固まりました。

だろうよ、僕だって自身の弛《ゆる》み具合に驚きましたもん。

「まさか、食べてもらおうって思ってた料理の調理時間を、考えていなかったとは……本当にごめんなさい」

僕はリルさんに向かって頭を下げました。全く、本当に酷《ひど》い話だ。食べてもらおうと思ってたのに今日はお出しできませんなんて、初歩的なミスですよ。

こりゃいかん、中途半端に休んでたら、どんどん勘が鈍ってしまいそうです。とっとと感覚を取り戻さないと大変なことになりそうです。

そんな僕の動揺を見て、リルさんは立ち上がり、僕の肩に手を置きました。

ぽん、と優しく置いたのです。

「シュリ」

「はい？」

「ごめん」

「え？」

なぜリルさんが謝る？　顔を上げてリルさんを見れば、心配そうな顔をしていました。

「ちょっとリルはわがまますぎた」

「え、え」

「料理はいい。それより、シュリはしっかり休もう」

どうした一体？　なぜにリルさんがここまで心配してくれる事態になってるんだ？

僕がそう考えていると、リルさんは僕の目の下を指さしました。

「シュリ、クマができてる」

「え？」

クマが？　思わず目の下を触りましたが、

「いや、触ってわかるもんじゃないから」

と、リルさんにツッコミを食らって、自分が相当慌てていて、頭もうまく働かないことに気づきました。

そこで、やっと僕は自分がどういう状況なのかを自覚したのです。

「そっか。僕は、まだまだ疲れてるんですね」

「かなり」

リルさんが頷《うなず》いて答えたので、僕も納得しました。

そうか、午前中の市場巡りやらその前の牢屋《ろうや》暮らしやら、そして今までの傭兵団《ようへいだん》としての生活が長かった影響で、僕は自分で思う以上に疲れてたんですよ。

だからここ数日、この世界に来てから一番深い眠りを続けていたわけです。リルさんだって心配するほど、疲れが溜まってるのが見えてたんでしょうね。

朝はきっちり起きる性分《しょうぶん》の僕が、深い眠りでいつもと違う起き方をするほどに。

「……リルさん」

「何？　部屋に帰る？」

「明日まで、待ってください」

僕がそう言うと、リルさんは驚いた顔をしました。

そして、震える声で僕に聞いてきます。

「どうして？」

「やっぱり、ただ休むわけにはいきません」

僕はシャツの腕をまくって、続けました。

「料理しながら、牢屋《ろうや》暮らしで弛《ゆる》んだ性根《しょうね》をたたき直しておかねばなりません。……休むのはそれからです」

人は、一日休めば技を取り戻すのに三日はかかるそうです。これはかつて、修業時代の師匠たちに言われていたことでした。

みんなが口を揃《そろ》えて、同じことを同じタイミングで言ってたのを思い出します。

そりゃ、休むのも大切です。体を壊したら元も子もない。

だけど、僕はここ数日で十分休ませてもらいました。今だって趣味で料理を作るのであって、修業や仕事ではない。

なら、趣味で料理を作れるような余裕があるうちに、取り戻せるものは取り戻しておかねばならないと、僕は思うのです。

「大丈夫！」

心配そうな顔をするリルさんに、僕は笑顔で胸を叩《たた》いて言いました。

「また体を酷使して気絶するように眠る、なんてことはしません！　体調管理と趣味を兼ねるだけです！　なので、明日まで待っててください。必ず、美味《おい》しいものをお出ししますから」

僕がキッパリとそう言い切ると、リルさんは何かを言おうとしました。

そして口を閉じ、あれこれ考えた後、観念したように口を開いたのです。

苦笑して、諦めたような感じでした。

「……わかった。明日まで待つ」

「ありがとうございます」

「無茶は、駄目だよ」

「重々承知してますよ」

そう答えると、リルさんは立ち上がりました。

「リルは部屋に帰る。リルが見てたら、シュリは気を張ったまま料理をするだろうから」

「見てても構いませんが……どうせ今日できることは少ないですし」

「なら、なおさら、ゆっくりした方がいい」

リルさんはそれだけ言って、さっさと厨房《ちゅうぼう》から出て行ってしまいました。

残された僕は、頭を掻《か》いて一人呟《つぶや》く。

「……かなり気を遣わせちゃったなぁ……悪いことをした」

気が緩んでる。たるんでる。怠けてる。

いや、休むならそれもいいのですが、料理をするときまでそれではいけない。

誰かに食べてもらう料理を作るなら、なおさらです。

僕は両頬を叩《たた》いて、気合いを入れ直しました。

「さて！　ゆっくりでいい……少しずつ、感覚を取り戻そう」

僕はさっそく、調理に取りかかることにしました。

といっても、今日できることは限られてますけどね。

まず用意するのは豚肉です。以前、子豚を買った際に残しておいた肉の余りを、きちんと保存していたものですね。こういうとき、ほんと冷蔵保存ができる箱を作ってもらって良かったと心から思います。

この豚肉の塊《かたまり》を、コチュジャン、酒、醤油《しょうゆ》を混ぜたものと一緒に鍋に入れ、漬け混みます。

あとはこれを冷暗所で寝かせておく。一晩漬けるわけですね。

ちなみに保存用のポリ袋に入れて空気を抜き、冷蔵庫に入れておくのが一番ですが。

「さて……残りの材料の下ごしらえもしておこうか」

もうここでやめてしまってもいいのですが、明日の作業を早く済ませられるように、ある程度のことはしておきましょう。

ジャガイモを縦半分に切って面取りします。これは角を丸く切り落とすことで、こうすると角が煮崩れず、スープが濁りませんよ。玉ネギは根元を切らず繋《つな》いだまま六等分。

さらに鶏ガラを使ってスープも用意しておき、これも冷暗所へ。腐らないように処理はしておく。

と、今日はここまでで終了です。

「さて、今日はもう部屋に戻って寝るか……まだちょっと、寝るには早い時間かもしれませんが」

厨房《ちゅうぼう》の窓から見える月の高さに、僕はある程度の時間を感覚で察する。

こりゃ、ずいぶんと早い就寝になりそうですね。

「ま、残りは明日だ」

ということで今日はここで終了。残りは明日、のんびり起きてから仕上げよう。


「……眠い」

次の日、僕はいつもより早めに起きてしまいました。いかんな、生活リズムが完全に崩れている。

眠って休むのはいいのですが、それが一日のルーチンを乱すことになってはいけない。

それは、僕が修業時代に至った考えです。

こりゃ、また一日の仕事を見直さないと駄目だな、と反省しながら厨房へ。

例の如く、本当なら怒られるような行動なのですが、ガングレイブさんから厨房で働く人たちに口添えがありまして、料理人さんたちは何も言わずにいてくれます。

というか、僕が作る料理に興味があるのか、時々こちらをチラチラと見てくるんですよね。聞いてくれれば教えるのに。

料理人さんたちの間を抜け、冷暗所に置かせてもらっていた鍋を確認する。一晩でよく漬かってますね、腐らないように処理もしたし、これなら大丈夫だ。

では昨日の続きから。

昨日漬けた豚肉とタレはそのまま、ここに昨日作った鶏ガラスープを加えてさらにひたひたになるまで水を加え、強火にかけてアクを取り除きながら沸騰させます。

あとはこれに落とし蓋をして鍋にも蓋をし、予熱したオーブンに入れます。

オーブンの温度はだいたい180℃に設定。これで一時間ほど煮込みましょう。ああ、いい匂いがしてきたぞ。

さて、煮込んだら鍋に昨日下ごしらえをしたジャガイモ、玉ネギを入れ、みじん切りにした長ネギ、ニンニク、ショウガも加えます。

あとはこれをコンロに移して強火にかけ、沸騰させるんですが、ここでスープが足りなければひたひたになるほど水を加え、砂糖、味噌、唐辛子を入れます。

最後に、これにもう一度落とし蓋をしてから蓋をし、再びオーブンで煮込みます。今度はさっきよりも短くても大丈夫。半分の時間でもいいかな?

そしてできあがったら塩、胡椒《こしょう》で味を調え、完成。

うん、だいぶ感覚は戻ってきたかも。疲れてる感じもないし、自然に動けてたし、動線だって乱れてなかった。

よかった……これでもう、不手際を起こすようなことはないはず。

「さて、あとはこれを……」

「ちょっといいか？」

後片付けをして鍋を持っていこうとすると、宿の料理人さんが僕に話しかけてきました。

いったいなんだろう？　僕がそちらを見ると、料理人さんの視線は明らかに鍋の方に向いていました。

……まさか。

「何かご用ですか？　僕はこれからこの料理を、仲間へ届けるところなのですが」

「あー、なんだ。その、一応お前はここを使わせてもらってるだろう？」

「はい」

「そして、ここは俺たちの」

「はい待った！」

壮年の男性である料理人さんが気まずそうに延々と話をしそうになったので、僕は厨房《ちゅうぼう》の机に鍋を置いて、それを止めました。

言いたいことはわかるんだ。本当はどうしたいのかもわかる。僕だって、素直にそれを言えない気持ちはわかるつもりですから。

「回りくどいのはやめましょう」

「な」

「この料理を食べたいんでしょう？　はい、どうぞ」

僕は近くにあった皿に、手早くカムジャタンをよそい、さっと料理人さんへ差し出しました。

「は？」

「わかってます。見たことのない料理を目の前にして好奇心が湧いてくるのも、食べてみたいのも、あわよくば味を盗みたいのもよくわかる！」

「いや、俺は」

「いいんです、いいんです。言いたいことは全部わかってるつもりなので！　だから、これを残しておきますのでぜひ食べてください！　では！」

僕はそれだけ言うと、さっさと厨房《ちゅうぼう》から出て部屋に向かいました。

いやー、無理やりだったけど、要はそういうことだと思うんですよねー。僕は苦笑しながら思い出していました。

年齢や経験が積み重なって技術を得て、誇りを持ってくると新しいことを受け入れることが難しくなってくるんですよねー。

僕だって、僕よりも若くて凄《すご》い料理人がいたら、心穏やかではいられないかも。

いや、本当を言うと、あそこで時間を取られたくなかったってのが正しいかな。さっさと料理を食べさせないと通してくれなかったかもしれないし。それに、多分あの人はこう続けたかったんだと思います。

ここを使わせてるんだから、その料理を食べさせてくれよ、と。

言ってることはわかりますからね。自分の職場を勝手に使って作った料理なんだから、こっちにもリターンがあってもいいんじゃないかと。

けど、あの様子だとグダグダと話が続きそうだから、さっさと切り上げました。

「さてさて、リルさんはいるかな」

僕が宿屋のリルさんの部屋に向かって廊下を歩いていると、向こうから誰かが歩いてくるのがわかりました。

顔を上げると、そこにいたのは……。

「あれ？　ガーンさん？　なぜここに？」

ガーンさんは真剣な顔をして、僕の前に立ちました。

ていうかなぜこの人がここに？　仕事はどうしたの？　他の人は？

そんな疑問を口にする前に、ガーンさんは僕に向かって頭を下げました。

「頼みがある！　シュリ！」

「うわ！　びっくりした！　いきなりなんですか？」

「俺を弟子にしてくれ！」

……ガーンさんはなんと言ったんだ、今？

弟子にしてくれ？　え？　どういうこと？　どうしてそんな話になってるの？

「いきなりどうしました？」

僕が恐る恐る、動揺を隠しながら聞くと、ガーンさんは顔を上げました。

ふざけてる様子もない。からかってる様子もない。

「どういうつもりなのか知りませんけど、詳しく聞かせていただいても？」

「ああ……頼む」

「じゃあこっちへ」

リルさんの部屋に行くつもりでしたが、予定変更。

僕は自分の部屋にガーンさんを招き入れ、椅子に座るように促しました。

机に鍋を置き、僕も椅子に座ってガーンさんと向き合う。

「さて、ガーンさん」

「ああ」

「詳しく聞かせてもらってもいいですか？　なぜ僕に弟子入りなんて言い出したのか」

僕は腕を組み、ガーンさんと同じように真剣な顔をする。ガーンさんの考えはともかく、弟子入りをしたいと言うのなら、まずは真剣に話を聞くべきです。

これが、なんとなく、とかなら、断ろうとも思ってますからね。

「俺はさ、今までエクレスとギングスに仕えていたわけだ」

「そうですね」

「だけど、二人は今回のことで次期領主の地位や責務から離れることになる」

「まぁ、そうですね」

二人とも、引退するために最後の仕事をしています。

僕が頷《うなず》いて答えると、ガーンさんはさらに続けました。

「そこで俺は思ったんだ。これから、二人をどうやって食わしていけばいいのかとな」

「食わせる？」

「二人とも仕事を辞めるわけだろう。となれば、収入もなくなる」

「……まあ、そうなるんですか、ね」

確かにそういう結論になるけど、ここで僕は疑問が浮かんできたので聞いてみました。

「領主候補として今まで仕事をしてきたんですから、こう、引退するときにお金とかもらえないんですかね？」

「……そういう話もあったが二人はそれを断ったし、その意を受けて、貴族連中の中には声高にそういう金は必要ないと言う者もいる」

「ええ？　でもギングスさんは今までこの領地を守るために戦ってきたし、エクレスさんは領地を栄えさせるためにいろんな手を尽くしてきたんじゃないんですか？　そんな功績ある二人に、そんなことを言う……てか、エクレスさんもギングスさんも断らなくていいと思うのに……」

僕は驚いて言いました。

実際、ギングスさんの仕事っぷりは見たことないけど、エクレスさんは本当によく頑張っていたと思います。

最初に出会ったときも、市場を歩き回って価格の相場をチェックしてましたし、店からの情報収集も欠かしませんでした。

昨日の市場巡りの際だって、店の様子を気にかけているのがよくわかりました。

それだけ、この領地に思い入れと責任感があったんだと、僕でも思う。

なのに、エクレスさんもギングスさんもお金を受け取らない。そして貴族の人たちも、二人の功績を無視して、お金を渡さなくていいと言っている。

これは、あまりにもあんまりだ。

「俺もそう言ったよ。これは正当な報酬だ、受け取る権利がある金だってな」

ガーンさんは呆《あき》れたように顔を手で覆いました。

「だけどな、二人とも同じことを言うんだよ。これから新しい代官が来て苦労するのは残された者たちだ、彼らのために残せるものは残しておいてやりたいって。

いらないお節介さ。二人とも責任はキチンと果たしている。確かにこの領地は他国のものになるが、そうしなければならない経緯はレンハが捕まったことで明らかにされている。隠すことでもないからな、すでに知れ渡ってるさ。

責任を果たした者は報酬を受け取る権利がある。そして、利益を得る者は報酬を払う義務がある。ここに個人の感情を入れちゃいけない。人間が文明社会を築き始めてから行われてきた約束事だが……エクレスもギングスもお人好しだな、全く」

ガーンさんの絞り出すような言葉に、僕も頷《うなず》きました。確かにそれが果たされないと、人間が知恵を得ている意味がないよなぁ。それを無視するなんて、人間じゃなくて外道《げどう》や畜生《ちくしょう》だよ。

「だが、二人の決意は固くてな……翻意《ほんい》させることはできなかった」

「そこで、収入がなくなるから僕に弟子入りして、手に職をつけたいってわけですか」

ここでようやく最初の話に戻ってきましたね。僕の言葉に、ガーンさんは顔から手を離して頷きました。

「そうだ。……二人が無職になって食いっぱぐれるのは見たくねぇ。

俺はあいつらの兄なんだ。領主である親父には認められなかったし、母親は行方不明で、出自をあやふやにされている俺だが、それでもあいつらの兄貴だ。

今度こそ、二人を守ってやりてぇ。だが俺の技能なんて、せいぜい二人の下で活動してたときに身につけた諜報《ちょうほう》技術や戦闘、交渉の能力くらいのもんだ。これから先それで食べていくには、他の領地で仕官でもしない限り無理だ」

「ガーンさんだけここに残って、その活動で収入を得るのは？」

「二人が辞めるのに、俺が残るわけにはいかんだろう。認知されなかったが、一応俺も領主の血を引いている。そんな俺が居座ったら、残って仕事をする奴らが困るだけだ」

ああ、これは止めても無駄だろうなぁ。僕は苦笑を浮かべて腕を組みました。

ガーンさんは、なんだかんだエクレスさんとギングスさんをお人好しだと言うけども、ガーンさんだってたいがいなお人好しだ。そうじゃなければ、僕は牢屋《ろうや》の中でのたれ死んでいた。

だいたい、弟妹《きょうだい》のために手に職をつけようとなりふり構わず頭を下げられる人間を無下《むげ》にするほど、僕は冷血漢じゃない。

だけど、確認しておかないといけないこともあります。

「ガーンさん。聞きたいことがあるんですが」

「なんだ」

「当たり前のようにおっしゃってるので聞く機会を逸していましたが……改めてお聞きしたい。ガーンさんは、エクレスさんとギングスさんの兄ということですが、どういうことなのでしょうか？　……あなたも母親が違うんでしたよね？」

そうだ、それを聞かないといけないのだ。エクレスさんの親殺しを止めようとしたときも、ガーンさんは言ってたじゃないか。本当に腹違いの兄だって。そして、エクレスさんとギングスさんを守ろうとしていたと。

「……まぁ、あの時に自分で言ってるし、お前にここで隠し事をしても意味はないな」

ガーンさんはためらっていましたが、観念したように口を開きました。

「そうだ。俺は領主の長男だ。エクレスは妹、ギングスは弟になる」

「なんで次期領主候補として認められなかったんですか？　それにギングスさんはあのとき、このことを本当に知らなそうな感じでしたが」

「それにはな、理由があるんだよ」

ガーンさんは椅子にもたれかかり、天井を見上げました。

「俺の母親は、かつての領主の正妻……エクレスの母親付きのメイドだった。そしてギングスは、そのエクレスの母親を追い出して正妃になったレンハから生まれたんだ」

「あのときも言ってましたね、確か……、今はどこにいるかもわからないとも。それで……お手付きにされた、と言っていいのでしょうかね？」

「むしろ無理やりに近い。エクレスの母親との間に子供がなかなかできなかった領主ナケクは、八つ当たりに近い感じで俺の母親を襲った」

「それは……」

凄《すご》い重い話だ……あの人の好さそうな領主さんが領地を売ろうとしたり、メイドを手籠《てご》めにしたりと、好き放題してたなんて……。

僕は何も言えずにいました。

「そして、俺が生まれた。……母さんが俺を身籠《みご》もったことを知ったとき、エクレスの母親は激怒した」

「そりゃ、そうでしょう」

「母さんと正妻様は仲が良かった。元々二人は幼い頃から主従の関係で、正妻様は頭も良く知恵も持っていて、女性ながら数字にも強い方だった。その仕事ぶりと美貌に惹《ひ》かれて、領主が自分から正妻にしておきながら、親友でもあったメイドに手を出したんだからな。それで正妻様はナケクに詰め寄った」

「それで？」

ガーンさんは天井を見上げながら、怒りを顔に刻む。固く握り締められた拳は、血が流れそうなほどでした。

「こともあろうにあの馬鹿は、正妻様が怒っているのは自分よりも先に子供ができた女に、立場を取って代わられるからだと思ったらしくてな。

生まれる子供に次期領主の座を与えず、領主の子としての地位も与えず、認知しない、継承権には決して関わらせない、と言ったらしい」

「それは領地を守るため……では？」

「それもあるだろうが、少なくとも正妻様は怒り狂った。正妻様はそこに怒ってるんじゃない、親友のメイドに無理やり手を出して子供を作ったことに怒っていたわけだからな。……結局、正妻様がご自身で費用を出して出産の準備を整えてくれた。だから俺は無事に生まれたわけだ」

想像以上に重い話だな……。これには僕も顔をしかめてしまいました。

ガーンさんは、今までどういう気持ちだったんだろう。父親に息子と認められず、周囲からも領主の息子と認められず、後に生まれてきた弟妹《きょうだい》のために身を削って戦ってきた。

その苦労を考えると、僕の胸がチクリと痛む。

だけど、ガーンさんの顔は穏やかなそれになって僕に向けられました。

「今もだが恨んださ。昔は今以上に憎悪していた。俺は息子と認められず、次期領主の候補としても認められず、周囲からも疎まれた。

だけどな、後から生まれてきたエクレスを、ギングスを見て誓ったんだ。俺と同じ思いは決してさせないって。だからギングスに事情は知らせなかった。

父親からは疎まれたけど、俺はあいつらの兄なんだ。だから、今だってあいつらを養うためにお前に弟子入りすることに、なんらためらいはない」

ガーンさんはもう一度頭を下げて言いました。

「だから、頼む。あいつらを支えてやりたいんだ。守ってやりたいんだ。領地のしがらみからは守ってやれなかったが、これからはちゃんとしてやりたいんだ。どうか……頼めないだろうか」

……僕は腕を組んで、一瞬だけ考える。弟子入りさせるかどうかを。

だけど、一瞬で答えが出てしまったので、考えるだけ損だったと気づき、思わず笑みがこぼれました。

「ガーンさん」

「……どうだろうか」

「まずは腹ごしらえしましょうか」

僕は立ち上がり、部屋に置かれた荷物の中から二人分の皿と匙《さじ》を取り出しました。

「腹ごしらえ、だと？」

「はい」

「俺は真剣な話をだな」

ガーンさんは何か言いたげでしたが、僕は手を伸ばしてそれを遮りました。

僕は、これまでになく真剣そのものです。

「これも真剣な話です。これから料理人になるのでしょう？　僕に弟子入りするのでしょう？　なら、僕が作る料理の味を覚えてもらわないと困ります。わかりますか？　まず最初にすることは、料理の味を覚えることですよ」

ガーンさんはハッとしました。てか、この人それに気づかないって何なんだよ、それでどうして料理人に弟子入りなんて考えたのさ。

「そうか……すまない、そのことを失念していた」

「では、どうぞ」

僕は鍋のカムジャタンを皿によそってガーンさんに渡し、僕の分も用意しました。

ガーンさんはその皿を、震える手で受け取りました。どうやら緊張しているようですね。

僕もそうでした。僕も、最初の修業の店で料理長の料理の味を盗もうとしたとき、緊張で舌が震えたものです。

これから続く料理人としての人生の最初の一歩、最初の試練でしたからね。必死に覚えようとしました。

それと同じことがガーンさんにも起こってるわけです。気持ちはわかるつもりです。

匙を渡すとガーンさんは受け取り、カムジャタンに口をつけました。

「……」

ガーンさんが固まった。

どうした？　どうして固まってる？

「どうしましたガーンさん？」

「……」

どうやらよく味わって食べてる様子……でもないな。舌に神経を集中させてる様子なのはよくわかるんですけど……。

とうとう動いたと思ったら、ガーンさんは急激に咀嚼《そしゃく》して一気に飲み干してから叫びました。

「辛いな！」

「うわびっくりした」

汗を流しながら叫ぶガーンさんに、僕は肩を震わせて驚きました。

「どうしました？　いきなり」

僕は構わずカムジャタンを食べ続けながら聞きました。うむ、辛くて旨《うま》い。

しかし、何が気に食わないのかガーンさんは僕を睨《にら》みました。

「何が味を覚えるだ！　辛い料理なら辛い料理だと言え！　集中して食べたから、辛さが頭を殴りつけるようにきたぞ！」

「そりゃ辛い料理なんですから辛いでしょ」

「集中して食べたら痛みが凄《すご》いだろ！　さっきも言ったけどな！」

ガーンさんは僕に詰め寄って叫びながら言うので、僕も引き気味に答えます。

「で？　感想はどうですか」

ピタ、とガーンさんの動きが止まる。

何か言いたそうですが、それを全て飲み込んで苦虫を噛《か》みつぶしたような顔で椅子に座り、再びカムジャタンを食べ始めました。

「旨いよ。本当に旨い」

なんだかんだ言っても、ガーンさんは顔を綻ばせました。

「辛くて旨いスープの味が染みこんだこの豚肉の塊《かたまり》が、ものすごく旨い。なんなんだこのスープ？　辛さはあるんだけど、その奥には旨みがこれでもかとある」

さらにガーンさんは豚肉の塊に齧《かじ》りつき、勢いよく食べ続けています。

「長ネギとニンニクとショウガは、薬味としても食材としても最高だな。辛さの中にしゃっきりとした後味を出してくれている。

この玉ネギもいい。十分に肉の旨みとスープの旨みを吸って、柔らかく仕上がってるな。口の中で溶けるような感じすらする。

なるほど、旨い。辛くて旨い。後を引く味だ。体も温まってくる……むしろ熱いな」

ガーンさんは額から流れる汗を拭い、美味《おい》しそうに食事を終えました。

「ありがとう、旨かったよ」

「お粗末さまです」

僕も食べ終わって、机の上に皿と匙《さじ》を置きました。

そして、もう一度ガーンさんを見つめます。

「それで？　どうでしたか、僕の料理は」

「ああ、旨《うま》かったよ」

「そうではなく」

僕は鍋に残った料理を指さして言いました。

「どういう旨さか、なぜ旨いのか、どうして旨くできたのかわかりますか、ということです。先ほど述べられた感想は、見事でした。確かに料理の良い面を見てくれて、ありがたく思います。ですが……」

「ですが？」

「今後ガーンさんは、旨さの『理由』をもっと深く理解し、考えることが必要になります」

ガーンさんはここで背筋を伸ばし、姿勢を正しました。

「僕もできるだけ、ガーンさんに技術を伝えます。聞かれたことには十全答えるように努力します。独り立ちできるよう知識も付けてもらいます。まだ修業中の身である僕にどれだけできるかわかりませんが、最大限の努力でもってガーンさんを鍛えます」

ですが、と僕は続ける。

「それだけ僕が頑張っても、ガーンさんにやる気がなかったり挫《くじ》けたりしたら無駄になります。無駄だと判断したら、その瞬間に修業を中止して弟子を辞めてもらいます。

それだけの覚悟はありますか？」

「もちろんある」

僕は拍子抜けしました。結構脅すように聞いたつもりでしたが、ガーンさんは何のためらいも考える間もなく、答えたのです。

「……キツいかもしれないが、これからは俺も頑張らないといけねぇからな。あの二人がこれからどうなるかわからねぇ。代官からどう扱われるかわからねぇ。今までしてきたこと以外でも、金が稼げる技術を身に付けておきたい。頼む、師匠。俺を弟子にしてくれ」

……仕方ないよね。これだけハッキリと答えられたんじゃ、僕もこれ以上あれこれ言うわけにもいかない。

僕は笑みを浮かべ、ガーンさんに右手を差し出しました。

「わかりました。これからガーンさんは僕の弟子です。何があろうと、あなたが折れない限り見捨てないと誓いましょう。これから、改めてよろしくお願いします」

「ああ、ああ！　よろしく頼む！」

ガーンさんは僕の右手を取って、握手をしました。

「俺は折れないし挫けない。だから、俺に生きる技を教えてくれ！」

「もちろん」

「話は聞かせてもらった！」

僕とガーンさんの間に良い空気が流れて話が終わろうとしたとき、いきなり扉が開きました。

二人とも驚いてそちらを見れば、なぜかリルさんが立っている。

「シュリに弟子入り、とても良い話だと思う」

当然のような態度で中に入ってきたリルさんは、そのまま部屋に置かれた荷物の中から匙《さじ》と皿を取り出した。

「シュリの下で働く人はいるけど、いまいちシュリの技を引き継げる人はいなかった。これからまた、シュリに何かあったときのことを考えるのは良いこと。もちろん、何かがないようにリルたちも頑張るけど」

そして、何食わぬ顔で鍋の中のカムジャタンをおたまで皿に盛りつけ、食べ始めたのです。あまりに自然な振る舞いだったので、僕は何も言えませんでした。

「ちゃんとシュリの下で、味と技を学んでほしい」

「え？　あ、ああ」

「リルが言いたいのは、それとこれ。二人だけで美味《おい》しいものを食べるのはずるい」

食べ尽くしたリルさんは、さらにおかわりを食べ始めました。

「これは元々リルがシュリに作ってもらった料理。だからリルも呼ばないといけない。それが誠意というもの。違うかね、シュリ」

「え？　いや、違わないかと」

「そうだろうそうだろう」

リルさんは二杯、三杯とおかわりをして、食べるのをやめる気配はありません。

「だからリルがここでこの料理を食べることに反対することや、意見を言うこと、触れることは間違いである。理解できるかな？」

「え？」

「は？」

当然のように言うリルさんに、僕とガーンさんは疑問を口にすることができません。

次に僕たちが言葉を口に出す前に、リルさんは満足したのか食べるのをやめて手を叩《たた》きました。パン、と弾けるような音に、僕とガーンさんは再び固まる。

「ありがとう、シュリ。とても美味《お い》しい料理だった」

「あ、はい」

「辛くて美味しい、そしてジャガイモにもよく味がしみていて、ホクホクしてた。お腹《なか》いっぱい。リルは満足した」

「そりゃどうも」

「次は忘れずに、リルを呼んでね。じゃ！」

リルさんは言いたいことを一方的に言い終わると、そのまま部屋から出て行ってしまいました。

後に残された僕とガーンさんは、少しの間そのまま動けませんでした。

「……なんだ、あれ」

ようやく口を開いたガーンさんから出たのは、困惑の言葉。

「あまりにも自然に入ってきて、自然に料理を食べて、自然に言いたいことを言って、自然に出て行ってしまったもんだから……俺でも反応できなかったんだが」

「僕もです」

なんというか、リルさんの静かな嵐のような訪問を経て未《いま》だ呆《ほう》けたままなのですが、リルさんが使った食器を片付けている僕も、ようやく口が動きました。

「いやー……リルさんのあまりの行動に、僕も頭が麻痺《まひ》していたようです」

「だな」

二人で顔を見合わせて言うと、どちらからともなく笑いだしてしまいました。

腹から笑って、笑って。

僕とガーンさんの絆《きずな》が、ようやく結ばれた気がしたのです。

六十五話　久しぶりの休日に弟子入り志願とカムジャタン～ガーン～

「……それで、いいんだな」

俺ことガーン・ラバーは、改めてエクレスとギングスにそう言った。

とある夕方のこと。エクレスが城に帰ってきて、改めて三人集まって話をしているときだ。夕陽が窓から差し込んでいる。

かつての領主……ナケクの執務室だった場所に、俺たちはいる。

椅子に座って向かい合っている三人だが、俺だけ顔を険しくしていた。

他の二人……妹エクレスと弟ギングスの顔つきは平穏なものだった。普段と変わらない、いつも通りのそれだ。

「ボクはすでに決断してるから。心変わりはないよ」

「俺様も兄……いや、姉貴と同じだ。この領地の経営、運営から一切手を引く」

「……そうか」

俺は諦めた顔をして、もう一度聞いた。

「しつこいようだが本当にいいんだな？　今ならまだ、貴族への根回しも、じきにやってくる代官への準備もできるんだぞ。俺は正直に言うと、お前たちが完全にこの領地のあれこれから手を引くことは、反対だ」

「まあ、確かに、領民のみんなはボクを支持してくれると思う」

エクレスは物憂げな顔をした。

「今まで、たくさんみんなのために頑張ってきた。結果も残した。慕われてるって、自惚《うぬぼ》れなしでも言えるから」

「俺様も同じだ」

ギングスもまた、悩むような顔をする。

「俺様は常勝無敗ってわけじゃない。だけど、必ず益となる結果を残してきた。負けても勝っても、必ず領地に利益をもたらした。

軍部の士官からは、俺についてくるっていう言葉ももらってるし、兵士の中には俺を支持してなんとかしようって動きもあった」

「けど、ねえ？　ギングス」

「ああ、そうだな、姉貴」

しかし、すぐにエクレスとギングスは二人して笑みを浮かべた。

「ボクたちは最後の仕事をやりきったんだ。レンハを捕らえ、父上を退陣させた。膿《うみ》を出して、この領地のために最後の仕事ができたからねぇ」

「俺様にとって最大の悩みだった母上をなんとかできたんだ。世話になった領民への、最後の恩返しと謝罪ができたと思ってる。後は、引き継いで頑張ってくれる奴に託したい」

二人はやりきったという、満足しきった顔をしていた。

俺はそれを見て、次に言おうとした言葉を呑《の》み込むしかなかった。

悔しいな。弟と妹はこれだけ大きな決断を笑顔ですることができるほど、強くなっているんだから。

眩《まぶ》しいほどだ。羨ましいほどだ。輝かしく誇らしいことだ。

だからこそ、この二人にはまだやれることがあるはずだと思う。

やりきった顔をしているが、それで満足してもらっては困るんだ。二人には高い能力がある。しかもこれからの領地を切り盛りするために、二人が協力できる状況にある。次期領主候補として跡目争いをする必要がないからだ。

新たに代官が来てそれが上に立つのなら、二人はその下で働く形にすればいい。前から政務に携わっていた二人が仕事を続ければ、混乱だって少ないはずなんだ。

「二人にはまだできることがあるだろう。たとえニュービストから代官が来ても、その下で内政と軍務を担当すればいい。代官を支える形にしつつ権力の基盤を保持すれば、二人の居場所だってあるはず」

「だけどそれは、この領地に延々と内乱の火種を残すことになる」

ギングスのその言葉に、俺は口を閉ざした。

あえて考えないように、触れないようにしていたことを、ギングスがハッキリと言う。

「俺様と姉貴が残るってことは、前領主の権力基盤がそのまま残る。なるほど、俺様たちの居場所は残るだろうさ。だけど」

「そうだね。つまり、いつかニュービストに対する反感が生まれた際に、ボクらは旗頭にされる可能性だってある。あの国を、美食姫が完璧に統治できてるとはボクは思わない。……正確に言うと、その部下が必ずしも良い人だとは思わない」

「その通りさ。ま、俺様だって馬鹿じゃない、代官がアホで頼りなくて、軍務の権限を俺様がまだ持ってたら、行動するだろう。領地と領民のために、座して圧政に屈するつもりはない。そうなったら、また内乱や権力争い、政争の火種が一気に燃え上がるだろう」

二人が飄々《ひょうひょう》と言う様子を見て、俺はとうとう諦めた。

諦めて、この二人をどうやって守ろうかと本気で思案する。

「……わかった。そういうつもりなら、それでいいだろう」

「ありがとな、兄貴。……今まで呼び捨てで呼んでたのに、今更兄貴って呼ぶのは調子よすぎか」

「いや、兄と呼んでもらって嬉《うれ》しいさ」

俺は顎を撫《な》で、背筋を伸ばした。さて、ここからが二つ目の本題だ。

「それで、兄として聞くんだが……お前らがそうやって引退するんなら、俺もお前らに付いていくことになるな」

二人してキョトンとなった。どうやら、その可能性は考えていなかったらしい。

ギングスが恐る恐る、口を開いた。

「いや、兄貴、兄貴は辞める必要はないだろう」

「そうだよ。むしろここに残って、ボクたちにここの状況を聞かせてほしい」

「無理だろう」

俺は腕を組み、二人の顔を見た。

「俺だって一応領主の息子だ。親父に認知されていないし周りにはほとんど知られていなかったけど……むしろそれは、権力争いの軽い旗頭としてちょうどいいだろう？」

その言葉に、二人は難しい顔をする。なるほど、その可能性は考えてはいたらしい。

「お前らだって本当は気づいていただろう。俺はそういう、捨てても惜しくないような軽い旗頭にはうってつけだ。持ち上げるだけ持ち上げて、失敗すれば全ての責任を押しつけて見捨てる――そうしても心が痛まない都合のいい存在なんだよ俺は。

だから、お前たちが去るのに俺が残ったら、お前たち以上の危険な要素がこの領地の内部に残ってしまうことになる」

俺は溜め息をつきながら言った。事実、そうなんだ。俺の存在はそれだけ難しい。

父親からは認知されず、権力からも外され、次期領主候補になれず、裏方の仕事ばかりを押しつけられて生きてきた。

弟妹《きょうだい》を守るために、泥にまみれてでも役割を果たしてきたが……、だからこそ、捨てても惜しくない首領にされる可能性だってある。

上手くいけば傀儡《かいらい》にする。

下手を踏めばすぐに見捨てる。

ここまできて、俺の存在がこの領地にとってトラブルのもとになるわけにはいかない。エクレスとギングスがここを去るのなら、俺だって去った方がいい。

それが、この領地にできる最善だろう。

「そうか……兄貴には、苦労をかける」

「兄さん、すまない」

「いいんだ。これは俺が決めたことだからな」

さて、堅苦しい話はここまででいいだろう。俺は背もたれに寄りかかり、頭の後ろで手を組んだ。

「あーあ、これからどうやって稼ぐかな」

俺はおどけて、愚痴っぽく投げやりに言った。

「諜報《ちょうほう》活動で稼ぐなんてこともできないし、今更職人になる修業をするには年がなぁ……

大工をするにも雇ってくれるところもないだろうな」

「あ……それなら」

エクレスが何かを言おうとしたとき、俺の後ろのドアが開いた。

俺たちが驚いてそちらへ体を向けると、そこには壮年の男が四人立っていた。この領地の運営等に関わる貴族たちだった。

昔からこの地の領主に仕えてきた古参の部下で、全員がそこそこ良い服を着ている。

そいつらは全員、苦々しい顔で俺たちを見ていた。そしてずかずかと中に入ってきて、エクレスに近づく。

俺は思わず立ち上がり、その四人の前に立ち塞がった。全員が剣呑《けんのん》な雰囲気を漂わせているため、近づけるのは不安だったんだ。

「待て、お前たち。どうした、ノックもなしに入ってくるとは不敬だろう」

「お前は……ギングス様とエクレス様付きの護衛で諜報《ちょうほう》も担当しているガーンだな?」

「そうだ」

どうやら、まだ俺が領主の長男であることは伝わっていないらしい。それは好都合。俺が利用されることも、そのために弟と妹が利用されることもない。

しかし、こいつらの口から出た言葉は予想外のことだった。

「そこをどけ。どのみち、ギングス様とエクレス様は権力を手放し始めている。不敬ではないだろう」

　俺は一瞬固まってしまったが、すぐに反論する。

「何を言うか。確かに権力は手放し始めているが、それでも尊き血筋であることは変わらないだろう。敬意をもって接するのが当然だ」

「その尊き血筋がすることが、この地を他国に売り渡すことか」

　貴族の口から漏れる憎悪のこもった言葉に、俺の後ろにいるエクレスとギングスが反応する音が聞こえる。振り向けばエクレスは体を硬直させ、ギングスは椅子から腰を浮かせて身構えている。

　それを見て、俺は貴族たちへ一歩近づき、睨《にら》みつけた。

「仕方がないことだった。そもそも、前領主がこの土地をグランエンドに売り渡そうとしていたんだ。それも、正妃であったレンハの入れ知恵でだ。他国からの工作もあった。その対処と責任のために、二人は次期領主候補の地位を辞退するんだ」

「なぜそれを事前に言ってくださらなかった？」

　貴族の一人が怒りに顔を歪《ゆが》ませ、エクレスを睨んでいた。

「私はエクレス様の派閥の人間でした。覚えていらっしゃいますか？」

「ああ……パオゥ殿だね。覚えているとも。君の堅実な仕事ぶりと差配は、とても信頼できるものだったよ。ボクにとっても頼りがいがあった」

「なぜそこまで言ってくださるのに、派閥の誰にも相談されなかったのですか？」

「それは……」

エクレスは言い淀んでしまった。それは即答できるものではない。本人たちが悩んで悩んで、悩んだ末に導き出した答えなんだ。誰かに軽々しく相談できる内容じゃない。

特にレンハの手は四方八方に及んでいた。自分でも気づかぬうちにレンハに利用されていた者も、たくさんいた。エクレスの派閥でもギングスの派閥でもそれは変わらない。

だからこそ、エクレスとギングスは秘密裏に動いた。俺を諜報員《ちょうほう》として使い、ニュービストの使者と接触させて話を進めてきたんだ。

全てはこの領地を守るために。グランエンドに渡さないために。

だけどやっぱりそれは、部下にとっては確かに裏切り行為だろう。

頼ってほしい時に頼ってもらえず、頼りたいときに頼れず、上司が勝手な動きをしたせいで派閥が全てなくなってしまった。自分たちの今までの努力を、全て台無しにしてしまうようなことをされた。彼らが怒るのも当然だ。

「ギングス様。覚えていらっしゃいますでしょうか？　私はギングス様の派閥として軍部に所属しているものです」

「ああ、覚えている。戦働きをしている家で次男として生まれ、一兵卒から頑張って中隊長まで上り詰めて、俺様に拝謁するまでになった、たたき上げの軍人だ」

「そうです！　私は、そのときギングス様がかけてくださった言葉を忘れておりません！『血気盛んで勢いを生むことに長《た》けた前線向きの兵士だ、あとは生き残るための知恵と工夫を身に付ければ、俺様も頼れる百人長にもなれるだろう、死なずに頑張ってくれ』と言ってくだされた！　私はその頼れる兵士になれるという言葉を支えにして、今では中隊長筆頭にまでなりました！

なのになぜですか！　あなたへの忠義を、私はどこへ向ければよいのですか!?」

叫びのような悲痛な言葉に、振り向いて見ればギングスは顔を歪《ゆが》めていた。

ギングスもまた、その言葉にまともに返答ができない。自分を慕ってくれている者に対して、自身がしたことの説明ができないんだ。

俺には二人の苦悩を推し量れない。俺では想像できないほど、二人は苦悩しているだろう。それは、二人の沈痛な面持ちからもわかる。

「皆の言いたいことはわかる」

だから、俺が代わりに言わなければいけないのだ。お前が言うなと言われても、お前に聞いていないと言われても。

二人がその決断に至るまでの、血を吐くような苦悩を知っている俺だからこそ、言わなければならない。

「お前には聞いてない！」

「いや、言わせてもらう。この二人は、悩んで悩んで悩み抜いて結論を出したんだ。この領地を守るために。……二人を慕う、本当に心から付き従う臣下を守るための、苦渋の決断だ」

「そんな言葉で許せと言うのか！　私たちはどうなる！　エクレス様とギングス様はこれからどうするのだ！」

「許せとは言わない。あなた方の言い分はもっともだ。だからこそ、二人は言い訳も反論もせずに、黙って聞いているのがわからないのかっ」

俺の言葉に、貴族たちはハッとした。

「……この領地を守るためには仕方がなかった。いつごろになるかはわからないが、ニューピストから代官が来ることになっている。残る者たちに無体なまねをしないよう、無下《むげ》にしないよう頼むつもりなんだよ、二人は。だから、納得してほしい」

俺の言葉に、貴族たちは押し黙ってしまった。

すると突然、貴族の一人が言いだした。

「ならば、エクレス様とギングス様を、どなたかの家に婿《むこ》として迎えるべきだ」

……？　何を、言ってるんだ？　俺はその言葉に対して、咄嗟《とっさ》に何も言えなかった。

先ほどから俺たちに意見を言っていた二人の貴族も、驚いた様子でそいつを見る。

「結婚していただいて、尊き血筋は残さねばなりませぬ。この領地を守ってきたご先祖に申し訳が立ちませぬ。いつの日か、ニュービストから独立を勝ち取って再びこの地にスーニティの名前が刻まれるとき、エクレス様かギングス様の血を引いた人間がいるべきです」

「全くもってその通りです。我々にできる抵抗は、未来への布石は、是が非でもしておくべきです」

「お前ら!!」

「自分たちが何を言ってるのかわかってるのか!!」

四人は俺たちの前で喧々囂々《けんけんごうごう》と口論を始め、俺たちの存在を忘れてしまったようだった。俺はといえば思わず足がふらつき、後ずさってしまった。

「大丈夫か」

「あ、ああ、大丈夫だ。すまんな」

そんな俺の背中をギングスが支えてくれた。というか、ギングスの支えがなかったらぶっ倒れていただろう。それだけ、言われた言葉は衝撃的だった。

まさか、そんなことを計画する奴がいるとは、思ってもみなかった。確かに血筋を残す意味があるのは、わかる。領地の政務などに関わった経験から、その重要性はわかる。

だがそれを現実に言い出す奴がいるなんてのは想像していなかった。

というか、想像できなかった。

もはやエクレスとギングスの血筋を政務の中枢に残しておく意味合いはない。二人が引退する以上、その子供たちへ受け継がれるものはないはずなんだ。

それなのにこいつらが言ってるのは、あわよくば自分たちの一族の血筋に、領主としての正当性を残しておこうという下卑た考えだ。

「いい加減にしなよっ！」

言い合う四人を前にして、エクレスが声を張り上げた。

「今更ボクたちの血筋をどこかに残す、なんて考えはやめてくれ！　そんなことをされてもボクたちは迷惑だ！　なんのためにボクたちが政務の中枢から去るのか考えてくれ！」

「ですがエクレス様、これは後々の正当性を示すための」

「正当性なんていらない！」

エクレスは腕を振り上げて、怒りを露わにしていた。

「そんなことをしたら、余計にこの領地に火種を残すようなものだ！　今はいいとしても、いつか必ずどこかで業火となってこの領地を脅かすことになる！」

「そうはおっしゃいますが……！」

「ほら、もう出てってよ！」

エクレスは四人を押しながら叫ぶ。

「ボクは責任を取って、キチンと引き継ぎをして去る！　晩節を汚《けが》させないでくれ！」

「エクレス様！」

「いいから出て行ってくれ！」

そのままエクレスは四人を部屋から押し出して、扉を閉めた。そして間髪容《かんはつい》れず扉の鍵をかけて、大きく息を吐いた。この短い時間で疲れ切ってる感じだ。

俺は思わずエクレスに駆け寄り、その肩を支えた。ギングスも俺と同時に動き、エクレスを気遣う。

「大丈夫か、エクレス」

「うん……と言いたいところだけど、なんか疲れ切っちゃったよ」

「俺様もだ……」

ギングスは頭《かぶり》を振った。

「まさかあんなことを言う奴がいるとは思ってなかったぞ。……いや、可能性としてはあるかもとは思ってたが、まさかマジで言い出すとは……」

「本当だな」

俺はエクレスとギングスの肩に手を添えるようにして支える。

本人を前にして、あんな配慮も何もないことを直接言う奴がいるとはな。

誰かが言わなければならなかったことなのかもしれない。将来独立を勝ち取った際に、領地を治める正当な血筋を欲しがるのは、わかる。

だけど、それを責任を取って引退したばかりの二人を前に、真正面から言う奴がいるとは思わないじゃないか。そういうのは普通、裏でもっとコソコソやるもんだ。

……いや、この集まりも十分に裏でコソコソしている部類か。だからあいつらはあんなことを言ってきたのかもしれないな。

しかし、それならばなおさらどうするか。それを考えなければならない。

俺はエクレスがさらに物憂げな顔をするのを見て、意を決して口に出す。

「それでエクレス、どうするつもりだ？」

エクレスがガバッと顔を上げた。

「どういう意味？」

「言っとくが、別に俺はあいつらの意見に賛成するつもりはないからな。

お前はもう自由なんだ、自由に生きればいい。そのために、あいつらにあんな考えを起こさせないような希望でもあるかと、聞いている」

「それは……今のところ何もない」

だけど、とエクレスは楽しそうに言った。

「だけど、もし結婚するなら、シュリくんがいいかなぁ」

「……あいつか」

俺は思わず破顔してしまった。

「俺様も、姉貴がそうしたいなら、それでいいんじゃないかと思うね」

ギングスもまた、顔を綻ばせていた。

そうだな。エクレスがどういう心変わりや思いの流れがあってそうなったのか。それを聞くつもりはない。

……いや、これは聞いておいた方がいいんじゃないか？　俺はそう考え直し、エクレスに問いかける。

「エクレス。聞いてもいいか？　シュリのどういうところに惚《ほ》れたんだ？」

「うーん……そうだね」

エクレスは多少迷う様子を見せながら、自分が座っていた椅子に戻った。

「なんといっても、将来性がある上に、優しい人だからね」

「将来性？　ずいぶんと打算的なことを言うな姉貴は」

ギングスは苦笑しながらそう言うが、俺も同感だ。同じように苦笑いを浮かべていることだろう。

しかし、エクレスは真面目な顔をして椅子に座る。

「笑い事じゃないよ。結婚相手には将来性と安定性……つまりは人柄とお金を稼ぐ能力が必要なのさ。これは、打算でもなんでもなく、結婚相手には当然求めるべき条件だよ。

恋愛感情も条件に加えるとしたら、その人にとって相手の人柄が理想通りの素晴らしいもので自分に合うから稼ぐ能力には目を瞑《つぶ》れるのか、それとも人柄はクソでも一生食うに困らないほどの金を稼ぐ能力がある人間なのか、そのどっちかくらいだよ」
あまりにもハッキリと言い切るため、俺とギングスから笑顔が消えて、がっかりという
か、裏切られたような顔になってしまう。
なんというか、女の本音を聞いたというか……いや、これは多分だが、女が男に求める
ものの真理というか条件を聞いてしまったため、自分の中に僅かにあった女への希望や妄
想が打ち砕かれた、ということだろう。
でも言いたいことはわかる。
「まあ、理解はできるけどな」
ギングスは腕を組み、頷《うなず》きながら言った。
「俺だって、姉貴が稼ぎもないただの野郎と一緒になるってんなら、止めるもんな……」
「ああ、そう考えたらそうだ……」
これでエクレスが、脂ぎって不健康そうで、卑しい性格で、おまけに貧乏な野郎に嫁ぐ
というのなら、俺だって止める。それを想像して、思わず俺は身震いしてしまった。
それと比べてシュリはどうだろうか？
決まってる。圧倒的にマシだ。いや、最悪の想像と比べるのは、さすがにあいつに失礼
だってのは……わかるけど。
「で？　エクレスにとってシュリは満点なわけか」

「満点だね」

　エクレスはハッキリと断言した。

「まず人柄だけど、ボクが追い詰められて父上を殺そうとしたとき、駆けつけて止めてくれて、漢《おとこ》を見せた。普段だって、抜けてるときはあるけど優しい。やるときにはやる。普段は穏やかで優しくて静か。一緒にいて疲れないし気を遣わないで済むのは、とてもよいことだとボクは思うよ」

「なるほど」

　ギングスは納得したような顔をしていた。

　はて……と俺は考える。普段のあいつは果たして、そんなに高い評価をもらえるような人間であっただろうかと。

　やるときはやる人間だってのはわかる。優しいのもわかる。

　だが、短い間だが牢屋《ろうや》で親しくなって抱いた印象は、どちらかというとお人好しの変人だってことだ。

　料理は抜群の腕で、人の観察もできるし、相手の体調を慮《おもんぱか》れる人柄の良さと知識があるくせに、自分のこととなるとてんで考えが及んでない感じだ。

　言ってしまえば料理バカだ。自分のことは二の次にするお人好しの変人。

「そ、そうか……」

俺は一連のシュリの言動を思い出して、エクレスが考えるような、結婚相手として最適な人間ではないと言おうと思ったが、それを止める。

恋して目が眩《くら》んでいる今のエクレスには、何を言っても通じないだろうな。無駄なことはしない。

「人柄は……うん、わかったよ」

いいぞ、ギングス。お前の空気読みは完璧だ。そこに触れないこと話題に出さないこと、それが熱い恋をしている女性に対する正解だ。

言っても無駄なら言わないいんだよ、俺たち男はよ……身内が明らかにヤバい相手を好きになってるならともかく、その相手が普通？　の奴ならさ……。

「で？　稼ぐ能力はどうなんだ？」

「わからないのかい!?」

ギングスの疑問に、驚いた様子を見せるエクレス。

溜め息を一ついたエクレスは、ギングスを指さす。

「ギングス、彼は稼ぐ能力も完璧だよ」

「傭兵団《ようへいだん》の中で稼ぐ能力があっても、それは……」

「何を言ってるのさ」

エクレスは立ち上がり、またギングスの胸に人差し指を突きつけた。

「彼らがボクらに何を望んだのか、忘れたのかい？」

「……土地か？　安住の地となる」

「それさ。ガングレイブ傭兵団は、土地を求めてる。安住の地となり、帰るべき故郷となる土地をだ。そうなったら傭兵団稼業なんてやらないよ。少なくとも、ガングレイブは土地を得たらそこを拠点にして、スーニティの代官に仕官するだろう」

「それがシュリとどう繋《つな》がる？」

「シュリがこの地で暮らすってことだよ」

さらにエクレスは自信満々に答えた。

「あの卓越した調理技術と知識を持った人が、この土地で暮らすんだ。それも、美食姫から刻印が刻まれた包丁を下賜されるほどの料理人が、ここに腰を落ち着けるんだ。ニュービストでもオリトルでも高い評価を得た料理人が、ここで店とか開いてくれたらとても儲《もう》かると思うんだ。

実際、ボクたちだって彼の料理は食べたはずだ。そして、正直思ったはずだよ。

『これは売れる料理だ』と」

「なるほど」

ギングスはようやく得心したのか、頷《うなず》いた。

それは正直、俺も考えたことがある。あれだけの料理の腕前の人間ならば、傭兵団の料理番などしなくても、どこかの国の街で、自分の店を開いて商売すれば、儲《もう》けることはできるだろうと。

美食姫だって同じことを考えたはずだ。ニュービストでどういういきさつで美食姫……テビス姫に気に入られたのかは知らないが、ともかくテビス姫に気に入られたからこそ、包丁を下賜されている。

それほど腕前を認められた料理人なら、店を出して包丁を見えるところにでも飾れば、それだけで集客効果はあるだろう。はたしてそれを、テビス姫がただ黙って見ているかどうかはこの際考えないでおくが。

料理の技術が高く、人柄に問題なく、集客効果を上げる経歴もある。

「ああ、なるほど。そう考えたら、確かにシュリは人柄と将来性と安定性と稼ぐ能力は問題ないか」

俺もそこまで考えて、頷《うなず》く。

「まあ、それは後から考えた理由なんだけど」

「後から？」

俺が聞くと、エクレスは恥ずかしそうに俯《うつむ》いた。

「あのとき、ボクは復讐《ふくしゅう》を遂げようとした。それが終わった後のことなんて何も考えてなかったんだ。ナイフを手に持って、血にまみれた後のことなんて考えなかった」

「それは……俺様も悪かった。姉貴に全て押しつけて、俺だけ綺麗《きれい》なままでいようとしたから……」

「それはいいんだ。ボクも自分だけで決着をつけようとしたのが悪かったから……。でもシュリくんはボクに言ったんだよ」

エクレスは遠い目をして、微笑《ほほえ》んだ。

「一目見たときにドキッとしたってさ」

俺とギングスが何も言えないでいると、エクレスはさらに嬉《うれ》しそうに続けた。

「そして自分を否定しないこと、復讐は自分が納得する方法で行うこと。最後に、一番の復讐は幸せになって相手を忘れてやることなんだって。ああ、元気が出たなぁあれは。ボクがやることを否定しきらなかった。

女を捨てたボクに魅力を感じてくれた。

ああ、これだけしてくれたあの人には、感謝しかないよ」

「そうか」

俺はそれだけ答えて、顎に手を当てる。

「そういうことなら、なおさらあいつらがこの土地に住み着いてくれるようにお膳立てしたいな。エクレスのためにも、俺たちが実務から離れたあとの領地のためにも」

「そうだな」

ギングスも同じように考える仕草をした。

「さて、そのためにも、残った権限であいつらに土地を用意してやれるかどうか」

「さらに、ガングレイブの懐にどう飛び込むかだな」

「どうするかな」

俺たちは三人とも、考える。ガングレイブがこの後どうするつもりかは聞いていない。この地を去るのか、土地を得る確証があるまでいてくれるのか。

早めになんとかしておきたい。だが、エクレスとギングスの今の権限でそれが用意できるだろうか。……駄目だな。

「今の俺たちにはどうしようもない」

「そうだね。せめて、ニュービストから来る代官にお願いする程度かも」

「俺様たちにできる精一杯の誠意と恩返しは、それだけか」

「……なぁ」

俺は二人に、恐る恐る口を開いた。これはずっと前から考えていたことだが。

「俺さ、諜報員《ちょうほういん》を辞めたらシュリの下で働いてみたい」

俺の言葉に、二人は目をまん丸にして驚いていた。

「それは……また唐突だね」

エクレスも動揺を隠せていない。

だから俺は大きく深呼吸をして、心を落ち着かせてから言った。

「ああ、唐突だ。お前らにも、シュリにも言ってなかったからな」

「理由を聞かせてもらっても？」

「後付けの理由でもいいか？」

「構わねえよ」

ギングスの返答に、俺は目を伏せて答える。

「あいつの料理を食べて、仕事に対する姿勢を見て、なんとなくだが、あいつの下で料理人として働いていたら、何か変わるんじゃないかと思ったんだ」

「変わる？」

「ああ、エクレス。変われる気がしたんだ」

あいつは牢屋《ろうや》の中でさえ、俺とアドラのために料理を作った。

もうすぐ死ぬとわかっていても、その姿勢は崩れず、変わらなかった。

気高い――俺はそう思えたんだ。

仕事に対する姿勢も、生き方を変えられない不器用さも、何もかもが気高くて誇り高い。美しくて素晴らしい何かのように思えた。

そんな奴の下で、今からでは遅いかもしれないが弟子として働けば、今の俺を変えられるきっかけになるんじゃないかと思えたんだ。

「諜報員《ちょうほういん》という仕事を辞める以上、俺だって何か手に職を付ける必要がある。さっきの話にもあったが、この年で職人の仕事をまともに教えてくれる者はいないだろう。だがシュリなら……教えてくれる気がするんだ」

「ボクもそれがいいと思う」

エクレスは気を取り直したように言った。

「彼なら誠実に、兄さんに技術を教えてくれるよ」

「そうか」

「といっても、さすがにボクが言おうと思ったのは、店に関する経理とかの事務仕事の方なんだけどね……まさか料理人になるなんて言うとは思ってなかった」

「俺様もだ」

三人は一緒になって笑った。

三人ともようやく隔てがなくなって、笑い合える日が来たんだと思うと涙が出そうになる。目元を拭いながら、残っている面倒事のことは、しばらく忘れることにした。

今は、この尊い瞬間だけを味わっていたいから。


「さて……どうするかな」

次の日。俺は朝早く街を歩きながら思案する。朝日が昇りかけ、市場がざわざわと準備に動き始める時間だ。

俺はシュリがいる宿屋を目指していた。正確にはガングレイブ傭兵団《ようへいだん》が泊まっている宿といった方がいいか。

「シュリに直接会って、直接頼む。それが一番手っ取り早い。……あいつは真剣に頼むことを無下《むげ》にする奴じゃないからな」

あいつの人柄を利用した方法ではあるが、何よりこれが一番誠意ある頼み方だし、それ以外思いつかない。俺は心に決めて、宿屋の前に立った。

不思議と緊張する。感じたことのない体の強張《こわば》りに、支配される。

諜報員として周辺諸国に忍び込んだり、敵地で情報を探ったり、他にも命に関わるようないろんな仕事をしてきた俺が、だ。

これはきっと、慣れた仕事を辞め、新しい道に進もうとする不安感からだろう。しかし、心を決めたのだから覚悟も決めないといけない。

俺は両頬を軽く叩《たた》き、気合いを入れ直す。

「よし、いくぞ」

こんな朝早くからの訪問は迷惑かもしれない。シュリが起きていないようなら時間を改めるつもりだ。

だけど今日中に頼むつもりだ。迷いが生じないうちに、行動したい。

「決意がグラつかないうちに……俺の決意をあいつに聞いてほしい……」

自分に言い聞かすように呟《つぶや》いて、俺は宿屋に入る。

朝食の用意をしているのか、エントランスにも良い匂いが漂っている。

俺は受付で客に会いたい旨《むね》を伝え、客室へと向かった。

シュリの部屋は前に訪れているから知っている。俺はそちらへ向かって歩いた。

あいつは突然の弟子入り志願をどう思うだろうか？　断られるか、冗談だと思われるか。それを考えると、やはり怖い。

モヤモヤとした気持ちのまま部屋の前に立ち、意を決してノックする。

……返事がない。もう一度ノックしてみても、中に人の気配がない。

「？……いないのか？」

俺は顎に手を当てて、呟く。どうやらシュリは留守らしい。

こんな朝早くからどこへ……と考えたら、すぐにわかった。

あいつがいるのはおそらく厨房《ちゅうぼう》だろう、と。あれほどの戦いが終わってからでも、エクレスと市場を歩いた後でも、あいつは完全な休養を取らずに朝早くから料理を作っているのかもしれない。

その精力的な行動に思わず感心してしまった。

「なるほど厨房か……あいつもよく働く奴だな。行ってみるか」

俺は呟いて、来た廊下を戻ろうと踵《きびす》を返す。

厨房に入って、あいつを見つけて、弟子にしてくれるよう頼む。頼むまでの時間が開けば開くほど、なぜか緊張が増してきて動悸《どうき》が凄《すご》いことになる。

俺が深呼吸をして気持ちを落ち着かせていると、向こうから予想外の人物が現れた。

シュリだ。

廊下の向こうから、シュリは鍋を両手に持ってこっちに歩いてくるのだ。

「あれ？　ガーンさん？　なぜここに？」

顔を上げたシュリが、俺を見つけて不思議そうに聞いてきた。

まさかここで会うとは思っていなかった俺は、混乱していた。諜報員《ちょうほういん》として数多くの予想外の事態に遭遇し、そのたびに機転と度胸で切り抜けてきた俺が、混乱して咄嗟《とっさ》に動けなかったんだ。

だが、俺はすぐに気持ちを切り替えた。無理やりにでも口を動かした。頭も動かした。

「頼みがある！　シュリ！」

俺は頭を下げて、叫んでいた。

「うわ！　びっくりした！　いきなりなんですか？」

「俺を弟子にしてくれ！」

……少しの間、沈黙が続いた。

シュリがどういう顔をしているのか、何を言うつもりなのか。それを考えるだけで体が震えてくる。

「いきなりどうしました？」

シュリが動揺を隠すようにして聞いてきた。どうやら、かなり戸惑っているらしい。

俺は顔を上げてシュリを見る。最初は冗談でしょみたいな顔をしていたが、俺の顔を見て、どうやら俺が本気であることが伝わったらしく、笑みが消えた。

真剣に俺の様子を観察している。

「どういうつもりなのか知りませんけど、詳しく聞かせていただいても？」

「ああ……頼む」

「じゃあこっちへ」

シュリは俺が来た廊下を進み、自身の部屋に向かっていく。

俺はその後ろを黙って付いていった。

部屋に入ったシュリは鍋を机の上に置き、二人で椅子に座って向き合う。

腕を組み、背筋を伸ばし、まるでこれから面談でも始めるかのような態度だ。いや、間違っていないんだけどな。

「さて、ガーンさん」

「ああ」

「詳しく聞かせてもらってもいいですか？　なぜ僕に弟子入りなんて言い出したのか」

シュリは腕を組み、真剣な顔をして聞いてくる。俺の考えはともかくとして、弟子入りを懇願した理由をちゃんと聞いてくれるようだ。

そこから俺は、ちゃんと理由を語った。妹と弟をどうやって食わせていくかということ。二人が辞めた後に俺も残っていたら、いらぬ混乱を生むこと。

そして……俺たちの生い立ちも。

話せることは全て話すつもりだった。

「だから、頼む。あいつらを支えてやりたいんだ。守ってやりたいんだ。領地のしがらみからは守ってやれなかったが、これからはちゃんとしてやりたいんだ。どうか……聞いてもらえないだろうか」

俺の言葉に、シュリは腕を組んで考える仕草をする。

それを見て、俺の心臓は縮み上がるようだった。いつものシュリとは、全く雰囲気が異なっているからだ。

優しげで、お人好しで、旨《うま》い料理を作る奴。

それが一瞬で変わり、料理人として弟子入りを認めるかどうか、そんな職人としての顔を見せているからだ。

こいつがこんな顔をするとはな……俺がそう考えていると、シュリは僅かに笑みを浮かべた。

どういう意図の笑みかわからない俺は、困惑するほかない。

シュリはそのまま俺に向かって言った。

「ガーンさん」

「……どうだろうか」

俺は緊張の面持ちでそう問う。シュリが次に何を言うのか、次に何を俺に聞くのか、次に何を俺に求めるのか。

あらゆる言葉を考え、想定し、返答を考える。

だが、さすがはシュリといったところだった。

シュリは俺が予想もしていなかった言葉を言った。

「まずは腹ごしらえしましょうか」

シュリは立ち上がり、部屋に置かれた荷物の中から皿と匙《さじ》を取り出した。

あまりにも予想外、というか、予想できない彼の行動に固まっていた俺だが、すぐに気を取り直してシュリに言う。

「腹ごしらえ、だと？」

「はい」

「俺は真剣な話をだな」

俺が次に言葉を続けようとしたところで、シュリは俺に向かって手を伸ばす。

それはまるで、それ以上の言葉は野暮だと言わんばかりだ。

「これも真剣な話です。これから料理人になるのでしょう？　僕に弟子入りするのでしょう？　なら、僕が作る料理の味を覚えてもらわないと困ります。わかりますか？　まず最初にすることは、料理の味を覚えることですよ」

俺はハッとした。

同時に、それに思い至らなかった自分を恥じる。料理人に弟子入りを志願しているのに、料理を題材にして弟子入りさせるかどうかを判断されるのは、当たり前だ。

シュリは一瞬呆《あき》れた顔をしていたが、すぐに元の表情に戻った。だが、その表情が今の俺には辛《つら》い。自分の至らなさを実感させられ、気を遣わせたことが恥ずかしいからだ。

「そうか……すまない、そのことを失念していた」

「では、どうぞ」

シュリは、持ってきていた鍋の中の料理を皿によそった。

その料理はなんというか、赤かった。豚肉を使った料理だというのはわかるが、全体的に赤い。

そういえば、前にシュリが仲間たちと料理を食べているところにお邪魔して、料理をいただいたことがあったな。リルに嫌な顔をされたが、あれは美味《おい》しかった。

あの料理も赤かった。なんというか赤かった。そして辛かった。

辛くて旨《うま》かった。

これもそれと同じように見えて、しかしあの料理とは違った香りがする。

とすると、これは使われている調味料が違うはずだ。

そうだ。これは試験だ。料理を食べようという言葉にかこつけて、俺の舌と知識を試しているのかもしれない。

緊張で手が震える。その手で皿を受け取り、じっと見る。

豚肉を使っているらしい。ほかにジャガイモ、玉ネギ……その他いろんな物が……。

いや、そこは重要じゃない。

匙《さじ》も受け取った俺は、さっそく豚肉を掬《すく》って口に入れる。

衝撃が、走る。

味わおうとして舌に転がした瞬間、予想だにしない辛さが舌全体を襲ったからだ。

別に不快な辛さではないんだ。辛くて痛いとかじゃない。辛くて旨いんだが、心で覚悟した辛さとは別種の辛さで驚いたんだ。

それで固まっていたら、シュリが心配そうな顔をして俺に聞いてくる。

「どうしましたガーンさん？」

「……」

言葉を返せない。辛さに驚いていたため、瞬時に返事ができなかった。

それでも我慢して舌で転がして味わおうとするが、その前の衝撃のせいで頭が働かない。とにかくなんとか頭を働かせる。働かせた結果、今はすぐに食べた方がいいと頭が判断する。

すぐに飲み込み、俺は思わず叫んでいた。

「辛いな！」

「うわびっくりした」

気づけば俺は汗を流していた。額から流れる汗が頬を伝わり、落ちる。

旨くて辛い。体を温めてくれる料理だ。ホクホクとしたジャガイモ、たっぷり味を吸い込んだ豚肉……。

そこまでしかわからなかった。というか、それ以上がわかる前に辛さで驚いたんだよ！

「何が味を覚えるだ！　辛い料理なら辛い料理だと言え！　集中して食べたから、辛さが頭を殴りつけるようにきたぞ！」

「そりゃ辛い料理なんですから辛いでしょ」

「集中して食べたら痛みが凄《すご》いだろ！　さっきも言ったけどな！」

俺はシュリに詰め寄って叫ぶ。八つ当たりにもほどがあるのは自覚してる。

シュリも引き気味に答えた。

「で？　感想はどうですか」

俺は続けて言おうとしたのだが、それを呑《の》み込むことにした。

今は弟子入り前の試験だ。言いたいことは山ほどあるが、それは呑み込むべきだ。

これから師匠になる人物。あまり悪印象を抱かせるわけには……抱かせるわけには
……。

いや、こいつはそんなことは気にしないだろ。

だけどまぁ、それでも苦虫を噛《か》みつぶしたような顔は隠せないけどな。

俺は椅子に座り直し、料理を食べることにした。

「旨《うま》いよ。本当に旨い」

そうだ、美味《おい》しいんだ。思わず顔が綻んでしまうほどにな。

落ち着いて食べれば、この辛さも味わい深いものだ。

旨さと辛さがよく調和してる。

「辛くて旨いスープの味が染みこんだこの豚肉の塊《かたまり》が、ものすごく旨い。なんなんだこのスープ？　辛さはあるんだけど、その奥には旨みがこれでもかとある」

俺はさらに豚肉の塊に齧《かじ》りつく。勢いよく次から次へと口に運んだ。

旨い、本当に旨い。口と手が止まらないほどだ。

「長ネギとニンニクとショウガは、薬味としても食材としても最高だな。辛さの中にしゃ

っきりとした後味を出してくれている。

この玉ネギもいい。十分に肉の旨みとスープの旨みを吸って、柔らかく仕上がってるな。口の中で溶けるような感じすらする。

なるほど、旨い。辛くて旨い。後を引く味だ。体も温まってくる……むしろ熱いな」

懸命に頭を働かせ、知識を絞り出し、言葉を紡ぎ出し、口に出していく。

シュリがこれを聞いてどう判断するのかは知らないが、それでもこれが俺に言える精一杯の感想だ。

俺は額から流れる汗を拭い、食事を終える。

「ありがとう、旨かったよ」

「お粗末さまです」

シュリも一緒に食べ終わって、机の上に皿と匙《さじ》を置く。

よく見ればシュリもまた、額から汗を流していた。それを慣れた手つきで拭い、俺を見る。見つめてくる。

「それで？　どうでしたか、僕の料理は」

「ああ、旨かったよ」

「そうではなく」

シュリは鍋に残った料理を指さして言った。

「どういう旨《うま》さか、なぜ旨いのか、どうして旨くできたのかわかりますか、ということです。先ほど述べられた感想は、見事でした。確かに料理の良い面を見てくれて、ありがたく思います」

シュリの口調は嬉《うれ》しそうなものではあった。

「ですが……」

が、顔は険しい。

「ですが？」

「今後ガーンさんは、旨さの『理由』をもっと深く理解し、考えることが必要になります」

これは、大切な話だ。これから先に繋《つな》がる、大切な。

俺はそれを直感で理解すると、すぐに背筋を伸ばして姿勢を正す。

シュリは俺の姿を見て、顔を綻ばせていた。

「僕もできるだけ、ガーンさんに技術を伝えます。聞かれたことには十全答えるように努力します。独り立ちできるよう知識も付けてもらいます。まだ修業中の身である僕にどれだけできるかわかりませんが、最大限の努力でもってガーンさんを鍛えます」

ですが、とシュリは続ける。

「それだけ僕が頑張っても、ガーンさんにやる気がなかったり挫《くじ》けたりしたら無駄になります。無駄だと判断したら、その瞬間に修業を中止して弟子を辞めてもらいます。

それだけの覚悟はありますか？」

「もちろんある」

シュリはキョトンとした顔をしていた。

俺が何のためらいもなく考える間もなく、答えたからだろう。おそらくシュリは、結構な脅しをかけたつもりだったに違いない。

だけどな、シュリ。それは脅しになってない。ただの心配だ。

俺に対して、これでもかと心配りをしているのがよくわかったんだよ。

「……キツいかもしれないが、これからは俺も頑張らないといけねぇからな。あの二人がこれからどうなるかわからねぇ。代官からどう扱われるかわからねぇ。今までしてきたこと以外でも、金が稼げる技術を身に付けておきたい」

俺は頭を下げ、言った。

「頼む、師匠。俺を弟子にしてくれ」

どうシュリが答えるのか、なんと言われるのか。

だが、不思議と今は心配がなかった。脅しにもならないような心配をしてくれるこいつは、いや、この人は、きっと俺を無下《むげ》に扱わない。言葉の通り、俺にいろんなことを教えてくれるだろう。

シュリは俺に向かって、右手を差し出してきた。

「わかりました。これからガーンさんは僕の弟子です。何があろうと、あなたが折れない限り見捨てないと誓いましょう。これから、改めてよろしくお願いします」

「ああ、ああ！　よろしく頼む！」

俺はシュリの右手を取って、握手をした。

「俺は折れないし挫《くじ》けない。だから、俺に生きる技を教えてくれ！」

「もちろん」

俺はこれから、今までとは違う生き方をする。シュリを師匠に、新しい生き方を。

これから先の未知なる道に、俺は思いを馳《は》せていた。

「話は聞かせてもらった！」

三秒後にぶっ壊された。

俺とシュリが良い雰囲気で話を終えようとしたとき、いきなり扉が開く。

二人で驚いてそちらを見れば、なぜかリルが立っていた。

あまりに堂々としているので、何も言えなかった。

「シュリに弟子入り、とても良い話だと思う」

当然のような態度で中に入ってきて、そのまま荷物の中から匙《さじ》と皿を出した。

「シュリの下で働く人はいるけど、いまいちシュリの技を引き継げる人はいなかった。これからまた、シュリに何かあったときのことを考えるのは良いこと。もちろん、何かがないようにリルたちも頑張るけど」

そして、何食わぬ顔で料理をおたまで皿に盛りつけ、食べ始めた。

なんだ、これは？　なんなんだ、これ？

あまりに自然な振る舞いなので、俺は何もできなかった。

隣を見れば、シュリも呆《ほう》けたまま何も言えない様子だ。

「ちゃんとシュリの下で、味と技を学んでほしい」

「え？　あ、ああ」

いきなり声を掛けられたので、俺は戸惑いながら返答する。いや、なんでこいつは当たり前のように入ってきて当たり前のように料理を食べ、当たり前のように俺に注意してんだ？　誰か教えてくれ。

「リルが言いたいのは、それとこれ。二人だけで美味《おい》しいものを食べるのはずるい」

食べ尽くしたリルは、さらに料理をおかわりして食べ続ける。

「これは元々リルがシュリに作ってもらった料理。だからリルも呼ばないといけない。それが誠意というもの。違うかね、シュリ」

「え？　いや、違わないかと」

「そうだろうそうだろう」

リルは二杯、三杯と食べるのをやめる気配がない。

「だからリルがここでこの料理を食べることに反対することや、意見を言うこと、触れることは間違いである。理解できるかな？」

「え？」

「は？」

当然のように言うリルに、俺とシュリは疑問を口にすることができない。

次に俺たちが何か言う前に、リルは満足したのか食べるのをやめて手を叩《たた》く。

パン、と弾けるような音に、俺とシュリは再び固まった。

「ありがとう、シュリ。とても美味《おい》しい料理だった」

「あ、はい」

「辛くて美味しい、そしてジャガイモにもよく味がしみていて、ホクホクしてた。お腹《なか》いっぱい。リルは満足した」

「そりゃどうも」

「次は忘れずに、リルを呼んでね。じゃ！」

リルは言いたいことを一方的に言い終わると、そのまま部屋から出て行ってしまった。

後に残された俺とシュリは、少しの間そのまま動けなかった。

「なんだ、あれ。あまりにも自然に入ってきて、自然に料理を食べて、自然に言いたいことを言って、自然に出て行ってしまったもんだから……俺でも反応できなかったんだが」

「僕もです。いやー……リルさんのあまりの行動に、僕も頭が麻痺《まひ》していたようです」

シュリはリルが使った食器を片付けながら、ようやく言えたようだった。

「だな」

二人で顔を見合わせ、どちらからともなく笑いだしてしまった。


その後、俺はシュリと修業開始の日について相談し、帰路についた。

今はまだ領内にゴタゴタがあるから、それが終わってから——そんな俺の意見は、シュリに一刀両断された。

明日の朝からでも始める。それがシュリの結論だ。

「早ければ早いほどいいです。学ぶべきことは多いので、一秒でも惜しいです」

俺はシュリのその意見を聞いて、頷《うなず》くばかりだ。そもそも、俺から弟子入りを志願した身だ。反論などできるはずもない。

「さて……どんな修業から始まるのかな」

俺は夕闇が深くなった時間帯に、城に向かって歩きながら呟《つぶや》く。想像してみるが、ジャガイモの皮剥《む》きとかからだろうな。

料理なんぞしたことのない俺が、料理人に弟子入り。

未体験の様々なことに遭遇するだろうが、それもワクワクしてくるってもんだ。

「まあ、明日に備えてさっさと……」

「ガーンか？」

城へ帰る途中、飲み屋の前を通った俺だったが、その飲み屋から大男が現れた。

どうやらすでに相当飲んでいるらしいその男は、赤い顔で出てきたのだ。

「アドラか……どうした？　傷はまだ治ってないはずだ。なのに飲んでたのか？」

出てきたのはアドラだった。テグにやられた手には包帯が巻かれている。

アドラはバツの悪そうな顔をして、視線を泳がせた。

「ああ、まあ、そうじゃ」

「……俺は今、飲めないんだけどよ」

シュリから体調不良を指摘されてから、俺はかなり辛《つら》いが酒を断っている。

そんな俺だが、別の飲み屋を指さして言った。

「何か、話があるなら付き合うぞ。俺は今、気分が良い」

「そうか？」

アドラがくしゃくしゃと笑顔になった。

「ちょうどええわ。おりゃあも、まだ飲み足りなかった」

「じゃあ行くか」

俺とアドラは連れだって歩きだし、近くの飲み屋に入る。

対面式の狭い店だが、幸いそれほど混んでいない。俺たちは空いている席に座って店主に呼びかけた。

「店主、何かつまめるものと酒……いや、水をくれ」

「おりゃあはつまみと酒を」

「あいよ」

店主はぶっきらぼうに答えると、最初に俺に水を、アドラには酒を渡した。安物のワインだ、匂いと色合いでわかる。

アドラはその安ワインを一気に飲み干し、机に杯を置いた。

「くぅ……しみるわぁ」

「おいおい、いきなりだな」

俺は水をちびちびと飲みながら、呆《あき》れて言った。

しかし、アドラの顔にはおちゃらけた様子はない。それどころかどこか沈んだままだ。

「飲まなやってられんっちゃ」

「どうしたんだよ。何があった」

「何があったも何も」

アドラは包帯が巻かれた手を机の上に置く。

軽傷だったらしく、日常生活には支障がないように見えた。実際、杯を手に持ってもなんともないようだ。

「おりゃあは……クウガならともかく、あのテグっちゅうもんに負けたんが悔しい」

「ああ、あの男か」

アドラの悔しそうな顔から出た言葉に、俺は納得した。

「クウガの陰に隠れていてわからんかったが、あの男も相当な手練《てだ》れだったな。まさかお前と近接戦闘した挙げ句、投げ飛ばして制圧までするとはな」

後で部下から聞いた話だったが、俺も聞いたときには驚いた。

ガングレイブ傭兵団《ようへいだん》で誰が一番話題になるかといったら、当然だがクウガだろう。

『剣鬼《けんき》』クウガ。

他にも百人斬り、戦場に血の雨を降らした男、魔剣騎士団団長ヒリュウとの死闘など、何かと話題の剣士だ。

現状、最強の剣士は誰かと聞かれたら、候補に挙がるほどと言っても間違いない。

かのグランエンドでその名を轟《とどろ》かせた老剣士コフルイ、正体不明の魔人リュウファ・ヒエン、アズマ連邦の長トゥリヌと、この大陸にはたくさんの強者がいる。

剣士や戦士に限らなければまだまだ名前が出てくるのだが、今は割愛する。

そんな奴らと肩を並べるだろうクウガの陰に隠れていた、テグという男。

聞いた話では、戦場にいるのかいないのかわからなくなるほどの気配を消す技術、アドラと対峙《たいじ》しても慌てない胆力、弓矢を近接戦闘に取り入れる柔軟性、そしてアドラを投げ飛ばす体術。

なぜこれほどの人物が、名を轟かせることもなく話題に上ることもなく、虎視眈々《こしたんたん》と牙を研いでいられたのか、知られずにいられたのか。

そんな相手にアドラは負けた。

「完敗よ完敗！　……おりゃあの攻撃はあいつに擦《かす》りもしなかったがじゃ。しかも投げ飛ばされて情けまでかけられた……」

「アドラ……」

「悔しゅうて悔しゅうてたまらんわ！　おりゃあは確かに牢屋《ろうや》暮らしが長かった。鍛錬だって満足にしてなかったもんよ。

じゃけんど、それでも……全盛期の俺でも食い下がるだけだったかもしれんのよ。こうして放免されて街に出ても、嬉《うれ》しさなんぞなーんにもない。負けた悔しさだけが、おりゃあの心の中でグルグルしとるんじゃ……店主！　酒をもう一杯！」

アドラは酒をおかわりして、呷《あお》った。

味わうもへったくれもなく、ただただ酒で悔しさを紛らわしているように見えるが、俺にはその悔しさが伝わってくるようだった。

「俺もお前が負けるとしたら、クウガだと思っていたよ」

俺の言葉に、アドラは俯《うつむ》いた。

「クウガは別格だ。ヒリュウを倒したほどの実力だ。結果だけ見れば、処刑場であいつを本気にさせた奴はいなかっただろ」

「ああ」

「だから、アドラがどれだけクウガと闘えるのか、勝てるところを見たかった」

「ああ……」

「だけどクウガは強く、テグもまた強かった」

「……」

アドラは悔しそうに握りこぶしを机に押しつけていた。机がミシミシと軋《きし》む。

「テグも、人知れず鍛錬してたんだろな。誰にも知られず、ただひたすらクウガの陰で牙を研ぎ続けた。俺はそれが恐ろしいよ」

「そうなんじゃ」

机が軋む音が止まる。俺がアドラの手元に目を向けると、アドラは手を開いている。

「投げ飛ばされてわかったんよ。ああ、こいつは陰で尋常じゃない鍛錬をしてるなと。それに負けた。負けて悔しい。おりゃあの今までの努力がどれだけテグに及ばなかったかを思い知らされたわ」

アドラはそのまま、酒をチビリと飲んだ。

「……おりゃあ、これからどうしたもんかの」

「は？」

俺は驚いて、思わずアドラの目を見た。

こいつ、すっかり覇気《はき》をなくしてやがる。目に力がない。前まであった戦士としての顔が、全く見えない。

アドラはそのまま、安ワインから視線を外さずに続けた。

「兵士として生きていくための役目を果たせなかったばかりか、ギングス様も領主候補を辞めてしもうた。おりゃあがこれ以上、兵士を続ける理由がない」

「いやいや、お前がいるといないとでは大違いだろ。もう一度覇気を出して、戦士に戻れよ」

「そうなんじゃけどな……見てみぃ、おりゃあの手を」

アドラが杯から手を離し、両手を差し出した。

震えている。武者震いでもなく酒の飲みすぎでもなく、ただ何かに怯《おび》えて震える。

俺にもわかるのだから、アドラはもっと痛感させられているだろう。

「戦士としての誇りを折られ、おりゃあの手は戦士の手でなくなってしもうたわ」

「アドラ、お前」

「もうおりゃあの手は武器を握ることもできん。どうすりゃええのか、おりゃあにはわからん。酒を飲むしかないのよ」

挫折、苦悩、後悔。それらが入り交じった悲しそうな顔で、アドラはワインをまた飲み始める。こいつは、俺と出会った頃から戦士として戦ってきた。ずっと、ギングスの下でその豪腕を発揮してきた。

それが思いがけず敗北して心に傷を負い、武器を握ることができなくなってしまったのだ。テグに対して思うところはあれども、怒るわけにはいかない。命懸けの戦いだったんだ。生きて戻れただけでも御の字だろう。テグを責めるのはお門違いだ。

わかっているからこそ、アドラはテグに対して罵倒を吐かない。

それをしてしまえばアドラに残っている、心の片隅に残っているだろう戦士の誇りすら汚《けが》し、犯し、無為なものにしてしまう。

俺としてはどうにかしてやりたい。再び戦士の誇りを胸に、武器を持ってほしいところだ。

これから時間はある。ゆっくりと心の傷を癒やしてもいいはずだ。

「兵士を辞めるなら、お前はこれからどうするんだ」

俺の質問に、アドラは苦笑を浮かべた。

「は……おりゃあにはもう価値はなかよ。どこかでのたれ死ぬしかないわ」

「それは……駄目だぞ」

俺は精一杯、頭を働かせる。自暴自棄になっているこいつを、どうすれば再び奮起させられるのかを、必死に考える。

今の俺にできることは少ない。城勤めも辞することを決めたし、俺自身やることができた。シュリの弟子として、料理人としての技術を学ぶこと。

……待てよ？

「なに？」

「戦士として生きることに疲れたんなら、少し寄り道しないか？」

アドラは驚いて俺を見る。

「お前の心の傷が癒えるまで、また立ち上がれるまで、何か食える仕事が必要だろ？」

「いや、おりゃあはもう……」

「生きなきゃ駄目だ」

俺は水を一気に飲み干してから言った。

「俺も、あいつらのために生きなきゃならないんだ。生きて、あいつらを守れるようにならないといけない。そこにお前の助けが絶対に必要になるからさ。情けないことだが、いろんな人の助けが必要になるから」

アドラは戦士として戦えないと言っているが、俺の知る限り、信頼できて高い武力を持っているのはアドラだけだ。

いつか絶対、こいつなら戦士としての誇りを取り戻して立ち上がれる。

ふがいない俺には、アドラの力が必要なんだ。俺では守り切れないこともあるかもしれない、エクレスとギングスのために。

そんな俺の、情けない心境の吐露を黙って聞いていたアドラに、俺は続ける。

「いつかお前に戦士としての誇りを、生き方を取り戻してほしい。そして、俺たちを守ってほしいんだ」

「とんだ他力本願じゃなあ。しかし、おりゃあはもう」

「だから」

俺は杯を指で弾いて言った。

「実は俺、シュリの弟子になるからさ。お前も一緒にやらないか？」

アドラは驚いて、ガバッと顔を上げて俺を見た。

「おめ、そんなことをしようとしとったのか……。いや、それはいい。そんなこと、本気で言っとるがか？」

「俺は本気だ」

「シュリに許可を取らずにそんなことをしてもうたら、おめまでシュリの弟子入りを断られるんじゃあねえかい？」

「普通はそうだろうな」

だけど、と俺は苦笑いを浮かべた。

「なんだかんだ言ってもあいつは優しい。事情を知れば、親身になってくれるだろう」

「相手の優しさにつけ込むのは、おりゃあは感心せんぞ」

「まあ、確かにな」

それは言えてる。苦虫を噛《か》みつぶしたような顔をするアドラの言葉は正しい。

それでも、だ。

「それでも、俺はお前に命を投げ出さないでほしい。またその手に、あの片手斧《かたておの》が握られるそのときまで」

俺が言いたいのはここまでだ。言えるのは、これだけだ。

「店主、水をもう一杯。それとつまみを追加」

俺はそう言って店主に杯を渡し、再び水をもらう。

そして店主からは干し肉を出された。小さい干し肉が皿に三枚盛られているだけ。結構けちくさいなここ。まあ居酒屋なのに酒を飲まない客は、やりにくいだろうが。

俺は水を飲み、干し肉を一切れ口に運ぶ。鮮烈なまでの塩気と、その奥にある肉の旨《うま》みが口に広がる。噛めば噛むほど味が出るものの、小さいのでそれほどではない。

「アドラ」

俺が味を堪能して再び水を飲んだところで、アドラは酒を一気に飲み干した。

「酒はここまでっちゃ」

アドラはそう言うと、杯を店主の方へと押しやる。

「おめがそこまで言うのなら、おりゃあもう少し生きてみようか」

「アドラ……」

「もう一度、この手にあの片手斧《かたておの》を握れるようになるまで……シュリの世話になるわ」

そう言ったアドラの顔には、もう迷いはなかった。死相も浮かんでいない。

俺はアドラの肩をぽん、と叩《たた》いてから言った。

「じゃあ、俺が兄弟子だ。頑張ろうぜ」

「おめ、それが狙いじゃなきゃろうな!?」

「事実だろ」

そう言って、俺たちは笑い合った。


食王シュリ・アズマの下に集った四人の弟子だが、一番弟子と二番弟子が同時期に入門したというのは、記録にも残っている有名な話だ。

二人はしきりに〝兄弟子〟、〝弟弟子〟と言い合っては笑っていたらしい。ほぼ同時期の入門ではあるが、二人はそれを笑いの種にしては修業に励んでいたといわれている。

その中で、二番弟子は後世では四番弟子と並んで高名な存在だ。

彼はシュリ・アズマをして、弟子の中で一番不器用だったと言わしめている。

しかし、彼の修業に対する姿勢は、弟子の中で一番だとシュリ・アズマは認めていた。

彼はシュリ・アズマから教わった調理技術を学ぶと、後に大陸中を旅している。そして貧しい人たちに料理を振る舞い、時として戦士としての名残かその腕力で揉《も》め事を解決した。

彼は確かに、不器用だったかもしれない。

しかし料理人として、空腹の人へ腹一杯旨《うま》い料理を振る舞うという本分を、これでもかと全うしてきた。

食王の二番弟子にして、食王の身を守り、料理人としての本分を果たした料理人。

食王をして、〝最も自分の心意気を引き継いだ〟と言わしめた弟子。

食王から教わった調理技術で人々の空腹を癒やし、助けを求める者へ力を貸してきた。

四人の弟子の中で〝食仙《しょくせん》〟と呼ばれた二番弟子、アドラ。

彼の再生の物語は、始まったばかりである。

六十六話　全員集合とレモンのコンフィ ～シュリ～

「それで、アドラさんも僕に弟子入りしたい、と？」

「そうだ。お前にはいきなりで申し訳ないと思うが――」

「別にいいですよ」

「そんな決め方でええんかい!?」

どうもシュリです。おはようございます。よく寝た。本当に昨夜はよく寝た。

昨日、いきなりガーンさんから弟子入り志願をされて承諾し、朝になっていつも通り厨《ちゅう》房《ぼう》に向かおうとしたところでした。

エントランスには朝早くからすでにガーンさんがいました。なぜか隣にアドラさんも一緒に。話をしてみれば、アドラさんも僕に弟子入りしたいとのことでした。

「別に……アドラさんの人柄はある程度知ってますので、断る理由もないと言いますか」

「それはありがたいっちゃあ……」

アドラさんはしみじみと頷《うなず》きながら言うので、思わず笑みが零《こぼ》れました。

「まあ、今日は基本から始めますし、そんなに難しくありませんから」

「おう……なんか緊張してきたな」

「そんなに緊張することでもない……いや、それもわかる気がしますけどね」

実際、僕も料理人として修業を積むために、地元を出て初めてレストランに足を踏み入れた時は緊張したなぁ。下っ腹がきゅうっと締まるんだ、これが。

そこで大股で料理長に向かって歩いていたら足を滑らせて転んだっていう、やらかしの記憶もあるけど、そこは言わない。師匠としての威厳に関わるから言わない。

「では厨房《ちゅうぼう》に行きましょうか」

僕は二人を促し、厨房へと足を踏み入れました。

中ではすでに、宿屋の料理人さんが忙しそうに朝食を作っていました。

「おはようございます」

「んぉ？　ああ、君か」

料理人さんの一人が僕を見て、げんなりした表情になりました。

「また厨房を使わしてほしいのか？　それならいっそ手伝っておくれよ」

「今日はそのつもりで来ました」

「まあ君はいつも隅っこで邪魔にならないようにしてくれてる——え？」

料理人さんが驚いて僕を見ました。

「なんて言ったの？」

「手伝うつもりと」

「本当にか！　それは助かるなぁ」

料理人さんは喜色満面にっ。

気持ちはわかる。僕も修業時代に忙しさがピークに達したときに、手伝いのバイトくんがちゃんと厨房に来てくれたときは、嬉《うれ》しくて隠れてガッツポーズした。

昼時夕食時の飲食店は地獄だぞ。人手はいくらあっても足らんぞ。

「さっそくだけど、ジャガイモの皮を剥《む》いてくれるか？」

「お安いご用です。こちらの籠《かご》に入ってるものを全て？」

「そうだね！　それを頼む！」

そう言って料理人さんは調理に戻りました。僕は籠にどっさり入ったジャガイモを見て、安心する。

籠を持ってガーンさんたちの前に立った僕は、籠を机の上に置いて指さしました。

「ではガーンさん、アドラさん」

「おう」

「なんじゃ」

「さっそく最初の修業です」

二人の顔に緊張が浮かびました。

「このジャガイモ全部、包丁で皮を剝《む》きます」

すぐに緊張の糸が切れたように、呆《ほう》けた顔になりました。

「は？　ジャガイモの皮剝き？」

「そんなんでええんか？」

「はい」

僕は包丁を取り出し、手の中でクルクルと回しました。よい子は真似すんなよ、危ないからな！

「これで包丁の使い方と力加減を学びましょうね」

「それなら余裕だ。諜報員《ちょうほういん》時代、自炊でジャガイモのスープを作るときに皮剝きはいくらでもしてたからな」

「おりゃあもじゃ。自分でじゃがバター作るときなんぞ、やっちょったからな」

「ほほう、それは頼もしい」

僕は椅子を三脚と包丁二本を用意して、椅子に座りました。

「まあまずは実践しましょう。どうぞ、お二人も」

「おう！」

二人は椅子に座り、ジャガイモを手に取って包丁を当て、皮剝きを始めました。

うん、確かに経験があると言うだけあって、綺麗《きれい》に剥けてます。クルクルと器用に、中し分のない速度と皮の薄さで剥いていく。

こりゃ、この後教えることも苦労しないですみそう。包丁をこれだけ扱えて自炊の経験もあるのなら、問題はないでしょう。

「さてやりましょうか」

僕もジャガイモを手に取り、作業を始めます。懐かしいなぁ、修業としての皮剥き。

父さんが僕に料理本を渡して自分で弁当を作れって言ったときも、ピーラーなんて貸してくれなかった。全部包丁でやれって言うんだよ。ジャガイモも、ニンジンも、いろんな食材全部包丁一本で捌《さば》けってね。

ジャガイモに包丁を当て、慣れた手つきで皮を剥いていく。

「こういう気持ちでジャガイモの皮を剥くのも、初心に返るようでいいかもなぁ……」

僕はポツリと呟《つぶや》いて、作業を進めていく。一つ剥いては用意した別の籠《かご》へ入れ、二つ剥いては籠へ入れ……それを無心で進めていく。

今度から悩んだときとかは、ジャガイモの皮剥きをしよう。そうしよう。

無意識のままに進めていき、次のジャガイモを掴《つか》もうとしたときに違和感が。

スカ、と手が空を切ってしまって、何も掴めなかったのです。はておかしいな、と籠を見れば、すでにたくさんあったジャガイモはなくなっていました。

おや、終わってしまいましたか。

「なあシュリ」

そこで唐突に話しかけられ、僕は驚きのあまり肩をビクつかせてしまいました。

「ぴゃ。……なんでしょうか、ガーンさん」

「これは俺たちの修業なんだよな」

「？　はい」

「お前が半分もやっちまったら意味がねえだろうよ」

え？　と思った瞬間に、自分がやっちまったことを察しました。

そうだ、ガーンさんたちの修業って、自分で言ったじゃないか。何を無心にやってんだ。もう一度籠《かご》の中を見れば空っぽで、どうやらガーンさんとアドラさんがする分を残さずに自分でやってしまったようです。

「ご、ごめんなさい」

「全くだよ。教える気あるのか……」

ガーンさんはげんなりとした様子で言いました。何も反論ができずうなだれるしかありません。しかし、ここでアドラさんがガーンさんの肩をポンと叩《たた》きました。

「そりゃあ違うぞガーン」

「え？」

「は？」

唐突なアドラさんからのフォローに、僕とガーンさんは驚いてしまいました。

まさか庇《かば》ってもらえるとは思っていなかった僕は、すぐに言葉が出ませんでしたが、ガーンさんが先に口に出します。

「いや、師匠が弟子の修業を邪魔しちゃ」

「逆に言やぁ、おりゃあたちじゃ二人がかりで作業しちょうてもシュリが……いや、お師匠がボーッと作業しちょる分にも追いつかないってこっちゃよ」

そのアドラさんの言葉に、ガーンさんは何かに気づいたような顔をしました。

「そ、そうか……確かに、自炊をある程度していたと息巻いても、本職のシュリに全く早さも質も追いつかないからな……」

「そうじゃろう。おりゃあたちもお師匠の作業を見て急いだが……これよ」

アドラさんは落ちていた皮を二枚つまみ上げました。

一つは僕が剥《む》いたもの。薄皮一枚で綺麗《きれい》に最初から最後まで繋《つな》がっています。

もう一つはガーンさんとアドラさんのどちらがしたものか……ぶつ切りで皮も厚め。

どうやら途中から急いでしまったらしく、仕事が粗い。僕が修業時代にやらかしたもんなら、こんなの一発で叱責が飛んでくるよ。

アドラさんはその二つをくず入れに捨ててから、ガーンさんに言いました。

「お師匠が作業を奪ったことより、お師匠の作業に追いつかない現状を見つめた方がええっちゃ。コツはシュリが見せてくれたろ？」

「ああ、その通りだ……。そこまで思い至らなかったとは、俺も弟子になって料理を教わろうっていう気概や覚悟が足りてなかった……。失礼したな、シュリ。申し訳ない」

「いやいやいやいやいやいや！　そんなかしこまらなくても！」

急にガーンさんに頭を下げられたもんですから、僕は驚いてしまいましたよ。

アドラさんも一緒に頭を下げるので、そっちにも言いました。

「ガーンさんもアドラさんも、そこまでにしてくださいよ。その……いきなりそんなことをされても戸惑うだけなので」

「そうか？　そうか……じゃあ今はこれで終わりにする」

ガーンさんは頭を上げると、皮を剥《む》き終わったジャガイモの籠《かご》を持ち上げました。

「じゃあシュリ、これをあっちに渡してくる」

「あ、それなら僕が」

「シュリ」

ガーンさんは、厳しい顔つきをして言いました。

「お前は俺たちの師匠なんだ。これから、師匠になるんだ。ちょっとは俺たちにもやらせてくれ」

あ、そうか……僕は弟子を取ったんだ……。今更ながらその実感を得て、体が身震いしました。僕はまだ修業中の身です。ようやく修業が一段落して地元に帰ろうとしたところ、この異世界に紛れ込んでしまいました。

そこからは光陰矢の如し。それどころか世界が違う場所で、料理の修業に励んできた。というか、やらないと死ぬから頑張った。

今こうして僕が生きているのも料理を続けていられるのも、ガングレイブさんたちのおかげだと思っています。

その意識が、いつまで経っても僕に自信を持たせないのでは、と思うのです。

こうしてガーンさんから、改めて師匠と呼ばれることになって初めて、自分の実力を客観視する機会を得たと言ってもいいでしょう。

「……わかりました。ガーンさん、それをあちらの方へ届けてください」

「わかったよ、シュリ」

ガーンさんは微笑《ほほえ》み、料理人さんに籠を渡しに行きました。

その後ろ姿を見て、もう一度僕は自分の実力を考えてみる。

異世界に来て、勝手もわからない土地で料理を作り、振る舞った。

一部失敗はあったけど、おおむね僕の料理は受け入れてもらっている。

ガングレイブさんたちも、美味《おい》しいと言ってくれた。

なら、やはり、そうだね。

「僕はもう少し、自信を持ってもいいんだね」

誰にともなく呟《つぶや》き、胸の中に灯《とも》る温かな……自信と信頼を感じるのです。

「それで、シュリ？　今日はこれでおしまいかぃ？」

「あ、そうですね。昼からもちょっとやりましょうか。初日ですし、徐々に修業の密度を上げる感じにしましょう」

アドラさんからの問いにそう答えた僕は、改めて修業内容というか何から教えるべきかを考えるのでした。


――そんな日々が一か月ほど続いた。

「ガーンさん、そちらの皮剥《かわむ》きと鱗《うろこ》取りをお願いします」

「わかった」

「アドラさんはこちらで鍋を混ぜ続けてください。アクが出れば適宜《てきぎ》取り除き、味見をして塩の調節を」

「おりゃあが味をかっ？」

「そろそろそれくらいしましょう。失敗も糧、成功も糧、一番いけないのは挑戦しないこと。さぁどうぞ」

「お、おお」

僕とガーンさんとアドラさんは、修業の名目で宿屋の厨房《ちゅうぼう》の手伝いをしていました。

二週間もすれば、元々自炊していた人たちなので、修業の成果も出てくる。これは楽だ。

最初の一週間は、どこからどこまでをどういう形でどうやって教えればいいのか……それればかりが頭の中でグルグルと回って混乱してました。

「お、やってるな」

僕たちが作業をしているところに、ガングレイブさんが現れました。

その顔はどこか疲れていて、なんか笑顔が枯れて見える……。

「お疲れさまですガングレイブさん」

「おう、お疲れさん……。いやぁ、改めて時間が経ってから見ても、この二人がシュリの下で本格的に料理の修業をしてる姿は凄《すご》く違和感があるな」

「悪かったな」

「これでもおりゃあたちは真剣だで」

「すまん、もう疑ってねぇよ」

ガーンさんとアドラさんは苦い顔です。ガングレイブさんは苦笑いして答えました。

「だって、あの『喧嘩《けんか》』で命のやりとりをした相手とシュリの看守をしてた奴が、シュリの下で働かせてほしいから認めてくれなんて言ってきたら、俺だって困るし戸惑う。

しかもそれが、弟子入りを認めた次の日、なんて事後報告なら特にな」

ガングレイブさんの矛先《ほこさき》がこっちに向いてきそうだったので、僕は目を逸《そ》らしました。

思い出してみても、あれは自分の段取りが悪かった。

一か月ほど前のあの日、ジャガイモの皮剥《かわむ》きを終えた後、僕はガーンさんとアドラさんのことをガングレイブさんに報告していないことに気づいたのです。

なので三人でガングレイブさんのところへ行き、改めてお願いしました。ガングレイブさん、驚いて椅子から落ちてひっくり返ったよ。

結局ガングレイブさんは真剣に二人と話をして、許可をくれました。わかってくれてよかったよ、本当に。

ただ、その後にリルさんの襲来があったけど、そこは割愛しておこう。

「まあ、結局シュリにお願いされたのもあって認めたんだ。後はシュリに任す」

「ありがとうございます。で？　ガングレイブさんはどうしてこちらに？」

僕がそう聞くと、ガングレイブさんは厨房《ちゅうぼう》の椅子に座り、机に肘を突きました。

「俺さ。今凄《すご》く疲れてるんだ」

「はい。見ればわかります」

「だろ？　なんでだと思う？」

「わかりません」

「お前が俺に！　『僕は弟子を取るのが初めてなんでガングレイブさんに相談したいんです。部下の教育とか訓練とか』って頼むから！　俺の仕事はおいといて夜通し一緒に考えてやって！　こうして紙にまとめて持ってきてやったんだろうが！」

「こりゃあ失礼しました！」

ガングレイブさんが、持ってきた書類の束を机に叩《たた》きつけたのを見て、僕は慌てて頭を下げました。

そうだそうだ、相談してたよそういえば。ガングレイブさんに、訓練の方法に関するノウハウを聞いて、後で書類でくださいってお願いしてたよ。忘れてたよ。

「えっと、それじゃあもらいます」

僕が書類の束に手をかけると、その書類にガングレイブさんも手を載せました。

なんだ、何がしたい？　と僕が思っていると……書類の束が動かない。

なんか重い。動かない。なぜ？　って考える間もなく、ガングレイブさんが力を込めて押さえているのが原因だとわかる。

「何がしたいんです？」

「俺さ、疲れてるの」

「はい」

どうしてそれをもう一度言うのか。僕が不思議に思っていると、ガングレイブさんはわざとらしく片手でお腹《なか》をさすりました。

「でさ、腹が減ってるんだわ」

「そうですか。お昼ご飯はまだですよ」

「朝飯食べてないんだわ」

「え？　ちゃんとサンドイッチを渡したような……」

「忙しくて食べてない。隙を狙われてアサギに奪われた」

「あの人お昼ご飯抜きな」

何をしてやがるんだ……ガングレイブさんがこんなに腹を空《す》かせているというのに、ご飯を横からかっ攫《さら》うとは……許さん。

僕が憤怒を胸中に抱いていると、とうとうガングレイブさんの腹が鳴りました。

ぐごぉ、と大きな音です。え？　そんなに？

「ということで、なんか食べるもんがあったら頼むわ」

「それは仕方がない……アドラさん」

「なんじゃあ？」

「そのスープ。味の調整は終わりました？」

「終わったでー」

「じゃあそれをください」

「は⁉」

僕はアドラさんに近づいて鍋の中身を確認。おたまで掬《すく》ったスープを近くにあった小皿に少量移し、味見をします。

……うん。問題なし。大丈夫ですね。

「うん、問題ありませんね。これをガングレイブさんに」

「ちょ、ちょっと待っちょくれっ」

「どうしました？」

本当はアドラさんが何を言いたいのかはわかってる。だけどあえて、わざとらしくとぼけてアドラさんに聞きました。

アドラさんは戸惑い、口ごもります。

「いや、おりゃあがちょっと塩を加えたから……その……」

「だから、出すのが怖いと？」

「まあ、そのとおりだで」

「それじゃあいつまで経っても、人様に料理を出せませんよ」

僕はピシャリと答え、アドラさんに構わず皿にスープをよそい始めました。

アドラさんは隣でやめてほしそうにしてますが、一切無視します。そっちを見ることなく、淡々と作業を続ける僕にもその不安な気持ちはわかる。初めて人様に……お客様に料理をお出しするときも、そんな気持ちでした。当時のことを思い出すと、知らず知らず顔が赤くなってしまいそうです。

当時、修業初期の頃……皿洗いと雑用ばかりさせられ、先輩方の仕事を目で盗む毎日でした。ある日、賄《まかな》い料理を任せられ、僕は気合いを入れて先輩方にお出ししました。

先輩方は褒めてくれませんでしたが、食べてくれたこと、不味いと言われなかったことは嬉《うれ》しかった。

いや、本当に駄目な料理を出したら、食べてすらもらえず料理の前でうなだれるなんて場面に、僕も遭遇しました。同時期に入った人がまさにその状態になって泣いてたんです。

でも、いつかは誰かに食べてもらわないといけないのです。

失敗しても成功しても……いや、この言い方は良くないな。不味いと言われようが旨《うま》いと言われようが、いつかは挑戦しないといけない。

それはできるだけ早い方がいいと思ってますので。

「アドラさん。怯《おび》えることはないです」

「む」

「問題はないと僕が判断しました」

「そ、そうかぃ。まあシュリが味見して言うなら、安心じゃ」

アドラさんが安心した顔をしてますが、僕はすかさずアドラさんを見て言いました。

「僕が問題ないと思うだけで、ガングレイブさんが良いと言うとは思わないことです」

「な、なんでじゃ」

「味の嗜好《しこう》や舌の感覚は、人それぞれなので」

これ、本当にその通りなんです。

昔、中華料理店で修業として見習いをしていた頃、中国人の先輩が賄いを作ってくれたことがあります。

しかし、それがあまり口に合わなかった。

失礼ですが、我慢して食べた後に美味《おい》しかった？　と聞かれたので、僕にとっては微妙でしたと答えました。

そこで先輩は顔をしかめて、やっぱりって言ったのです。

聞いてみれば、その賄い料理は中国にいた頃は絶賛されてたんだけど、日本に来てからは受けが悪いと愚痴られたのです。

それを考えてからもう一度食べて考えると、確かに中国人の好みに合わせた感じがありました。上手く言葉にできないのですが、確かに日本人好みではないなと。

修業を続けて中華料理に馴染んできた頃には、その先輩の賄い料理の美味しさがわかったので、やはり口に合うかどうかって重要なんだなって思いましたよ。

だから、僕もこの世界に来てから、人々の嗜好《しこう》を注意深く観察してきました。観察を怠って自分の腕を過信した結果、オリトルの菓子祭りで塩菓子を作るという暴挙に及んでしまったわけです。塩菓子が悪いのではなく、塩菓子が受け入れられない背景を調べなかった自分が悪いのです。

だから――。

「僕が美味《おい》しいと思ったものでも、疑って味を見るのです」

「でも、おりゃあがそれで不味いものを作ったら」

「その味付けは駄目だったと、別の味付けを考えるだけです」

僕はスープの用意が終わったので、最後に一言付け加えました。

「味付けは一生の課題ですよ」

アドラさんはとても不安そうな顔になりましたが、そこは無視する。

「ガングレイブさん、お待たせしました」

「ああ、腹が減ったよ」

ガングレイブさんは机にもたれかかって、ぐでっとしてました。いいのか、傭兵団《ようへいだん》の団長がそんなゆるい姿を見せても？

「ではこれを。アドラさんが最後の仕上げをしたスープです」

「お前のはくれないのか？」

ガングレイブさんがそんなことを口走りやがったので、僕は少ししかめっ面をして言いました。

「僕が責任を持って、弟子の料理をお出しする。それで十分でしょう」

「なるほどこれは失言だった。すまない」

どうやらガングレイブさんにも心当たりがあるらしく、何かを思い出すように目を細めました。どこか優しく、温かな笑みでした。

「俺も思い出すよ。昔、団長としてぺーぺーだった頃をさ」

「ほう」

「せいぜい八人でやってた傭兵団が、徐々に人数も増えてくりゃ文句をつける奴も出てくる。やれ若くて頼りにならんとか、やれ経験が少なそうだから俺の意見を採用しろとか。好き勝手言ってくるわけだ」

まあ……戦場ともなれば、その認識も間違っていないのかもしれませんが。

生きるか死ぬか、殺すか殺されるか。

一人殺して今日のパンにありつき、明日に命を繋《つな》ぐ。そんな商売をしていれば、自分の経験則だけが信じるに値する、生きるための指針となるでしょう。

だけどそんな自分たちを率いるのが、年若いガングレイブさんともなれば不安に思う人も多かったのでしょう。仕方ありません。

「ガングレイブさんは……どうしたんですか、そのとき」

「問答無用で半殺しにして、身ぐるみ剥《は》いでそこらにポイ」

「容赦ねぇ」

どんな対処をしたのか参考にしようと思ったけど、全く参考にならねぇよクソッタレ。

ガーンさんやアドラさんにそんなことをしようものなら……しようものなら……。

いや、料理の修業で食べてもらえなかったからって身ぐるみ剥いでそこらにポイなんて、料理人じゃねえよ。ただの料理にかこつけた強盗だよ。

「当たり前だ。これから戦場で背中を任せるか仕事を任せるかを決める段階で、戦場を指揮する上の立場の人間に逆らう……諫言《かんげん》じゃなくてただの文句や陰口をたたくような奴を傍《そば》に置いておけるか。いつそいつに背中を襲われるか不安だろ」

「それはごもっともです」

ただ、ガングレイブさんの場合はそうじゃなかったんだよなぁ。この人も言ってるけど、そんな人を傍に置いてたりしてたら、いつ下剋上《げこくじょう》されるかわかんないもん。あれ？　下剋上ってこの使い方で合ってたっけ？　考えるのやめよ。

「まあそんな感じだからさ。改めて思い出したよ。経験が少ないときに感じる不安とか、周りの言葉とかをさ」

ガングレイブさんは匙《さじ》を掴《つか》み、スープを口に運びました。これはアドラさんを指導しながら作った、野菜とくず肉のスープです。この世界ではよく食べるやつ。

いや、くず肉が入ってるだけでも相当豪華かもしれない。今までは僕があれこれ手を回して当たり前のように肉を食べてたけど、こういうくず肉が普通なんだよなぁ。よく考えたら僕は、この世界における平均的な料理の勉強を怠っていたかもしれない。反省。

「うん、旨《うま》い」

ガングレイブさんは美味《おい》しそうに食べてくれてます。食べる手を止めることなくです。

「普通の野菜とくず肉のスープだ。だけど、作り方が違うのか調味料の種類が違うのかはわからない。だけど、今まで食べた野菜とくず肉のスープの中ではダントツに旨い」

「それ、ほとんどアドラさんが作ったんですよ」

「ほう。それは……成長してる、おめでとう……とでも言えばいいのか？」

「本人も聞いてますし、それで合ってると思います」

アドラさんの方を見れば、本人は必死に冷静なフリをしてるけど、口角がちょっとだけ上がってるから嬉《うれ》しいのでしょう。その気持ち、わかる。

「さて、ありがとな」

ガングレイブさんはあっという間にスープを食べ尽くし、満足そうにしていました。

「これで腹が少しだけ満たされた。残りの仕事も頑張れる」

「ちなみに聞きますけど、この領地に結構長く滞在しているのはその仕事が原因で？」

ガングレイブさんは、困ったように机に指を突き立てました。

「領地をもらえそうにない」

コツ、コツ、と机を指で突くガングレイブさん。

僕はと言えば、領地がもらえないという話に驚いていました。

「ええっ。それって」

「良くも悪くも、エクレスとギングスが統治する立場を離れた影響だ」

「お、弟と妹がなんだって?」

僕とガングレイブさんの話に、ガーンさんが割って入ってきました。

用意したタオルで手を拭きながら来るあたり、ちゃんと手洗いを教えて良かったと思う。衛生関係者は食中毒などには目を光らせてんだぞ。これは初日からガンガン教えた。

「ああ。エクレスとギングスは順調に引き継ぎをしているという話だ」

「だろうな。時々話をする」

「しかしその影響で、俺たちが領地をもらってそこに腰を落ち着けるって話が進まない」

「ほう」

ガーンさんは興味深そうですが、これはすでに理由がわかってるって顔だぞ。

ちなみに僕はわかんない。

「ああ」

「それはなぜですかね」

「簡単だよ。エクレスとギングスに統治する権限がなくなってきてるから、俺たちに領地を渡せるほどの力がないって話。それと、残る貴族連中が猛反対してる」

「ええ？」

ガングレイブさんの言葉に、僕は嫌そうな顔をしました。

「エクレスさんとギングスさんはレンハの野望を察知して、ガングレイブさんはレンハを捕らえる手助けをして内乱だって終わらせたのに」

「それが問題なんだな」

ガーンさんは苦虫を噛《か》みつぶしたような顔をして言いました。

「貴族連中の中には、エクレスたちを慕ってた者もいた。自分たちを頼ってくれなかったことや、他国にこの領地を明け渡すことに怒っている者もいた」

「だけど、その責任を取ってエクレスさんとギングスさんが引退するという話を、聞いていますが」

「そこも問題だ。領地を治めてきた尊い血筋が途絶える。自分たちの正当性が失われる。今まであった当たり前のものがなくなるのが、怖いと思う奴だっているんだよ」

「それと傭兵団《ようへいだん》が領地をもらえないってのはどういう話の繋《つな》がりで？」

「簡単だ」

ガングレイブさんは腕組みをして言いました。

「要するに、どれだけ活躍しても外の人間なんだよ、俺たちは」

「そこは……それは、まあ、そうですけど」

「どんだけ領地に貢献しようが、陰謀を阻止しようが、『役に立ったなじゃあこれ報酬』、それで終わり。それが傭兵《ようへい》ってものだ。

なのに土地までくれってのは、相当気に入られないと難しい。貴族たちは俺たちが気に食わないんだろ」

「……ガングレイブさん、そのために毎回城へ行って遅くまで話し合いをしたり？」

「そのためだ」

そうか、どうりで最近、ガングレイブさんはどこかに出かけて遅くに疲れて帰ってくるわけだ。傭兵団のみんなのために、土地を得て安住の地を手に入れるために苦労している。

「その、お疲れさまでありがとうございます」

「礼を言われることじゃない。俺は傭兵団の団長としてやるべきことをしてるだけだからな。だけど、その礼を素直に受け取らせてもらおう」

そう言うと、ガングレイブさんは立ち上がりました。

「さて、今日はもう一度城に行って、お貴族様たちに話をしないとな」

「まだかかりますか？」

「どれだけかかっても必ず、土地はもらう。そこは約束する」

ガングレイブさんの決意に満ちた顔を見ると、これ以上何かを聞こうという気がなくなりました。

ここまでやる気に満ちているのなら、やいのやいの言うのは野暮というもの。

僕の仕事は、こうやって頑張る人に料理を振る舞うだけです。

そして結果を待つこと。それもまた仕事なのです。

「わかりました。けど、無理はなさらないでくださいね」

「それは確約できないな。ここが俺たちの岐路だ、少しくらい無理をしないといけない」

「ならせめてお腹《なか》を空《す》かせて仕事をするのはやめてくださいね」

「わかった。そのときはシュリに……いや」

ガングレイブさんは仕事をするガーンさんとアドラさんを見てから言いました。

「お前たちを頼らせてもらうよ」

ああ、弟子全員を含めて頼ってもらえるのか。

少し、嬉《うれ》しいな。みんな含めて頼られるというのは、僕一人が認められるのとはまた違う。連帯感というのか、なんというのかはわかりません。

だけど僕たちの頑張りが期待されるのは、胸が熱くなる。

「そうしてください」

「そうする。じゃあ俺は――」

「ガングレイブっ！」

ガングレイブさんが出て行こうとしたところ、厨房《ちゅうぼう》に慌てて駆け込んでくる人がいました。その人……アーリウスさんは息を切らしています。

何がそこまでアーリウスさんを慌てさせているのか。ガングレイブさんはアーリウスさんの肩を支えました。

「どうしたアーリウスっ。何があったんだ？」

「あふん……大変ですガングレイブ！　彼女がこの領地に来るそうです！」

僕は一瞬、ガングレイブさんに触れられたことで女の顔をしたアーリウスさんを、見逃さなかった。

しかしガングレイブさんは気づかなかったようで、それについて触れる様子はありません。気づいた方がいいぞ、それ。

「彼女？　誰だ」

「テビス姫です……っ！」

……は？　テビス姫？　ニュービストのお姫様の？

ガングレイブさんに近づいて顔を見ると、あからさまに嫌そうでした。すっげー嫌そうな顔。不快に不快を重ねたような感じ。それほどか。

「は？　テビス？　なんであのお姫様がここに……」

と、ここでガングレイブさんは何かを思い出したらしく言葉を止め、アーリウスさんの肩から手を離しました。そして、顎に手を当てて言いました。

「そうか。あの手紙か」

「？　あの手紙ってなんですか？」

「なんじゃあ？　ニュービストの美食姫の名前が聞こえたで？」

「何の騒ぎだ」

厨房の隅で話している僕たちの元に、ガーンさんとアドラさんもやってくる。

ガングレイブさんはその中で僕の顔を見て、真顔になりました。

「すまんシュリ」

「はい？」

なぜ僕がガングレイブさんに謝られるのよ？

「俺の予想が正しければ、俺が送った手紙のせいでもっとややこしいことになる」

「はい？　手紙？　それと僕が謝られることになんの関係が」

「おいガングレイブ！」

「大変スよ！」

「えらいことやぇ！」

さらにクウガさんとテグさんとアサギさんも現れました。全員が慌ててる様子なので、どうやら本当に大変なことが起こっているらしいです。

「どうしました皆さん」

「ワイが聞いた話だと、グルゴとバイキルの……今はアズマ連邦と名乗っているあいつらの使節団がここに向かってるらしいぞ！」

え？　アズマ連邦って？　僕は驚いてクウガさんの顔を見ていた。トゥリヌさんとミューリシャーリさんが結婚したのは知ってたけど、なんでそんな名前に？

僕の疑問をよそに、テグさんとアサギさんも慌てて言います。

「オイラはオリトルの奴らが来てるって聞いたっス！　名代はヒリュウの妹のミトスって奴っスよ！」

「わっちはアルトゥーリアからの訪問があるって聞いたぇ！」

……僕はみんなの言葉を聞いて、ガングレイブさんの顔を見ました。

僕は多分、能面みたいに無表情だったと思う。ガングレイブさんも僕の顔を見てビクッと驚いていました。

「ありゃー、そりゃ随分と仰々しい客人じゃ……おりゃあはそんな何か国もの要人がこの領地に来るなんて、聞いたことねぇわ」

「俺もだ。そんな大国とはあんまり交流がなかったはずなんだが」

アドラさんとガーンさんが首を傾げる中で、僕の視線に気づいた全員がガングレイブさんを見ました。

ここに至って、ガングレイブさんの顔から余裕が消え、困ったような笑みを浮かべています。

こういう顔、見たことある。こう、悪いこととか悪戯《いたずら》がバレて、大人に囲まれてるときの子供の顔だ。

「すまんみんな」

ガングレイブさんの額から、冷や汗が一筋流れました。

「俺、余計なことをしたかも」

「何をしたんや」

クウガさんがガングレイブさんに詰め寄りました。全員がそれを聞きたいと思ってる。何をしたんだガングレイブさんは？

「あの内乱のとき、俺が手紙を渡したの覚えてるか？」

「手紙……？　ああ、あの手紙っスか」

テグさんは何かを思い出したように手を叩《たた》きました。

「あの前日に、信頼できる部下に託せって言われてたやつ」

テグさんが放った言葉に、クウガさんが何かに気づいたようにハッとしました。

「そういやガングレイブ。お前、あの日手紙を渡しとったなぁ。あれはなんや、結局?」

「ああ、言ってたねぇ。わっちらは手紙の中身がなんなのか知らんまんまだけど、なんでありんすか?」

「オイラも中身見ないで部下の四人に渡したっスけど。なんだったんス? あれ」

口々に問われる手紙について、ガングレイブさんは口ごもっていました。

アーリウスさんはガングレイブさんを心配するように言います。

「ガングレイブ……どうしました? まるで子供が悪さをしてバレたときみたいな顔をしてますが……?」

「ああ……あれは……」

とうとうアーリウスさんにも聞かれて、もう誤魔化せないと思ったのでしょう。

ガングレイブさんがようやく重い口を開きました。

「あのとき、もしも俺たちがシュリの救出に失敗したら、という前提で送った布石だ」

「布石」

僕が繰り返すように呟《つぶや》く。なんだろう、保険か?

「それで? 内容はなんや?」

失敗を前提としていたと聞いて腹が立ったのか、クウガさんが不機嫌そうに腕を組んで聞く。

「ワイらが失敗するなどという不吉なことを前提に、何を書いたんや？」

「……あー」

ガングレイブさんはますます言いにくそうにしています。

「言わないと駄目か？」

「ちゃんと言えっ」

「……何かあったら、シュリを頼むと書いた」

空気が、凍った。

問いただしたクウガさんも固まった。他のみんなも固まった。

僕自身も何も言えなくなって、何か言おうとしても口が開きません。どう言えば、何を言えばいいのかさっぱりわからないのです。

時間としては五秒にも満たなかったでしょうが、まるで長い時間動けなかったような錯覚すら覚える。

「……はぁ～」

大きな溜め息が出ました。思わず、僕は腹の底から溜め息をついていたのです。

「で？　ガングレイブさん……」

なんか、何か言うのもアレだなと結論が出たので。

「待て、言いたいことはわかるから」

「待ちません。で？　どうするつもりですか」

僕はここにいる全員を代表するつもりで、困り顔をするガングレイブさんに聞きました。

「その手紙を本気にした……？　人たち？　が来て……僕は実際無事でここにいるんですけど、どう弁明するのでしょうか？」

「うぐ……」

これには、弁舌にハッタリと理屈をかませて依頼主たちと口で渡り合ってきたガングレイブさんも、さすがにすぐに答えられないのか言葉に詰まってるようでした。

そして、その態度にようやく口を開く人が。

「お前何を考えとるんやっ？　失敗前提でそんなことをするにも、方法は他にあるやろっ」

「そうスよ！　よりによってニュービストのお姫様にも送るなんて何をしてんスか？」

「わっちとしてはまあ仕方がないと思うけんど、さすがに感情としては許せんぇ」

「ガングレイブ……私たちを信じてなかったのですか？」

口々に文句を言われるガングレイブさんは、何も言い返せずうろたえるばかりでした。

結構文句を言われっぱなしになってたところで、ガーンさんが腕を組んで呟《つぶや》く。

「この国の内乱を収めてくれたんだ。傭兵団《ようへいだん》団長の客はこのスーニティの客も同然。しかし、それだけの賓客が来るなら、結構なもてなしをする必要があるな。だが今のスーニティにそれができるとはとても……」

ガーンさんの言葉に、全員が再び固まる。そうか、そういえばそうでした。僕も納得して、ポンと手を打ちました。

「ああ、各国の王族クラスの方が来ますもんね。ちゃんと宿泊設備や食事の用意をしておかないと、大変なことになりますから」

「だけど、スーニティでそれをするべきエクレスとギングスは、引退の引き継ぎ中だ。あの二人以外が王族の接待をするってのは……格が釣り合わないかもしれねぇな」

「じゃあどうするんです？」

「さあな。エクレスとギングスが一応の対応をするしかねぇだろ。俺には無理だが」

僕とガーンさんの会話を聞いたガングレイブさんは、机に手を置いてうなだれてしまいました。

「どうしよ」

「どうしよ、じゃないわ！」

クウガさんがガングレイブさんの肩に手を置きました。

そしてグッと握りしめる。逃がさないようにグッと、力を込めてるのがよくわかる。

「お前が原因やろ」

「ああ」

「お前も当事者としてエクレスとギングスの補助に回るんや」

「ああ……ああ！？」

クウガさんの言葉に、ガングレイブさんは目を剥《む》かんばかりに驚いて言いました。

「嫌だよ！　特にテビス姫の相手なんぞしたくない！」

「お前の手紙が全ての元凶ならば、お前がやらないでどうするんや！　ほら、来い！」

「嫌だ！　テビス姫は嫌だ！　あの忌々《いまいま》しい姫さんと話なんぞしたくない！　助けてくれアーリウス！」

結局ガングレイブさんは、ズルズルとクウガさんに引っ張られて厨房《ちゅうぼう》から出ていってしまいました。

残された僕たちは、

「さて、修業に戻りますかー」

「わかった」

「おう！」

「え」

修業に戻ることにしたのですが、なぜかテグさんから反論が。

「いや、シュリも来てもらった方が……」

「僕の引き取り先に心を砕いてくれたのはありがたいんですけど、僕が行っても仕方がないかなって……だいたい、僕が行ってもどうしようもないでしょ」

僕のことを心配していろんなところから来てくれた……と思えればいいのですが、そんな仰々しいところに僕が顔を出すのは余計なことかなと。

僕がそう言うと、テグさんは疲れた顔をしました。

「まあ、あいつらが手紙を鵜呑《うの》み？　いや、この場合は手紙につけ入ってやって来るとなれば、そこにシュリが行くのも駄目っスよねぇ」

「でしょ？」

「でも、このままガングレイブだけを行かせるのも……」

アーリウスさんが不安そうに言うので、僕は上の階を指さして言いました。

「カグヤさんも一緒に行ってもらえばいかがです？　こういう場合、あの人がガングレイブさんの補佐に適任では？」

「確かにそうですね……」

アーリウスさんは顎に手を当てて呟《つぶや》きました。

「ああ、こういうときにカグヤ以外にも、ガングレイブを知性の面から支えられる人材がいればいいのですが……」

「他のみんなは武力による護衛専門ですからね」

ケラケラと僕は笑うと、水瓶《みずがめ》からひしゃくで水を汲《く》み、手を洗いました。

「僕が呼んできます。アーリウスさんはガングレイブさんのために動くのが一番です」

「え、でも」

「こういう場合、一番役に立つことをするのは愛する人なんですよ」

「行ってきます」

回れ右してさっさとアーリウスさんが去っていきました。おいおい、こんな簡単に口車に乗るの？　僕もちょっと驚いちゃったよ。

テグさんとアサギさんも何か相談すると、厨房《ちゅうぼう》から出て行こうとしました。

「じゃあシュリ、オイラたちは実際に誰が来たのかを確認に行くっス」

「了解です。実際にテビス姫以外に誰が来ているのか、知ってた方がいいですしね」

「そういうことやぇ」

二人は出て行き、僕もガーンさんとアドラさんに振り向いて言いました。

「なのでお二人とも、修業はちょっと中断です。ガーンさんはエクレスさんとギングスさんの元へ、アドラさんも護衛で一緒に付き添ってあげてください」

「いいのか？」

「むしろ、行けってことです。今のエクレスさんたちだと、何かと大変でしょうし」

「感謝する！」

ガーンさんはすぐに手を洗って走りだしました。ほらね、本当は弟妹《きょうだい》のことが心配だったんだよ。それをおくびにも出さないようにしてたけど、やっぱり家族は心配だったのかなって。

アドラさんも手を洗っていましたが、不安そうな顔をしています。

「お師匠……いや、シュリ」

「なんでしょう」

「おりゃあは今、武器の片手斧《かたておの》を握ることもできん小心者じゃあ……おりゃあがいても意味があるんかね」

「アドラさんはそこにいるだけで意味があるかなって」

僕はアドラさんの心臓に拳を当てて言いました。

「だから、まずはちょっとずつ自信を取り戻すために頑張ってください。師匠命令です」

「わかった……っ！」

なおも不安そうでしたが、決意に満ちた顔でアドラさんも厨房《ちゅうぼう》から出て行きました。

さて、僕も行動するか。

「すみませんが、今日は僕たちの修業に付き合ってくださってありがとうございました」

「いいってことよ」

この宿屋の料理人さんの一人が、快活に笑って言いました。

「こっちも人手が増えて楽だったからよう。初めの頃はあの兄ちゃんたちもたどたどしかったが、ここ最近は安心して任せられてたからよ」

「ええ……でも、料理人にとって厨房は本来神聖な場所です。我が物顔でいきなりやってきて修業に使わせてくださいなんて、無茶を言ってしまったので、そのお詫《わ》びも」

「そんなもん、お前が来て勝手に使いだした頃から、諦めてるよ」

うぐ。そう言われると反論できなくて困る。他の国の宿屋でも、勝手に入って場所を借りて調理してたからなぁ。

それでも使わせてもらって、出て行くときにはお礼を欠かさなかったんだけど……やっぱ無茶があったよなぁ……。

「まあ、落ち着いたらまた手伝ってくれや」

「はい。ぜひとも」

僕はそう告げてから厨房を出て、カグヤさんの部屋へと向かいました。

厨房でみんなが相談している間も、カグヤさんは来なかったからな。朝から自分の部屋にいることは間違いないでしょう。ていうかここ最近、自分の部屋の前に料理を置いてくれって頼まれてたし。

でもオルトロスさんはどこだろう？　こういう場合、いの一番に現れてガングレイブさんの傍《そば》にいるはずなんだけど？

胸の中にぽつりと湧く疑問を無視して、僕はカグヤさんの部屋の前に立ちました。

二度ノックしてみても反応がない……。

「すみませーん」

声を掛けてみても反応がない。

おかしいな。静かすぎる。何かあったのか？　他国からの重要人物が次々と現れている状況なので、怖いな。

「勝手に入りまーす」

なのでドアノブをひねって、中に勝手に入りました。

すぐに出て閉めました。

「……よし！　僕もガングレイブさんたちのために、何か差し入れでも作ってコッソリ持ってく準備をするかー」

「待ちなさいよぉぉぉぉぉ……！」

まるで地獄の底から響いてくるような声に体を硬直させた僕の肩を、部屋から伸びてきた手が掴《つか》みました。

ギリギリと後ろを向けば、そこには疲れ切った顔をしたオルトロスさんが。怖っ。

「ど、どうしましたかねオルトロスさん。そんな疲れてやつれ切った様子で」

「わかってるでしょう！」

「わかっててもわかりたくないので理解するのを拒否します」

「やかましいっ。カグヤが執筆欲が湧いてきたからってアタイが巻き込まれてるのよぅ！」

知ってる。今部屋を覗《のぞ》いたときに、紙の束を持ってうなだれるオルトロスさんと、一心不乱に何かを書いてるカグヤさんが見えたから。

そして、何を書いているのかをすぐに理解したからこそ、僕は逃げた。あんな官能小説の感想を求められるなんて地獄、二度と味わってたまるか。

好きな人なら喜んでやるでしょうが、僕は書いた本人を目の前にして、淫《みだ》らなことが書いてある物語の感想を本人に言えるほどの胆力は、ない！

「それはオルトロスさんにしかできないこと。邪魔をしないことが僕の役目。はい証明終了さようなら！」

「シュリですか？」

地獄から、声が掛かった。

オルトロスさんの脇から部屋の中を見ると、カグヤさんが立ち上がっていました。

手には、大量の紙の束が。まさかっ。

「ちょうどよかった。ワタクシ、時間ができましたので新しい宗教の戒律を考えていたのです」

「……ん？」

なんだ？　予想外だったぞ？

ちょっと僕が考えたこととは違ってたようですが、そこに反応したのはオルトロスさんでした。

「ちょっと！　ならアタイにそっちを相談すればいいじゃない！」

「え？　まだ途中でしたので、ワタクシが書いた小説を楽しんでもらいながら感想を聞ければ、と思ったのですけど……」

「いいわよこんなの！」

オルトロスさんは激昂《げきこう》したまま、カグヤさんに紙束を突き返しました。

「自信作なのですけど……」

「知り合いが書いた睦み合いの小説の感想を求められるって、ただの地獄よ？　少なくともアタイはそこまで図太くないわ」

だよね。いや、官能小説を否定はしないよ。僕の学生時代の先輩で、勉強も運動もできて人望があったけど、涼しい顔をして朝の読書時間に官能小説を読んでる人いたもん。

僕も先輩に勧められて読んだことあるけど、挿絵なしで、人の情欲を沸き立たせようとするあの手この手の表現と言葉の選び方は凄《すご》かったよ。素直に。

だけどね？　それは顔が見えない作者の作品だから楽しめるのであって、作者を目の前にして読むのは心がキツい。

カグヤさんはちょっと悲しそうな顔をして、二つの紙束を持ったまま立っていましたが、僕の顔を見て言いました。

「シュリ、二つとも読みます？」

「教養の戒律はともかく、官能小説は今は遠慮させていただきます。作者の顔が見えたまま読まされるのは、ちょっと辛《つら》い」

さらに悲しそうな顔をするカグヤさんに、僕はすかさず続けました。

「てか、そういう話をしに来たんじゃないんですよっ」

「はい？」

「何があったのよ？」

「実は……ここに、ニュービストとオリトルとグルゴとバイキルとアルトゥーリアから使節団が来てるみたいです」

僕の言葉に、どうやら事態は重いものだと気づいたらしい二人。すぐに表情を引き締めました。この切り替えの早さ、信頼できるよ。いつもそうであってくれ。

「それは本当なの？」

「アーリウスさんとテグさんとクウガさんとアサギさんが確認しました。テグさんとアサギさんは使節団として誰が来てるのか調べに、アーリウスさんとクウガさんはガングレイブさんと一緒に城へ、ガーンさんとアドラさんは、エクレスさんとギングスさんの傍《そば》に行きました」

「なんでガングレイブが？」

「実は……ガングレイブさんはこの前の戦いの際、失敗したときは僕のことを任せると、あちこちに手紙を送ったそうで……その関係ではないか、それを利用して来たのではないかと。手紙を送った本人のガングレイブさんが一緒にいるのは、そういう理由です」

実情を話してみれば、オルトロスさんとカグヤさんの顔に、明らかに怒りが浮かんでいました。怖い怖い。さっきから恐怖の場面ばっかりが来るよ。

「あの馬鹿」

「そうですわね。馬鹿であります故」

こめかみに青筋を立てている二人に、僕は恐る恐る言いました。

「なので、お二人もガングレイブさんと一緒に」

「そうね。アタイは武装して行くわ。カグヤは先に行って」

「了解です」

二人はすぐに行動を開始し、カグヤさんは部屋を出ていき、オルトロスさんは自分の部屋に向かいました。

よし、これで僕の役割は終わりだ。あとはみんなが無事に帰ってくるのを待つだけだ。

……ん？　誰か忘れてると思ったら……。

「あれ？　リルさんはどこに？」

今の今までリルさんが全く話にも出てこないし、姿も見せない。

どこで何をしてるのかさっぱりわからないな……。僕は不思議がりながら一応リルさんの部屋にも行きました。

試しにノックしても、勝手に開けてみても、中には誰もいない。

「どこに行ったんだろう？」

結局、宿屋中を探してもどこにもいなかった。

さて、どうしようかな。

リルさんをこれ以上探しても仕方がないしね。だからといって僕が城に行っても、ややこしいことになる。

自分の部屋で椅子に座り、思案してみる。何をして時間を潰すか、そして帰ってきた皆さんを何でもてなすか。

多分だけど、使節団の人たちとあれこれ話をして帰ってきたときには、疲れ切ってるでしょう。お腹《なか》が減るのはもちろんだけど、頭が疲れてるのは間違いない。

そこに腹に溜まるものを作っても、疲れた頭と胃では辛《つら》いかも。

胃に優しいものを作って待っていよう。うん、そうしよう。

「さて、そうなると……あれを作るか」

メニューを考えた僕は、食材の確認のためにもう一度厨房《ちゅうぼう》へ向かいました。

現実の地球の日本だと、これから作る料理は少し材料にこだわらないといけない。でも、ここならそのこだわりもクリアできる。

なので、僕は厨房《ちゅうぼう》へ入りました。中には誰もいない。すでに時間は朝から昼過ぎへ、そして食事時は過ぎて、料理人がのんびりと落ち着ける時間帯。

どこか別のところで休憩してるんだろうな。

「さてさて……ああ、これだ」

僕が用意したのはレモンです。うむ、ハリよし艶よし。これなら良いものができそうですね。レモンを扱うのは懐かしいな。

「菓子作りの修業のときは、これでもかと扱ったものだけどね……」

なんせ故郷の広島県には、尾道市瀬戸田町《おのみちしせとだちょう》産レモンという、ブランドレモンがありましたからね。確か広島県は国内レモン生産量が上位。一位だったっけ？　どうだったかな。

菓子作りを教えてくれたオカマ師匠は、食材にこだわる人でもあった。レモンを使うときは広島県のレモンを使ってくれてたな。

懐かしいけど、今は思い出に浸る時間じゃない。

さて、作るのはレモンのコンフィです。作り方や材料はシンプルで簡単。

材料はレモン、砂糖、水。これでよし。

レモンに対してのこだわりとは、ノーワックスのものを使うことです。

レモンってね、普通はワックスブルームっていう、乾燥から果実を守る無害な天然物質を分泌してるんだけど、他にも流通させるために鮮度保存被膜剤っていう食べても大丈夫な食品添加物、外国産を輸入する際に使われる防かび剤、あと防虫や病気予防の農薬が使われてることがあるんだよ。農薬は国産でも使われてることがあるけどね。

このレモンのコンフィ、皮まで食べようと思ったら、こういった農薬などを取り除かないといけないんだ。洗い落とすなど方法はいろいろあるけど、ここでは割愛。

だけどここは農薬すら使われない異世界。どうやって鮮度を保ったり栽培効率を保っているのか詳しいことはわからないけど、ここならそういった農薬の心配はなし。

さて、作りましょうか。といっても簡単なんだよ。

レモンを薄切りにして、鍋に材料を入れて弱火で煮る。

あとは煮沸消毒しておいた瓶とかに保存。これだけ。

「このまま時間をおけば……美味《おい》しくなるでしょ」

レモンのコンフィは保存が利きますから、あとはこれを、ケーキとか紅茶に入れるとかもできるぞ。

それから、レモンのコンフィには塩漬けのものもあるから、これも試してみても面白いし美味しいぞ。

さて……時間が余りすぎたな……。

「そうだ。クウガさん秘蔵の酒に漬けて、リモンチェッロでも作ろうか」

そこに思い至った僕は、残りのレモンを取り出し、厨房《ちゅうぼう》の冷暗所に置かせてもらっていた酒を取り出します。

実はこれ、クウガさんが隠れて飲んでるアルコール度数の高いかなり強いお酒でして。

これをちびちびやりながらとっとと酔って寝る、みたいなこともしてるみたいです。最近は戦場に出ていない分、腕が鈍らないように鍛錬を続けているのですが、飲む頻度が減ってますので、まだ残量はある。

「すまんクウガさん。後で何かお返しをするから」

酒の瓶を取り出して心の中でクウガさんに謝罪し、もう一度調理開始。

といっても、リモンチェッロってのは家庭で作っても、そんなに難しいものでもない。

簡単に言えば、レモンの皮を内側の白い部分を入れないように薄く剥《む》いて、度数の強い酒に漬け込む。そのあとシロップを加えて寝かせる、これだけ。もちろん保存する瓶はあらかじめ煮沸消毒しておこうね。

一週間寝かせてから、レモンの皮の色素が酒に移ったら濾《こ》す。そしてシロップを合わせてもう一週間寝かせれば完成です。

なので今日はレモンの皮を漬け込むところまで。

「完成が楽しみだなー。クウガさんのお酒、結構たくさん使っちゃったけど……まあ美味《おい》しくできたらクウガさんに真っ先にあげよう」

「ほう、何をじゃ」

「ああ、リモンチェッロっていうレモンを使った蒸留酒を」

と口に出したところで、僕は固まった。

聞き覚えのある声。感じたことのある雰囲気。

僕がバッと振り向くと、そこにはいるはずのない人がいました。本来であればガングレイブさんたちと一緒に城にいるはずの二人が。

「お、お、」

「久しぶりじゃのぅ、シュリ」

ヒラヒラと手を振って楽しそうに笑うその人は、ニュービスト国のお姫様。

天賦《てんぷ》の才にて国政を担う、別名美食姫。

「お久しぶりです、テビス姫様っ」

思わず僕はその場に膝を突いて、頭を下げていました。

テビス姫は僕に近づいてくると、僕の肩に優しく手を置きます。

なんと、軽く触られているだけなのに、なんでこんな重く感じるんだ……！　この人、数年ぶりに会うけど、王族としての圧が成長してるのか⁉

一般庶民の僕が、思わず頭を下げてしまうほどの、神々しさを感じるぞ……！

「うむ、うむ。久しぶりに会ったが、その腕衰えることなく成長しておるようじゃの。妾《わらわ》も嬉《うれ》しいぞ。シュリが楽しそうに料理をする姿が見られるとは。のぅ、ウーティン」

「変わ、らず……です」

「であるな」

ようやく顔を上げた僕ですが、やはりテビス姫は成長していらっしゃる。身長が伸び、美しい顔からは幼さが減っている。だけどそれが魅力を損なうことは全くない。

成長することによってさらに魅力的に見える。うわー、怖い。人ってこんなに変わるのか、怖い。成長って怖い。

「あの、その……テビス姫様」

「なんであるかの、シュリ」

「あー……」

呼びかけたはいいが、何を言うのか全く決めてなかった僕。とりあえず目上の人に言うべき言葉はわかってる。

「お久しぶりでございますテビス姫様。本日はご機嫌麗しく、拝謁を許されたこと恐悦至極《きょうえつしごく》に存じます。数年ぶりでございますが、お美しく成長なされましておめでとうございます」

「そうかのー、やっぱりそうかのー。妾ったらそんなに綺麗《きれい》になったかのー」

なんだこれ。さっきまでの王族オーラはどこ行った。テビス姫はくねくねと嬉しそうです。思わず驚いて固まってしまいましたよ。

何も言えないでいる僕ですが、そこにウーティンさんが耳打ちしてくれました。

「姫、様、は、最近、特に、シュリの、料理の軌跡を追うように、食べ過ぎて、た。こっちに来る、さい、必死に、体型を、戻そうとした」

「太ってたんです……？」

「いえ。ハッキリ言えば、成長期、で、食欲旺盛な、だけ。ですが、姫様は、久しぶりに、シュリに、会える、可能性があると、考えて、嫌いな運動を、して、食べ過ぎない、ように、節制なされ、た。体、が、引き締まって、健康に、なった。そして、自信ができて、振る舞いに、美しさ、ができた」

ああ、そういうことか。僕はやっとウーティンさんが言いたいことを理解して、思わず微笑《ほほえ》んでいました。

「努力の結果に気づいてもらって、嬉しくてはしゃいでるんですか」

「まさに、それ」

ウーティンさんは無表情のままそれだけ言うと、再びテビス姫の傍《そば》に侍《はべ》ります。

ひとしきり喜んだテビス姫は、落ち着きを取り戻して咳払《せきばら》いしました。

「おほん。さて、シュリよ。改めて元気でいてくれて良かったぞ」

「はい。テビス姫様も」

「妾《わらわ》もじゃ」

テビス姫は厨房《ちゅうぼう》の椅子に座ると、机に肘を突いて楽にしました。

いい加減僕も楽にしたい。膝を突いた姿勢って結構膝と腰と肩にくる……。慣れない姿勢だから、そろそろプルプル震えそう。体がキツい。

「楽にしてよいぞ、シュリ」

「はっ」

それを察してくれたのか、テビス姫は優しい顔で言ってくれました。

僕は立ち上がり、さりげなく体を解《ほぐ》しながら姿勢を正します。体が凝るわ。

テビス姫は僕の姿を、足のつま先から頭のてっぺんまでじっと観察してきました。

「だいぶ、いろんな戦場に行っておったそうじゃの、シュリ」

「はい。生きているのが奇跡です。仲間には、感謝の言葉もありません」

嘘《うそ》ではない。言った通りです。

僕はどこかで何かが違えば、死んでいたでしょう。グルゴとバイキルの戦争で、オリトルからの脱出で、フルムベルクでの教団騎士による連行で、アルトゥーリアの戦争で。

様々な場面のどこかで、僕は死んでいたかもしれない。でも、こうして生きているのはきっとみんながいてくれたから。

みんなと一緒にいたから。

僕がハッキリと言い切る姿に、テビス姫は納得したように頷《うなず》きました。

「お主らのことはよく聞こえておったよ。武名が高まるばかりであったのぅ。

大変であったようじゃが、よくぞ生き残った。褒めてつかわす」

「ありがたき幸せ」

「あ、それとシュリは、そういう態度は凄《すご》く似合わんのは変わらぬな」

「え」

馬鹿な。いろんな王族の人と接してきた経験が積み重なっているはずなのに。

「そんなに、ですか」

「少なくとも以前、妾に対して麻婆豆腐《マーボーどうふ》を饗《きょう》したときが素であると思っておるのじゃが」

「冷静に見抜かれててぐうの音《ね》も出ません」

テビス姫が楽しそうに言うので、僕も笑みを浮かべていました。こういう接し方をされた方が楽でいいなぁ。過剰に気を遣わなくて済む。

「さて、シュリよ」

「はい」

「別にここで、会わなかった時間を埋めるように話をしても妾は構わないのじゃが、あいにくと時間がない」

「時間、ですか」

いや、それも当たり前か。テビス姫は王族ですから、ただの観光などで諸外国などに旅行に出られるような身分じゃありません。そこには大義名分や仕事があるはずです。

ここにいるのだって、本当は別の用事があるから。でも、わざわざ時間を作って僕に会いに来てくれたのです。

あまりここでテビス姫の時間を奪っては、駄目でしょう。

「すみません。テビス姫様には仕事があるのでしょう、自惚《うぬぼ》れでなければ僕を気遣って会ってくださったこと、改めてお礼を申し上げます」

「やっぱりシュリはそういう口調は似合わんから素でよいぞ」

「久しぶりに会えて嬉《うれ》しいです。時間を作ってくださったことに感謝します」

「それくらいでよい。……で、本題なのじゃが」

僕の背筋が強張《こわば》る。テビス姫が真剣な顔になったのです。

ここからがテビス姫の本題か……ここまでは僕に対して配慮してくれたってことでしょう。そう思うと、緊張してしまいます。

「なんでしょうか」

「決まっておろう」

テビス姫は僕の後ろを指さしました。

なんだ、と視線でそれを追うと……そこには、今僕が仕込んだレモンのコンフィとリモンチェッロが。え、まさか。

「食べたいんですか、これ」

「食べたいんじゃよ、それ」

興味津々で言うテビス姫に、僕の肩から力が抜ける。

そうだ、この人そういう人だった。ニュービストにいた頃も、料理を持っていったなあ。懐かしい。もう数年も経つのか。

僕はレモンのコンフィを見せました。

「そうは言っても、これはレモンを薄い輪切りにして砂糖水で煮ただけのものですよ」

「なるほど。簡単なものじゃな」

テビス姫は、瓶に入れていた薄切りのレモンを一切れ取り出しました。

指でつまんで観察してから、テビス姫はなんの躊躇《ちゅうちょ》もなく口に入れちゃいます。

「姫、様」

ウーティンさんが咎《とが》めるように言いますが、どこか諦めている様子。多分、毒味を命じさせたいのだろうなぁ。でもこの様子だと、散々言っても聞いてもらえないから、とりあえず言ってるだけって感じですね。

だけどテビス姫は全く意に介する様子はありません。美味《おい》しそうにレモンのコンフィを食べました。

「うむ、よくできている」

テビス姫は、さらにもう一切れつまんで言いました。

「皮ごとレモンを食べる。なるほどのぅ、レモン本来の苦みと酸味に甘みが加わって、実に小腹を満たすに足る。うむ……旨《うま》い」

さらにテビス姫は顎を動かし、しっかりと噛《か》みしめているようでした。

「レモンの皮が歯ごたえがあって良いのぅ。噛めば噛むほど口の中に味が広がり、長く残るようじゃ。それとこのレモン、最初に種とヘタをちゃんと取ってあるのじゃな?」

「ええ。食べやすくしようと」

よくそこに気づきましたね。そう、このレモンのコンフィは最初にこっそり、種とヘタを取り除いて作っているのです。

実はこのレモンのコンフィ、過去にも試しに作ったことがあるのですが、そこで種を取り忘れて食べるのに難儀したことがあります。

その反省を生かして、食べやすくしようと種を取り除きました。

「うむ、うむ。食べやすさはそのまま食事の満足度に関わってくるからの。食べやすいからと、柔らかくしすぎてもイカンがな。食べやすくても、顎を動かさない分満足度は低ぃ。

これは皮の部分まで食べるからのぅ。顎に跳ね返るレモンの噛み応えがまた、心地よい」

テビス姫はそう言うと、ウーティンさんが差し出す布を受け取り、指を拭きました。

「良いものであるな。シンプルで、そして食べる者のことをよく考えておる」

「はい」

「このレモン。疲れて帰ってくるだろうガングレイブのために作ったのであろう？」

テビス姫の悪戯《いたずら》っ子みたいな笑みに、僕はドキッとした。

「お見通し、ですか」

「果物は病気がちな者に食わせるのに適した食物であるからの。風邪で寝ている者でも、ゆっくり休ませて調理した果物を食べさせていれば、じきに直る。疲労した体にも活力を与える、優れたものであるからな」

果物というのはテビス姫の言う通り、体調不良の人に食べてもらいたい食品です。

中にはアレルギーを起こすものがあるので気をつけないといけませんが、それでも風邪をひいてる人にリンゴを食べさせる、なんてよく聞く話ですし。

僕は笑みを浮かべて言いました。

「単純な料理ですけど、熱湯でしっかり消毒した瓶に入れてちゃんと保管すれば、長期間食べられますよ」

「ほう！　それは素晴らしいな」

テビス姫は感心したように言いました。

「やはり食料の長期保存は永遠の課題であるからな。冷暗所や魔工道具による冷凍保存などの手段はあるが冷暗所は場所を選ぶし、魔工道具は高くつく。良い方法はないものか」

「そうですね……アルトゥーリアから雪を購入して固めて氷にして、氷室に入れるとか」

「ところがアルトゥーリアとは距離がありすぎるため、運送料金や手間ばかりかかってしまうのでな。ニュービストで氷を作ることも考えたが、ニュービストは温暖な地域だし、聖木の恩恵で地表に過剰なまでの雨や雪が落ちてはこぬ。どちらの方法も使えん」

「なら、安価な魔工道具を開発するしかありませんよね」

「それじゃよ！」

テビス姫は勢いよく立ち上がり、僕を指さしました。

「まさにそれこそ、妾《わらわ》が現在手がけている研究の一つなのじゃ」

「ほほう」

ニュービストでは現在そういう魔工道具の研究をしているのか。それは良いことを聞いた。将来開発されたら一番に買おう。

いや、そこはリルさんに渡してさらに研究してもらうのもありだな。もっとコンパクトで良いものを作ってもらえるようにお願いしとこう。

テビス姫は腕を組み、目を閉じました。

「最近、どこの筋からか、新たな魔工道具が広まっておる」

「へぇ」

「なんでも複雑な機構を動かすための独特の魔字《マギ・スペル》の刻印が大量にされておるとのこと」

「へ？」

それは、どこかで聞いたことがある内容だな。

テビス姫は目を開き、僕を真っ直ぐに見ました。

「ウーティンから聞いておる。お主たちがアルトゥーリアを訪れた際、リルの論文が盗まれたのだと」

「……まさか」

「そうであろうな。盗んだ者が自分の研究として、新たな魔工道具を作ったのじゃろうよ」

「なんと悪辣《あくらつ》な……！」

思わず僕は握りこぶしを作っていました。

僕もアルトゥーリアからスーニティに来る道中で、リルさんから聞きました。自分の研究論文が盗まれて、その後行方がわからないと。

自分が苦労して作ったものを、他人が横からかっ攫《さら》って我が物にする。反吐《へど》が出るほどの外道でしょう。怒りが次から次へと湧いてきます。

僕の様子を見たテビス姫が、苦笑を浮かべました。

「とはいっても研究途中の魔工道具じゃぞ。一つ仕入れて研究機関に調べさせてわかったが、まだ作業効率はそこまでよくなかったの」

「え？　そうなんですか？」

僕は再び驚きました。僕はリルさんに頼んで魔工道具を作ってもらってます。

そうして完成したものを使ってみても、使い心地や耐久性は申し分ない。未《いま》だに魔工コンロに異常が見られないほどに。

「耐久性とか利便性に問題が？」

「使われている魔晶石の量、刻まれた魔字《マギ・スペル》の数、魔工道具の大きさそのもの。これらについてまだ試行錯誤しているとのことじゃ。

まあ、そうでなければこちらも困る。ニュービストの研究者が揃《そろ》いも揃って、どうしようもありません、では話にならんからの」

カラカラと楽しそうに笑ったテビス姫は、満足そうでした。

「さて、妾《わらわ》もそろそろお暇《いとま》するかの」

「あ、はい」

「シュリよ。妾は当分この地に滞在する。折が良ければ、また食事を頼む」

「わかりました」

　僕は気合いを入れて返答しました。

　この人に味の誤魔化しは一切きかないからね。気合いを入れないと。

「うむ、それでよい」

「あ、それと一つ」

「なんじゃ？」

「食べていただいたレモンなんですけど」

　僕はレモンのコンフィを入れた瓶を持ち上げて言いました。

「二週間後にはリモンチェッロという酒ができます。それを使ったレモンのコンフィはまた、味の深みが違いますので、ぜひとも食べていただきたいです」

「よかろう。それを楽しみにしよう」

「テビス姫、こちらにいらっしゃったか！」

　そのとき、厨房《ちゅうぼう》に駆け込んできた人がいました。

　息を切らし、血走った目でテビス姫を睨《にら》んでいます。あまりにも怖くて僕は後ずさりし、ウーティンさんはテビス姫の前に立って戦闘体勢を取りました。

　ガングレイブさんです。ガングレイブさんが肩で息をしてそこに立っていたのです。

「おや、ガングレイブか。久しぶりじゃの」

「いやーテビス姫はお暇なようで！　まさか使節団から離れて部下を代理において、本人は何してるかと思ったらここでシュリとおしゃべりか！　良いご身分ですなぁ！」

「なんじゃ、部下がおれば問題はなかろ？　伝えてもらいたいこともちゃんと伝えたし、こっちの要求もちゃんと話したと思うのじゃが」

「！」

ガングレイブさんは呆《あき》れながら怒り、ますます息を切らすようでした。

「ガングレイブさん、落ち着いて」

「落ち着けるかぁ！」

ガングレイブさんはやけくそになってこちらに近づいてきました。

ウーティンさんがさらに前に出て警戒しますが、ガングレイブさんはウーティンさんの前に立ち、テビス姫を睨《にら》みます。

「グルゴとバイキル……今は山海を支配下に置くアズマ連邦の総首長トゥリヌと妻のミューリシャーリ！　オリトルからはヒリュウの名代である王族のミトス！　アルトゥーリアからは新王フルブニル！　大国の重要人物と王族が勢揃《せいぞろ》いの中で、あなたは何をしてらっしゃるんだ!?」

「落ち着くがよいガングレイブ」

「はぁー……誰のせいでこんなことになってると……！　肝心のニュービストの美食姫が

見当たらないからどうしたのかと思ったら……！」

　吐き出すだけ吐き出したのか、ようやくガングレイブさんは落ち着きを取り戻して、呼吸を整えていました。

「はぁー……。それで、テビス姫。ちゃんと話をしたいから城に来てもらえますかねー？」

「うむ、構わんぞ。シュリからつまみをもろうたからの。長旅の疲れは癒えたわ」

「そりゃ結構！　さあ行きましょうか！」

「仕方ないの。ではシュリ」

　テビス姫はこちらに視線を向けます。

「シュリも一緒に行こうかの」

「え？　僕も、ですか」

　テビス姫の提案に少し戸惑ってしまいました。僕がテビス姫と一緒に……おそらくは城での話し合いの席に参加しろってことだと思います。

　テビス姫たちがここに来た発端である手紙のことを考えると、僕が城へ行っても場を混乱させるだけだと思われるからここにいたので、城へ行こうと言われても困るわけです。

「僕が行っても何もできませんよ……。話し合いができるような立場にありませんし」

「妾《わらわ》がここに来たのは、ニュービストの今後と代官の任命、そして手紙のこともあったればこそ」

テビス姫はこちらへ体を向けました。

「なのに、手紙に書かれていたシュリの引き取りに関しての話し合いの場に、シュリ本人が来ぬのはいささかおかしいのでは?」

「ですけど……いらぬ混乱が」

「混乱、結構である! あって当然じゃ」

僕がそれでも行くのを渋っていると、テビス姫は僕に近づいて二の腕の辺りをポンポンと叩《たた》きました。

「混乱する意見を統一してこそ議論というものよ。確かにシュリがいてもなんにもならんかもしれん。じゃが、当事者がおらんままに進む話は無責任というもの。お主がおって、お主が言葉を発するからこそ解決する問題もあるじゃろう。どうかな?」

確かに、僕がいないままに僕のことを話し合われるのは、少し気持ち悪いです。

僕がいなければ余計な混乱は起きないでしょう。いても仕方がない人物がいなければ、話し合いもスムーズに進むと思って城に行きませんでした。

だけどテビス姫にここまで言われたら、行かないわけにはいきません。

フランクに話しかけてはくれますが、これでもテビス姫は王族。それも大国のお姫様。要請に対して、これ以上断るのも失礼でしょう。

「僕がいてもいらぬ混乱を招くだけかと思いましたが……テビス姫が話し合いの場に招待

くださるのなら、これを断るのは失礼というもの。行かせていただきます」

「よろしい」

テビス姫は笑顔で僕から離れて、扉へと向かいます。

「ではウーティン、外に止めている馬車の準備を。ガングレイブ、シュリ。どうせじゃから馬車に同乗せよ」

「……よろしいのですか？」

ガングレイブさんが警戒したように聞きます。

予想していたのか、テビス姫は余裕の笑みを浮かべて言いました。

「構わぬ。どうせ妾《わらわ》とウーティン二人だけでは広すぎるからの」

「……同乗させていただきます」

ガングレイブさんが頭を下げました。了承したということは、僕もテビス姫の馬車に同乗するってことか……。

王族の人と一緒の馬車か……緊張するな。

六十七話　全員集合とレモンのコンフィ～ガングレイブ～

「は？　弟子入り？」

「はい。ぜひお願いします」

俺の前でシュリが頭を下げている。シュリの後ろでは大男が二人、同じように頭を下げていた。

自分の部屋で、土地をもらう話し合いの要点をまとめていた俺に、シュリが唐突に頭を下げてお願いしてきたのだが、なんと、後ろの二人、ガーンとアドラを自分の弟子にするから許可が欲しいとのことだった。

これには驚いた。目玉がまん丸になるほど驚いた。さらに言うなら椅子から転げ落ちた。

どういう話の流れでどういう結論に至れば、この二人がシュリに弟子入りするなんてことになるのだろう。俺にはさっぱりわからない。想像もできない。

俺は努めて冷静を装いながら、立ち上がって椅子に座り直した。

「いや、その、なんだ。俺にはどういう話でお前がその二人を弟子に取るなんてことになったのか、さっぱり理解できないんだが」

「それが、ですね」

「俺から言おう」

シュリの後ろからガーンが一歩前に出て、俺に頭を下げた。

「頼みます団長殿。弟子入りを認めてほしい」

「シュリが許したのなら、俺が口を出すことじゃない」

俺の間髪容《かんはつい》れない返答に、シュリが喜色満面となった。すまんな、そういう意味じゃないんだ。腕を組み、前のめりになって俺はガーンに聞いた。

「だが、シュリの弟子入りを認めるってことは、俺の配下になるってことだ」

「え」

「シュリは黙ってような」

どうやらシュリは、組織に関してのあれこれを全く考えてなかったな。驚いてやがる。

当然だろう。シュリが弟子として部下を取るなら、その部下は俺の部下になる。傭兵団《ようへいだん》としての組織を考えれば当然だ。少しややこしい話になるがな。

簡単に言えば、クウガは俺の配下の隊長だ。そしてクウガが率いる第一歩兵部隊の隊員は、クウガの指揮下にあると同時に、俺の部下でもあるということになる。

まあそれはいいんだ。肝心なのは、

「お前らがどういうつもりでシュリに弟子入りをしたのか。そして、傭兵団《ようへいだん》の下っ端になることをどう思うか。ちゃんと話してもらおうか」

シュリが許したとしても、最終的な決定権は俺が持たなければならない。そうでなければシュリがポンポンと弟子を取ってしまい、俺が把握していない人間が傭兵団に存在してしまう可能性がある。

シュリが傭兵団に所属している以上、入団させるかどうかは俺が決めるわけだ。

「さあ、答えてもらおうか」

俺がそう聞くと、ガーンは顔を上げて真剣な顔つきで言った。

「俺には、守らなければならない妹と弟がいる」

「……そうだな」

弟妹《きょうだい》……妹であるエクレスと弟であるギングスのことを考えての結論なんだろう。二人はこれから引退する。その後は収入はなくなる。

そうなれば、稼ぐ家族が必要だろう。

「だから俺が、あいつらを今まで守れなかった分、守らなければならない」

「……」

「そのために手に職を付けたいんだ。そのためにシュリに頭を下げてお願いした」

「そうか」

理由はわかりやすい。想像通りだからな。そうだろうと思っていた。

「……ここだけの話だ。実は、俺たちにはもう一人妹がいる」

「なんだとっ!?」

俺は驚いて立ち上がっていた。シュリも驚いてガーンの顔を見ていた。

「それは……また……」

呆然《ぼうぜん》とする俺とシュリに、ガーンは沈痛な面持ちで語る。

「その妹は幼い頃に、正妃の命令で、留学の名目で遠方に追放されている」

「どこにだ」

「ニュービストへ」

再び驚いてしまった。もしその話が本当なら、エクレスたちがこの国をニュービストへ譲渡しようとしていたのは……。

その理由を詳しく聞こうと思ったとき、ガーンがその前に口を開いた。

「そうだ。俺たちはただニュービストの庇護《ひご》下に入ろうとしたわけじゃない。……記憶もおぼろげになってきた、小さな妹と再会したかったんだ。

生きているのか、無事に過ごしているのか、幸せになっているのか……。俺は、ただそれが心配だ。エクレスとギングスも幼い頃に生き別れ、その後のことは知らない」

ガーンは必死に言葉を絞り出そうとしていた。言うべきことを言おうとしてためらって、だけど言わなければならないという葛藤に苦しんで。

何度も苦しそうに息を詰まらせながら、ガーンはようやく言ってくれた。

「妹二人に弟一人。俺が守らなければ、誰があいつらを守る。もう父親にも母親にも頼れないあいつらを、兄として俺が守らなければならないと……。そう決意した。

……末の妹は、もう俺たちのことを忘れているかもしれない。それどころか恨んでいるかもしれない。それがわかっていても、俺がやらなきゃならない」

ガーンはそこまで言ってようやく、微笑を浮かべた。

「俺は、兄貴だからな」

……そこまで言ってもらえたのなら、俺からガーンに聞くことも問い詰めることも、もう何もない。ガーンはこれでいいだろう。

問題はもう一人の方だ。俺はアドラに視線を向けた。

「お前はどうなんだ、アドラ？　あれだけの殺し合いをしたんだ、お前は内心何かたくらんでるんじゃないか」

「ガングレイブさん、その言い方」

「シュリは黙っていろ！」

語気を強めて、シュリの言葉を遮る。シュリは渋々といった様子で黙ってくれた。

アドラは俺の顔を見て、考え込むようにして言った。

「うむ、言われてみれば確かにおりゃあが弟子入りするのは、不自然じゃあ」

「そうだな。だからこそ聞いている」

「じゃが、おりゃあが言えるのはの」

アドラはグッと握った拳を胸の前に出し、目を細めた。

「戦士として一度死んだおりゃあが、もう一度生き返るためじゃ」

その言葉を聞いて、俺は顔をしかめた。

「それはどういうことだ」

「今のおりゃあは愛用の片手斧《かたておの》を握れん。自信を粉砕されて、手が震えてしもうてな」

なるほど、テグにやられたのがそれだけショックだったのか。

あいつは誤解されがちだが、うちの中でも二番目くらいに強い。陰で修行を重ね、戦場で多くの死線を越えて、テグは俺も気づかないうちに破格の強さを持つに至っていた。名は知られずとも、あいつの武術は確かに凄《すご》い。そんなあいつに負けて、アドラはショックだったわけだ。

「だから、シュリの弟子になるのは失った自信を取り戻すための、腰掛けと？」

「言い方が悪いがそうなるの」

「そんなの認めるわけに」

「じゃが」

アドラは握った拳を開き、手のひらを見つめた。

「おりゃあがこれから先、料理人としての技術を手に入れ、戦士の誇りを取り戻せば、もっとたくさんの人間を救えると思うんじゃ」

「救える……？」

「おりゃあはギングス様のために戦ったが負けた」

だから、とアドラは手をぶらんと下ろした。

「主を守れなかった恥さらしのおりゃあが、今度こそは友人と師匠を守れる人間でありたいけぇ。弱い者を助け、腹ぁ空《す》かせた奴に腹いっぱいの料理を食わせられる人間になりたいんじゃ」

……そうか。アドラの言葉を聞いて、俺は昔を思い出した。

孤児だった頃、誰かに救ってほしかった。腹一杯になれる飯《めし》が欲しかった。

だけど誰も助けてくれなかったからこそ、俺たちはこうして生きるために戦っている。

そんな、どこにでもいるだろう、俺のような子供を救える奴に、アドラはなるかもしれない。

「わかった」

俺はそう言って、ガーンとアドラの二人を見る。決断は、ついた。

「そこまで言うなら反対する理由もないだろう。そこまで決意を固めてるなら、俺が反対してもシュリが隠れてお前らを弟子にするかもしれないからな」

「あ、ご明察です」

「マジもんでやるなら俺はお前にゲンコツをくれてやる」

「ひぇっ」

シュリが引いてるのを無視して、俺はまた体を机に向けた。

「許可を出す。シュリの弟子として、そして俺の部下として頑張れ」

「ああ、ありがとう」

「俺たちがスーニティを離れるときは、エクレスとギングスを同行することも許可する。それまでにもう一人の妹のことも決着を付けて、気軽になっていることだ。そうでなければ、その妹と別れたままになるぞ」

「忠告、痛み入る」

ガーンが感謝を述べて頭を下げる。

「では、明日から本格的に修業というか仕事を開始させてもらいますね、団長」

「お前に団長と言われると怖気《おぞけ》がするからやめてくれシュリ」

「酷《ひど》くないですかね⁉」

ショックを受けたらしいシュリに、思わず俺は笑みが零《こぼ》れた。釣られてガーンとアドラも笑っていた。これでいい。これで、間違いはないはずだ。シュリが弟子を取るなら、部下にするならば、指導はちゃんとするだろう。

というよりシュリが選ぶ弟子ならば、こいつが自分の目で見て弟子入りを認めた相手なら、アホなことはしないだろう。それにガーンとアドラは、そこまで知らない仲でもない。本来なら強硬に反対する理由もない。

それでも理由を聞き、意見を言わないといけないのは、団長としてのけじめでもある。

「これで話は以上か。俺は仕事がある、あとはお前らの自由だ」

「わかりました。それでは一つ、ガングレイブさんにお願いがあるのですが」

「？　なんだよ」

「こう、なんと言いますか……僕は弟子を取るのが初めてなんで、ガングレイブさんに教えてもらいたいんです。部下の教育とか訓練とかの方法を」

「本気で言ってるのか？」

俺は戸惑ってシュリに言った。まさか、いきなりそこから相談を受けるとは。

こいつに任せれば大丈夫かと思ったが、調理技術を教えることはできても、教える方法を考えるのが初めてとは。

……そういやこいついつか、まだ修業中の身とかのたまってたことがあったたな。

俺は溜め息をつきながら言った。

「わかった。できるだけ協力してやる。書面にしてやろうか？」

「ありがとうございます！　じゃあ――」

「まだ話は終わっていない。終わっていないんだっ」

ああ、またこの流れか……この流れなんだな。俺は疲れを覚えた。

シュリも疲れた顔をしていた。考えることは同じらしい。というか、同じことを考えざるを得ないだろう。

部屋の中に勢いよく入ってきたのはリルだった。意気揚々と入ってきて、止める間もなく部屋のもう一つの椅子に座る。しかも足と腕を組み、なんとか威厳を見せようと背伸びをしている。リルはそのままガーンとアドラの顔を見て言った。

「ガーンと一緒にシュリの弟子となることを希望するのは、そちたちか」

「あ、ああ……」

「そう、や」

駄目だ、ガーンとアドラがリルの空気に巻き込まれてるっ。動揺するあまり、なぜここでリルが出てきたのかを問えない。

俺はシュリに目配せをした。俺の視線に気づいたシュリは、俺が言いたいこと、やってほしいことを理解したらしく、神妙に、重々しく頷《うなず》いた。

「シュリの弟子になるのなら、試験が必要になる。合格できるかな？」

「試験だと？」

「な、なにが来ようが合格するでよ」

「そう、その試験内容とはリルが満足するハンバーグを――」

「はい、そこまでです。部屋に帰って寝ましょうねー」

リルがしたり顔でほざき始めたところで、シュリが笑顔のままリルを羽交《はが》い締《じ》めにした。

そのまま持ち上げて、部屋から連れ出そうとしている。正しい。その判断は正しい。

「あ、ちょ、何をする、シュリっ」

「はーい、じゃあ部屋に帰って休みましょうねー。リルさんは疲れてるんですよー」

「疲れてない!! リルは全く疲れてない! リルは料理人として必要なスキルについてお話をだね!」

「疲れてますねー。完全に疲れてますねー。じゃ、ゆっくり休みましょう」

「あ、まて! こら! シュリ! やめろぉ!」

シュリがリルを連れて出ていき、部屋の中は静かになった。

嵐が去った後のような空気が部屋を支配し、ガーンとアドラは動かないままだった。それどころか、シュリとリルが出て行った扉に目を当てたままだ。

俺は慣れているので、さっさと仕事に戻ることにする。気にしてたらキリがない。

「お前ら」

「?」

ガーンとアドラは、俺の方《ほう》を呆けたまま振り向くので、重々しく告げてやった。

「これからこういうことが続くわけだが、覚悟しておけよ」

「すまん、難しいっちゃ」

アドラは神妙な面持ちで答える。それが、普通の答えだよ。

この話が広まったことで、他の奴らもガーンとアドラを詰問することになるのだが、そこは俺と似たり寄ったりの会話内容なので、割愛させてもらう。


そして結局のところ、ガーンとアドラは真剣にシュリの下で修業を続けている。

いつ音を上げるか、どこで俺に相談しに来るか。そんなことを考えていたのだが、シュリは真面目に弟子育成に努めているらしい。そういう問題は一切出てこなかった。

そうだよな。よく考えたら、それは当たり前のことだ。シュリの部下に対する管理能力や師匠としての指導能力に問題あり、と結論を出さないといけなくなるわ。

まぁ、シュリには料理人としての技量がある。技量があって指導能力もあるなら、問題はない。問題ないのだが、そのくせ俺に指導や訓練に関する助言が欲しいとか頼んできやがるので、仕事疲れも重なって心が荒《すさ》みそうだ。

「うん、旨《うま》い」

そして城からの仕事帰りに寄った宿屋の厨房《ちゅうぼう》で、ガーンとアドラの修業の成果を見る機会に恵まれたわけだ。

指導に関するマニュアルをシュリに渡し、アドラが味付けをしてくれたスープに舌鼓《したつづみ》を打つ。

「普通の野菜とくず肉のスープだ。だけど、作り方が違うのか調味料の種類が違うのかはわからない。だけど、今まで食べた野菜とくず肉のスープの中ではダントツに旨《うま》い」

「それ、ほとんどアドラさんが作ったんですよ」

「ほう。それは……成長してる、おめでとう……とでも言えばいいのか?」

「本人も聞いてますし、それで合ってると思います」

ああ、アドラも照れてる様子を見ると、嬉《うれ》しいようだな。

「さて、ありがとな」

俺は礼を言って匙《さじ》を机に置く。アドラのスープを食べ終わった俺は、疲れが癒えて、一息つくことができた。

「これで腹が少しだけ満たされた。残りの仕事も頑張れる」

「ちなみに聞きますけど、この領地に結構長く滞在しているのはその仕事が原因で?」

「ああ」

俺は困ったようにコツ、コツ、と机を指で突く。苛立《いらだ》たしさを隠しきれずに指を動かす。

俺はシュリに現状の説明をした。領地をもらえそうにないこと、外の人間という疎外される立場であること。

エクレスとギングスに権限がなくなってきているため、あの二人が手を回してくれようにも話が進まなくなってしまっていることも、全部。

だけど俺は止まるわけにはいかない。今度こそ、みんなと安住できる地を得たい。放浪する日々に終わりを告げたいんだ。

「お前たちを頼らせてもらうよ」

「そうしてください」

「そうする。じゃあ俺は――」

「ガングレイブっ！」

だが、その決意は、アーリウスがもたらした情報で予想外の方向に行くこととなる。

「どうしてこうなった……」

「お前の自業自得やろうが。むしろワイが聞きたいわ、なんであないなことをしたのか」

俺は領主の城の前で来客を待ち構えていた。

もし何かあったらシュリを任せるという内容の手紙を各地へ送ったばかりに、他国から使節団が向かっていると聞いた。

それを受けて、俺は手紙を送った張本人として領主の城で客を待つことになったんだ。

ニュービストのテビス姫本人が来ると聞いて、俺はものすごく嫌だった。あの姫さんはとても苦手なうえ、ニュービストでの裏切り者事件を考えると業腹《ごうはら》ものだ。

すでに謝罪はされているのだが、俺の感情があの姫さんを受け付けない。それはきっと、未《いま》だにあの姫さんがシュリを狙っているんだろうなと思うから。

「……そろそろ来るか」

「ああ、あそこに見えるで」

クウガが指さした先に、まず一台目の馬車が見えた。

あの意匠の国旗は……まずはあの国か。

「……オリトルか」

「お前、あんなとこにも送ったん？」

クウガが俺を睨《にら》んで非難してきた。反論できずに、俺は目を逸《そ》らすことしかできなかった。怒りの理由はわかるからな。

「あんな騒ぎっちゅうか、魔剣騎士団とドンパチやらかしたっちゅうに手紙を送れるその豪胆な気質、尊敬するわぁ」

「言うな。俺はあのときどうかしてた」

俺は苦し紛れに答える。

「あれだ……他の国に断られたらって思って、予防線を張ってたんだよ」

「それならニュービストだけでええやん。あそこなら確実に引き取ってもらえるやろ」

「憤死するくらい嫌だ。お前もだろ」

「ワイもやけど、それならニュービストには送らんでよかったやん」

「言うな……」

　ああ、シュリのことを案ずるあまりに暴走してしまったと言えばそれまでだが、俺は後悔しまくっていた。

　ああ、時間を巻き戻せるなら俺は自分にこう言ってるだろう。「心配しなくてもシュリは救出できるから、馬鹿なことはやめろ。混乱を招くだけだ」とね。

　……いや、最悪はシュリを助けられないことだ。最悪を避けるためなら、悪手でも打つしかないだろう。

「……ないかもしれんが、あのときシュリを逃がして俺たちが全滅した場合、シュリだけでもどうにかしてやりたい。そう思っただけだ」

「その心は大事やけどな」

　クウガもそこはわかってくれるらしい、複雑な表情で後ろ頭を掻《か》いていた。

「で……最悪を避けて良くないもんが来たわけやけど」

　馬車がとうとう、俺たちの前で止まった。クウガも、俺も、表情を引き締めた。

馬車の到着に伴い、城から貴族たちが客を迎えるために出てくる。どうやら客が来ることを知らされていたらしく、この領地の運営に携わる者として他国の王族の出迎えというか、儀礼はキチンと守っている。

「さて、鬼《おに》が出るか蛇《じゃ》が出るか」

「そやな。鬼でないことを祈るわ。蛇でも嫌やけど」

貴族たちに聞こえないように俺たちが小声で話していると、馬車の扉が開いた。馬車の後ろには十数人の従者や侍女がいた。

それに対して護衛の兵士の数が少ない。となれば、中にいるのは相当腕に覚えのある武人と見るのが正しい。出てくるのは、クウガの言うところの鬼だろう。

ヒリュウが……来る、と身構えていた。

馬車から降りてきたのは、美少女だ。

「……ん？」

俺は戸惑ってしまった。ヒリュウが出てくるものとばかり思っていたが、予想外の人物が現れて思考が止まってしまった。

騎士服に軽装鎧《よろい》を着け、腰に四本の剣を佩《は》いた女剣士。

「ああ、久しぶりだね。クウガさん、ガングレイブ殿」

「……確か、ミトス、様、か？」

俺が恐る恐る訪ねると、ミトスは頭を下げた。それを見た貴族たちが驚いている。

そう、このミトスという少女は以前、オリトルで騒ぎを起こした時にヒリュウの傍《そば》にいた、確か末の妹のはず。

この娘にシュリが塩クッキーを出したことから、あの騒動に発展したんだ。記憶にまだ鮮烈に残っている。

ミトスは頭を上げると、俺からクウガへと視線を移した。

「クウガさん、元気でしたか？」

「ん？　あ、ああ。まあ、そやな。元気やで」

「それは良かった！　その、あのですね……」

ミトスは話しづらそうにしながら、もじもじと懐から手紙を取り出し、クウガへと差し出した。クウガは怪訝《けげん》な顔をしてそれを受け取ったが、思わず受け取ってしまったって感じだ。

嬉《うれ》しそうにミトスは言う。

「それ、ここじゃ言えないですけどアタシの要件が書いてあります」

「要件？　要件っちゅうと、お前……シュリのことで来たんじゃないんか？」

「いや、それもあるんですけどね」

なおも照れくさそうにミトスは続けた。

「兄上たちがアタシを送り出したので、アタシもこのチャンスを生かそうかなって」

「チャンス？　何のことや？」

「それは、後でその手紙を一人で見てもらえばわかりますので」

「今ここで見たらアカンのか？」

「や！　それは、やめてもらいたいなと」

……これは、そういうことかー。クウガはとぼけているのか本当に気づかないのかわからないが、ミトスの様子は確実にあれだ。その、なんだ。確実にクウガに惚《ほ》れてるクチだ。今までいろんな女を引っかけてきたクウガが、ここで鈍感になるってなんなんだ。本当にわからないのか。そんなわけないだろう。

だけどそんな無粋なことを口に出さないのが、空気を読むってことだ。俺はあえてそこには触れず、ミトスに話しかけた。

「ミトス様、少々よろしいですか？」

「ん！　ああ、うん。なにかな？」

「俺が送ったあの手紙で、こちらにいらっしゃったということでよろしいですか」

改めてそう聞くと、ミトスは照れた顔を引き締めて俺を見る。そこには、つい先ほどまでの乙女の顔はない。王族として剣士として、俺に対面している。

「おほん。アタシことミトス・オリトルは確かにガングレイブ殿からの手紙を受け取り、シュリの引き取りに関して確認のために来た」

「それなら、この通り内乱は収まっています。引き取りに関しては」

「反故《ほご》にはしないでね」

ミトスが、唐突に威圧的になった。

「こうしてオリトルから来たんだ。アタシとしては、建設的な話をしていきたい」

「だけど」

「だけどもクソもない」

ミトスは城へ足を向けた。

「王族が建設的な話をするってことはそういうことだからね。ガングレイブ殿なら、この意味わかるでしょ」

「……」

俺はあえて何も答えない。言質《げんち》は取らせない。これ以上ややこしい事態にさせるわけにはいかないからだ。

そんな俺を見て、ミトスは苦笑を浮かべる。

「まあクウガさんの上司だから無体なことはしないよ。アタシはこのまま、城で休ませてもらうよ。えーっと、そっちの人たち」

「あ、はい！」

出迎えのために立っていた貴族の一人が、驚いて素っ頓狂な声を上げる。

無理もない。この領地の規模から考えると、下手したら一生関わることのない、魔剣騎士団を有する大国オリトルの王族に話しかけられたのだから。

緊張する様子の貴族に、ミトスは凜《りん》とした態度を見せた。

「ということだからね。ミトス・オリトルはこの城に滞在したい。アタシの部屋の準備に、侍女と従者が泊まれる部屋も用意してほしい」

「は、はい！　かしこまりました！　こ、こちらへ」

命じられた貴族がミトスを城中へ導く。侍女たちもそれに従い、ミトスに付いていく。

ああいう堂々とした様子を見ると、ミトスも末の妹とはいえ王族なのだと思わされる。

それを見送ったクウガは、受け取った手紙を手の中で裏返したりしながら、不思議そうな顔をしていた。

「なんの手紙やろうな、これ」

「恋文だろ。あの様子、お前に完全に惚《ほ》れてる感じだったぞ」

「まあ、それはわかるわ」

ん？　察していないフリをしてたってことか？

「お前は顔はいいからな。大概の女は寄ってくる……わかってないフリをするとは、お前も人が悪いな」

「いやな、ワイにあんな態度を取りながらも、隙あらば斬りかかろうとしちょったんだから、不思議に思うやろ。こいつ何しにきたんやって」

「マジでか」

そこまではわからなかった……。考えてみれば確かに、腰に四本の剣を佩《は》いて騎士服に鎧《よろい》を身に着けたまま出てきた段階で、ただの使節団の団長として来たと思うのは早計であったろう。

「ミトス様は久しぶりにクウガ様に会えて嬉《うれ》しいのです。武人としても、女としてもです」

俺たちの会話に、壮年の男性が割って入ってきた。

軽装の旅服であるが、使節団に同行するだけあって上等なものを着ている。

「えーっと、あなたは？」

「失礼。私はゼンシェというものです」

「ゼンシェ？　ゼンシェ……ああ、そうか。あのときシュリと一緒にいた料理人だな」

覚えてるぞ。確かシュリがオリトルの城へ連れて行かれたとき、シュリと一緒に厨房《ちゅうぼう》にいた人物だ。

後で聞いた話によると、弟子入りを懇願してきたから断ったとか、一緒に菓子作りをしたとか、そんなだったはず。

「確か、シュリと一緒に菓子を作っていた人だよな」

「おお、覚えていてくださってありがたい。して……」

ゼンシェは周りへ視線を向けてから俺に聞いてきた。

「我が師はどこにいられるのでしょうか？　姿が見えませんが……」

「シュリのことか？　てか、師といっても短い時間一緒に料理教室みたいなもんをしただけで、師匠と呼べるのか？」

「あれだけの技量を見せてもらっては、師と呼ばざるを得ません」

あ、これは駄目だ。クウガが露骨に嫌そうな顔をしている。俺も同様の顔をしている。

こういう手合いはどこまでも引かない。技術のある人物に心酔して、決して弟子入りを諦めない類いの人だ。いくら弟子ではないと拒否しても認めないだろう。

ゼンシェは残念そうな顔をして言う。

「この場にはいらっしゃらないようですね」

「まあ、宿屋に待機している」

「後で挨拶に伺わせていただきます。それと……今回は孫娘も連れてきてましてな」

「孫娘？」

ゼンシェは貴族と話をするミトスの背を見た。

「あの侍女の中には、孫娘がおりましてな。その者も菓子職人なのですが、これを機にシュリ殿へ弟子入りを認めていただけないかと思い、連れてきました」

「いや……認めるかどうかわからんぞ」

「認めてくださるでしょう」

ゼンシェは自信ありそうな様子だ。

「かの三不粘《サンブーチャン》をいち早く再現したのが、我が孫ですからな。技術も知識も、きっとシュリ殿のお眼鏡に適《かな》うでしょう」

「それは……」

「では、私はこれで」

ゼンシェは頭を下げてから、ミトスたちの方へ行き、合流する。

それを見送ってから、俺は小声でクウガに言った。

「ありゃ警戒しとかないと、シュリに会いに行くぞ」

「そやな。……だけど、会わせるくらいならええんやないか？　あのテビス姫とはちゃうんやし」

「シュリがすでに弟子を取っていると知ったら、怒るかもしれんぞ」

「確かに」

クウガも同意する。まあ怒ったとしても、シュリに責任を全部ポイして任せておこう。

それが一番だ。

「つ、次の馬車が来たぞ！　出迎えの用意をしろ！」

貴族たちの騒ぎように、俺とクウガは大通りの向こうに馬車が来たのを知った。

いや、あれは馬車じゃないな。俺とクウガは互いに顔を見合わせる。

「あれ、馬車か?」

「いや、どちらかというと」

クウガは呆《あき》れたように言った。

「戦車やろ、あれ」

そう、来たのは馬車ではなく戦車だった。具体的に言うと、馬車としての華美な装飾や意匠はない。ただ、なんというか、少しだけ豪華な荷車って感じだ。

だが、その造りは、どうも戦場で使われる二頭立ての戦車っぽい。実際に遠目でも、それくらい頑丈に作られているのがよくわかった。

しかも十人もの騎馬戦士たちの護衛付きだ。ここら辺では見ない服装のそれは、どう見ても前にどこかで見たことがあるやつだ。具体的には、森の中で。

その一団は近づいてくると、俺たちの前で止まった。戦車の御者は馬を止めて素早く降りると、機敏に動いて据え付けられていた踏み台を降り口に置く。

「ああ、久しぶりに顔を見たなぁ。ガングレイブ、クウガっ!」

大仰にその踏み台を使って戦車から降りてきたのは、数年前に戦場で会った人間だ。

俺たちの敵で、クウガと戦い、最後には利益が合致したことで味方同士になった。

グルゴの次期首長であったトゥリヌだ。背が高く、グルゴ特有の長い手足。そして手に握る黒霊石の大槍《おおやり》。前に見たときよりもさらにガタイがよくなっているように見える。

その男が嬉《うれ》しそうに近づいてきて、俺に抱きついた。あまりの唐突さに、俺は反応できなかった。こいつ、こんなことをする奴だったかと驚く。

「いやー、会いたかったがじゃ！　ひっさしぶりじゃあ！」

「あ、ああ。久しぶりだな」

「本当に久しぶりだわ」

もう一人、戦車から降りてくる人物がいた。確かこいつは、バイキルの首長の娘のミューリシャーリだ。

以前の面影はそのままに、どこか落ち着いた雰囲気を感じさせる。

それもそうだろう。ミューリシャーリの胸に抱かれている子を見れば、理由は明らかだ。その子を見て、俺は思わず笑みを浮かべていた。トゥリヌを押《お》し退《の》けて、俺はミューリシャーリの子を覗《のぞ》き込む。

「久しぶりに会ったが……立派な母親になったんだな」

「ええ。あなたたちのおかげ。具体的には」

ミューリシャーリは母親らしい優しい顔をする。

「シュリのおかげね」

胸に抱かれている赤子は、小さな小さな、女の子だった。

おくるみに包まれて眠るその子は、トゥリヌとミューリシャーリの特徴をよく引き継いでいる。トゥリヌの茶色の髪に、ミューリシャーリの鼻の形、そして二人の顔つき。

まだ幼い……が、これから利発に育つだろう。

「元気そうな良い子だ。これから、二人の良いところを引き継いだ偉大な人物になることを祈ろう」

「ありがとう、ガングレイブ」

「そうじゃそうじゃ！　この子はまさに、我らがアズマ連邦の未来よ！」

俺とミューリシャーリの間に入ってきたトゥリヌは、ミューリシャーリの肩を抱きながら赤子の頬を優しく撫《な》でる。

「トゥーシャは……俺とミューリシャーリの愛情の形、そして手に入れたいと渇望して渇望して、手には入らない未来があることを悶《もだ》えるほどに苦しんだ末の……望み続けた未来の宝じゃあ」

俺はその言葉を聞きながら、俺とアーリウスにもそんな未来が来るのかと夢想する。

グルゴとバイキルは過去、これでもかと対立していた。不倶戴天《ふぐたいてん》の敵だった。だからこそトゥリヌとミューリシャーリは、人目を避けるように逢い引きしていたんだ。

愛する人と結ばれない未来、離ればなれになるだろう未来。それを考えて悶え苦しんだんだろう。

その果てにシュリと出会い、グルゴとバイキルの不和は取り除かれ、ワロンは消え、今では大国となってその名を轟《とどろ》かせている。その名前がアズマ連邦……初めて聞いたときにはぶっ飛んだもんだ。なんでその名前に？　と思った。

そんな二人だからこそ、こうして愛する人と結ばれて、子を授かり、幸せな未来を築いている。

俺にもそんな未来が来るだろうか。土地を得て、アーリウスと共に幸せな家庭を築き、子供を育てる未来が。それは、素晴らしい未来だろう。

俺だってそんな未来が欲しい。身悶えするほどに夢想する。

「俺も、そんな未来が欲しいな」

「なら手に入れぇ」

トゥリヌはするりとミューリシャーリから離れ、俺に耳打ちする。

「欲しい女は何が何でも手に入れ、その両手で抱きしめて逃がすな。束縛と言われても、運命を奪っていると言われてもいい。愛する女と愛し合う未来が欲しいならば、お前の両手でアーリウスを抱きしめて離すな。そして、何があっても守り抜け」

その言葉は、俺の芯にまで届くように染み込んでいく。

聞く人が聞けば女をなんだと思ってるんだとか、女は所有物ではないとかそんなことを言われても仕方がない。

だがトゥリヌの言葉は、今の俺に深く刻み込まれる。

そうだ、俺は国を手に入れたいと思った。アーリウスも欲しいと思った。

どっちも、諦めることはできない。

「ええ顔になったがじゃ」

トゥリヌは俺の変化に気づいたのか、満足そうに離れた。そして再びミューリシャーリの肩を優しく抱き寄せる。

「じゃ、俺らも城へ逗留《とうりゅう》させてもらうわな。ミューリシャーリも、トゥーシャも、長旅で疲れておるからの」

「だからアタシとトゥーシャはアズマ連邦に残るって言ったのに」

「愛しい妻と娘を置いていけるかぃ！　さあ、行くぞ！」

そう言うと、トゥリヌとミューリシャーリは出迎えの貴族へ声を掛けて城へと向かう。

その後ろを元グルゴとバイキルの戦士たち……今はアズマ連邦の戦士たちが護衛のために追従していく。半数は残って、馬の世話や戦車の処理に追われていた。

「嵐みたいなやっちゃな」

クウガは呆《あき》れたように腕を組んで呟《つぶや》いた。

「親バカで愛妻家。前のような鋭さはなくなっちょるわ、トゥリヌは」

「余裕で勝てるか」

「いや」

クウガは右の手のひらを俺に突き出した。

僅かに震えている。そして、表情にもどこか余裕がなかった。

「バカを言うな。あいつ、鋭さを捨てた代わりに、戦いを挑みに来る全ての敵と戦える堅さと粘り強さを得ておるわ。守るべき愛する人がおるから……というより、自分の体の一部以上の存在を、命や魂を懸けて守ろうとする男の顔じゃったわ。

もし、今さっきワイがトゥリヌに斬りかかっておったら、トゥリヌは相打ち覚悟でワイを殺すじゃろう。ありゃ、ワイとは別の方向性で達人の域に達しとる」

「それほどか」

俺は驚いてクウガの顔を見つめる。だが、クウガはふざけた様子はなく、冗談を言ってるわけでもない。その通りなのだろう。

クウガはトゥリヌたちが去っていった方向を見ながら答える。

「あれとは戦いとうない。戦えば間違いなく、ワイは殺される。トゥリヌを殺せても、ワイも殺されては割に合わん」

「そうか……これからは戦うことは避けるか。まあ、そんな事態はないだろうがな」

「それがええ」

と、ここでクウガと俺は再び視線を戻した。

「で、だ。これがまだ来るわけだが」

「そやな」

なんともタイミングのよいことに、再び馬車が見えた。今度はちゃんとした馬車で、安心した。馬車の周囲には護衛もいる。確かに使節団だ。

だが、その後ろに違う旗印を掲げる使節団がいる。どうやら到着時間が被《かぶ》ったらしい。

もう一つの使節団には馬車がない。一応責任者らしき人物は馬に乗って、先頭にいる。

……ということは……。

「あの馬車はアルトゥーリアのものやな」

「で、もう一つの方はニュービストのものだな。……これはあれか？　代表となる外交官だけが来て、お姫様は来てないようだ」

俺は安堵《あんど》の息を吐いた。あんな姫様にはもう会いたくない。クウガも同じ思いらしい。

「やーやー！　久しぶりだねー、ガングレイブ！」

と、ここで馬車の窓から身を乗り出して手を振る人物がいる。

ああ、直近で見た顔だ。これもちょっと気に食わない思い出ではあるが、それでもテビス姫よりも遥《はる》かにマシだ。

その人物は、まだ停止していない馬車から飛び降りて、俺に向かって駆け寄ってくる。

「お久しぶりです、フルブニル王」

「いやー！　そんな呼び方はよそよそしいねー！」

その人物、フルブニルは俺の右手を両手で握りしめ、人懐っこそうな笑みを浮かべた。

「フルブニルでいいさ！　俺っちと君たちの仲じゃないか！」

「いや、それでもあなたはすでに王の身。あまりに慣れ慣れしくしていたら、再びガンロ殿に怒られますので」

「あー！　それもそうだ、ごめんね面倒くさくてね！」

「王様！」

「主様、いきなり飛び降りないでください！」

馬車から二人の人物……フルブニルお付きの侍女であるイムゥアと、側近であるガンロが出てきて、慌ててフルブニルの傍《そば》に立つ。

懐かしい面々だ。アルトゥーリアに滞在していた頃を思い出す。

この三人は革命の騒ぎの後は常に一緒にいた。というか、ガンロとイムゥアのどちらかが、必ずフルブニルに追従していたものだった。

「あ！　ガングレイブ様！　お久しぶりでございます！」

頭を下げたのはイムゥアだ。俺に笑顔で挨拶してくれる。

「ああ、イムゥア。久しぶりだな……えー、ガンロ、殿、も」

「ああ、お久しぶりでございます」

ガンロも恭《うやうや》しく頭を下げる。だが油断している様子はなかった。常に周囲に注意を払っている感じだ、今も側近として護衛として、フルブニルを支えているんだ。

「んでさ。シュリはどこさ？」

ピキ、と空気が固まった。出迎えの貴族たちはなぜシュリの名が出るのかわからず、困惑していた。

「手紙にあったから会いに来たんだけど」

「あいつは今、宿屋で待機中です。ここにいても役に立ちませんので」

俺はというと、視線を逸《そ》らしながら、答えるのに精一杯だった。

そんな俺をフルブニルは楽しそうに笑って見ていた。こいつ、やっぱり性格悪いな。

「いやー、ごめんね！　それなら、後で挨拶しに行こうか！」

「我が王よ、ここはどちらかといえば、シュリ殿をこちらに呼ぶべきかと」

「ガンロは固いなぁ。友達だよ、俺っちとシュリは。友達が友達に会うのにこっちに来いってのも堅苦しいし失礼さ」

「今やフルブニル様は王であらせられます。誰かに会うにも、手続きが必要ですので」

「はいはい！　わかったよ！　じゃあ、そのように取り計らってくれよ」

「かしこまりました」

「ちょ」

俺は思わずフルブニルの言葉を遮ろうとしていた。せっかく場を混乱させないようにシュリを置いてきたというのに、それをここで言い出すか、と。

だが、俺より先にそれを諌《いさ》めたのは、イムゥアだった。

「待ってくださいフルブニル様！」

イムゥアは笑顔でフルブニルに言った。

「確かシュリ様は、フルブニル様と契約をなさっていましたよね？」

「契約？　……ああ！　そうだね！　そういえばそうだ！　忘れてたなー！　ありがとうイムゥア！　思い出させてくれて！」

「はい！」

？　契約？　何のことだ？　俺は思い当たるものがなく、少し戸惑ってしまう。

シュリとフルブニルの間に何か契約があったのか。俺が口に出せないでいると、フルブニルはさらに俺の両肩を優しく叩《たた》いてきた。

「こっちに呼ぶのは撤回だガングレイブ。シュリに伝えてほしい。約束は果たす、そのために必ず時間を作って会いに行くと」

「え、あ、はあ」

「さて、そうと決まれば城に入ろうか！　そちらの君たち」

「あ、ははぁ！」

いきなりフルブニルに話しかけれて、貴族たちは混乱している。

「そういうことだ、部屋を用意してほしい。構わないかね」

「はい、もちろん！　こちらへ……」

「ありがとう！　そういうことだ、イムゥア、ガンロ。それと」

フルブニルは振り返り、護衛たちを見る。その顔に先ほどまでのおちゃらけた様子はなく、真面目な顔つきをしていた。

「レディフ。ガンロとイムゥアは仕事で俺っちから離れる。護衛たちの守護はそこまでだ。ここからは俺っちを守れ」

その男は、馬車の後ろからヌッと現れた。

黒ずくめの服装でフードを深く被《かぶ》り、あまり顔が見えない。ひげ面の、まだ若い男だということだけがわかる。とはいえ、フードの下では顔の上半分を覆う仮面によって顔が隠されていて、頬には大きな傷痕が刻まれていた。

さらに、動きやすい半袖の黒シャツに裾が広がったズボンという軽装で、腕と足には光の反射を防止する黒塗装が施された手甲と足甲が装備されている。どうやら格闘主体の護衛らしい。

だが、左の腕がないんだ。正確に言えば生身の腕がない。

左の肘から先はどうやら金属の義手を装着しているらしい。こちらは鈍色《にびいろ》をした、本当に形だけ腕を模したものだ。一応指まで再現しているが、握りしめられたままだ。と思っていたら、義手であるはずの左手の指が動く。驚いた。どういう仕掛けかはわからないが、一応自分の意思で動かせるらしい。

近づいてくるとわかるが、こいつは強い。残った右手の筋肉は鍛えられながら絞られ、極限まで研ぎ澄まされている。歩き方だけ見ても、歴戦の武術家を思わせる。

フルブニルは俺の方を見ず、その男……レディフを見て言った。

「あれが俺っちの新しい護衛のレディフだ。思わぬ拾いものでね、こうして俺っちを守ってもらっている」

言葉の途中からフルブニルは城へ向かって歩きだした。

「気をつけてね。あれはなかなかの狂犬だ。俺っちでも御しきれない」

それだけ言うと、フルブニルはイムゥアとガンロを連れて城へ入っていく。貴族たちに、楽しそうに笑いながら案内されていた。

レディフという男とすれ違う直前、俺の背中に悪寒が走る。殺気や怒気などの負の感情からくる雰囲気とは違う強い視線を、仮面の下の目から感じたからだ。

闘気とでも言えばいいのだろうか？　まるで戦うことを望んでいるかのような雰囲気を醸し出すその姿に、俺は体中に鳥肌が立つのを感じた。

戦闘マニア。そういう印象を受ける。

「ちっ」

瞬間、レディフは動いた。

隣で抜刀したクウガの剣が、レディフの首目がけて振られる。超速の早さで抜かれた刃が、吸い込まれるようにだ。

しかしレディフは一歩クウガへと間合いを詰め、剣を振るうクウガの右腕を右手でいなす。あらぬ方向へ、レディフの頭上へと逸《そ》らされる剣筋。

流れるような動きで、左の義手による拳撃がクウガの顔目がけて襲う。

だがクウガは、それを首を傾けただけで躱《かわ》す。さらに、空振りした刃を返してレディフの脳天目がけて振り下ろす。

そこで両者の動きが止まった。クウガの腹にはレディフの右の拳打が、レディフの脳天にはクウガの剣が止まっている。

「……なるほど」

クウガが先に剣を引き、鞘《さや》に納めた。

「こりゃ失礼したな。団長に向かって闘気を放つもんやから、つい反射的に剣を振ってしもうたわ」

クウガが剣を収めたことで、レディフもまた戦闘態勢を解く。

どうやら両者の挨拶は済んだらしい。俺は息を整えてからレディフに問うた。

「うちのもんが失礼した。しかし……なぜやる気になったのか聞かせてもらっても？」

しかし、俺の問いに対してレディフは何も答えることなく、鼻を鳴らしただけで去って行った。話すつもりはないか。

俺は大きく息を吐いて安堵《あんど》する。

「なんだありゃ。とんでもないのがいるな」

「ああ。ワイでも、一撃もらうかと思ったわ」

クウガは頬をさすった。

そこには、先ほどレディフの拳撃を避けたときの裂傷が刻まれていた。

クウガでも躱《かわ》しきれなかったのか……！　俺は驚愕《きょうがく》したままクウガの頬を見ていた。こいつに、擦《かす》っただけとはいえ一撃を入れた人間が、それも素手でそれをした人間がいる。

あれは敵に回すと怖い人間だと、俺は心底思い知った。俺を見て、クウガは一言。

「しかし、あれは不思議なやっちゃな。ワイに敵意を向けるわけではなく、お前に意識を向けとった感じやわ」

「それは俺も感じた」

不思議な相手だった。殺しにくる感じはなく、ただ俺と戦いたいという雰囲気を感じた。命のやりとりではなく、試合を申し込まれたような感触だ。

しかし、俺は首を傾げてもう一度考える。はたして、俺はどこの戦場であんな奴と出会ったのか。クウガと比肩するほどの格闘家なんぞ、俺の記憶にはない。逐一全てを覚えているわけでもないのだから、本当に覚えがないということだろう。

俺が不思議がっていると、クウガは改めて鞘《さや》を撫《な》でて答えた。

「まあ、今はそんなことより、あれを気にした方がええやろ」

「あれか」

俺は最後の使節団の面々を見て溜め息をつく。

「最後はニュービスト、か」

「じゃけんど、見た感じあのお姫様はいないようだ。なんでじゃ？」

俺もそれは考えていた。確かにニュービストに手紙を送ったのだから、シュリに固執するあのお姫様のことを考えると、本人が来ると思っていた。

しかし、お姫様が乗った馬車はないし、護衛団もそれほど大規模でもない。

「まあ……結局のところは在野《ざいや》の一介の料理人についての話だ。周りから直接出向くことを止められたのかもしれないな」

「常識的に言えばの」

クウガは疲れたように、顔を手で覆った。

「常識があったら、ニュービスト滞在時にいちいちシュリを呼び出して料理を作らせる、なんてせんじゃろ」

「言うな。不安になってくる」

「不確定要素の不安な点を、改めて認識して共有するのも大切じゃぞ」

「そうなんだけどな」

さて、無駄話はここまでだ。俺は背筋を伸ばし、クウガも表情を引き締めた。

使節団の代表が、馬に乗ったまま俺の前で止まった。

「失礼、ガングレイブ殿ですかな」

「ああ。そうだ」

俺は思わず身構えていた。隣のクウガも代表を睨《にら》んでいる。

何を言われるかわからないが、何を言われても動じないようにするつもりだ。

「我が国の姫様のお言葉をお伝えします」

「……なんだ？」

コホン、と代表は咳払《せきばら》いしてから言った。

「こちらとしては〝手紙の通り、危険なところからシュリを引き取る〟。そのための準備は整っております」

「それは大丈夫だ。ご心配いただいたが、もう危険は」

「この国では、まだ後継者争いがくすぶっているのでは？」

代表の言葉に、俺は言葉を止める。

「これからもガングレイブ殿の仕事が続くのならば、なおさらシュリ殿の身に危険が及ぶのは当然でしょう。ならば、料理人としての正しい職場を用意して、しかるべき地位を約束するとのことです」

「必要ない。今までもそうだったし、これからもシュリの安全は俺が守る」

「……まあよろしいでしょう」

代表は城の方へと視線を向けた。

「これからの会合で、その話をすることになるでしょう。こちらでも調べは進んでおります。シュリ殿が様々な地域で料理をお出しし、新たな調味料などを開発していることは」

「何が言いたい？」

「身柄を引き取る――それだけの話ではなくなるかもしれないということです。それではこれで」

そして代表は俺の前を通り過ぎ、貴族に何か二、三話してから城に入っていく。

……あれ？

「特になんもないな」

「確かに、何も言わなかったな」

俺とクウガは互いに拍子抜けしてしまった。もっと何か言われるかと思ったが、そのまま城へ入っていったからだ。他の面々も馬の世話をしたり荷物の整理をしている。

はて……これは、俺たちの取り越し苦労だったか？

「俺たちは心配しすぎだったかな。あれならなんとかなるぞ」

「だったらええんじゃけどな。なら帰るか」

クウガはさっさと帰ろうと、足を踏み出す。

そうだよな。いくらなんでも、他の国の王族たちの腰が軽いだけで、テビス姫までそうだとは言い切れない。

……いや、腰は軽い方だし行動的だわ、あのお姫様。となれば他の要因か？

「……おかしいな」

俺は呟《つぶや》いた。

「アーリウスは確かに、テビス姫がこちらに来ていると言っていたんだが……？　ニュービストの使節団のこの規模を見たら、テビス姫も来ているなんて判断しないよな……俺に嘘《うそ》をつくわけないし」

「混乱しとった……わけやないよな」

「ガングレイブ！」

そんなことを考えていると、アーリウスが俺の傍《そば》まで走ってきていた。

肩で息をして俺の前で止まる。

「アーリウス、どうしたこんなところで」

「はい……ガングレイブに何かあったらと思って来たんですけど、大変な人混みで、遅くなってしまいました……」

「そうか、それはご苦労だったな。来た奴の顔は一通り見ることができたから、一度宿に帰るつもりだ」

「ということは、テビス姫も見たのですか」

「ん？　いや、姫さんの姿は見えなかった」

え？　とアーリウスは驚いた顔をした。

「いなかった、んですか……？」

「ああ、いなかったぞ。使節団の代表らしい人間が先頭で来て、俺に要件を伝えて去って行った」

「……おかしいですね」

アーリウスは顎に手を当てて言った。

「私、テビス姫が来たのを見たのに」

「見た？」

「ええ……正門の前辺りで、門番と話をするニュービスト王家の紋章が刻まれた豪奢《ごうしゃ》な馬車を、ちゃんと見ましたよ。門番と話をする様子も見ました」

「それは、姿を見たのか？」

「そうです。王族にしては珍しく、その代表だか外交官だかが話しているところに、テビス姫が馬車から降りて門番と話をしてからゆっくりと出発してましたから。そこで私は慌てて宿屋に知らせに戻ったんです」

そこまで話を聞いた俺は、すぐに思考をまとめるべく腕を組んで目を閉じる。

考えろガングレイブ、俺は何かを見落としているんじゃないだろうか。先日のシュリについてのことを考えると、俺は先入観や思案なしの行動で、傭兵団《ようへいだん》全員に迷惑をかけてしまったことが多々ある。

今だってそうだ。姫さんが来なくてよかった、なんて短絡的に考えてしまった。

その結果、とんでもないことになってしまってるんじゃないか？　もう一度考え直せよガングレイブ、あのテビス姫がどうして姿を見せないのかを。

「なあガングレイブ」

俺が必死に考えていると、クウガはおちゃらけた笑みを浮かべて言った。

「もしかしたら、テビス姫はさっさとシュリのところに行ったちゅうことはないかの」

「いや、それはさすがに」

と、ここで俺とクウガの動きが止まる。俺自身もクウガに言われるまで気づかず、クウガ自身も自分で言って気づいたらしい。

そうだ、その可能性があった。テビス姫がまず、シュリのところに顔を出すということを。だが、テビス姫はシュリがどこにいるか知らないはずだが……！

「あ！　だから門番のところで自分から顔を出したのか！」

俺は自分で叫んで気づいた。よく考えたら、門番と一国の王族が直接話をするなんて、少しおかしい。先ほどの使節団の代表らしき人物が話を通せば済むのだ。

なのにテビス姫は直接、馬車から降りて話をしたということは、自分の口からガングレイブ傭兵団が滞在する宿屋を、シュリが今いる所を聞いたに違いない！　入れ違いになっていたんだ、俺たちは！

「アーリウスとクウガはここで待機！　俺は宿屋に戻りながら、他の奴らを見かけたらここに来るように指示を出しておく！　じゃ、テビス姫を探してくる！」

「あ！　ガングレイブ！」

俺はそのまま宿屋に向かって走りだした。

結局、俺の考えは正しかったことを知る。宿屋の厨房《ちゅうぼう》で仲良く談笑するシュリとテビス、そして護衛としてウーティンがいたからだ。

本当に宿屋の前にニュービストの馬車が止まっているのを見たときには、乾いた笑いが出たもんだが、それはまあいい。

「わー！　ほらガングレイブさん、これが王族の方の馬車ですよ！　乗り心地はいいし、中も広いし、オリトルで乗ったのより性能が良いんでしょうね、これ！」

「ハハハ！　シュリは無邪気であるな！」

テビス姫から要請があり、俺とシュリはテビス姫の馬車に同乗して城へと向かっていた。確かに乗り心地はいいけどな。

だが、乗り心地がよくてもこの馬車はテビス姫所有のもの。そして俺はシュリの隣に座り、その対面がテビス姫の席だ。テビス姫の隣にはウーティンが座って、こちらをジッと見ていた。

「いやー、僕はオリトルで一回しか乗ってませんよ、こういう馬車。馬に乗ればその馬に嫌われるし、馬車といったら幌馬車《ほろばしゃ》の荷物の中に座るのが普通なんで」

「それは大変じゃったのぅ。腰とか辛《つら》いのではないか？」

「はい、それはもちろん。なので毛布を重ねてその上に腰掛けたものです」

シュリとテビス姫は親しげに歓談しており、今のところ失礼を働いてる様子はない。

そして、悔しいことだが確かに馬車の乗り心地はよかった。尻が全く痛くない。座席にも上質な革が張られており、御者の腕がよいのか車体の揺れもない。

こんなところに、テビス姫と俺たちとの財力の差というものを感じるのだ。

仕方ないことなんだがな。相手は食料輸出で稼ぐ大国、ニュービストの姫だ。使える金だって桁違いだろう。

あんな事件がなければ、シュリに執着するところには目を瞑《つぶ》って、渋々だがニュービスト
で仕官したかもしれないし、それも悪くはなかったはず。

裏切り者がテビス姫と接触した際、俺たちにそれを知らせてくれれば……あるいは。

いや、やめよう。考えるだけ無駄だ。

結局事件は起こったし、テビス姫は半ば乗りかかっていた。

……しつこいのかもしれんな。こっちはテビス姫から謝罪を受けているというのに、いつまでもそれを根に持っている。信用できないことの証左にしている。

「そろそろ、考えを改める時かもな……」

「ん？　ガングレイブさん、何か言いました？」

俺の呟《つぶや》きを聞いたのか、シュリが反応してきた。

俺は誤魔化すようにシュリに言った。

「いや、何でもない。気にするな、ただの独り言だ」

「そうですか？　なら」

シュリは懐に抱えていた瓶を見せた。それはさっき、テビス姫に出していたおつまみだったな。僅かに茶褐色に染まったレモンの料理。

「これでも一つ、食べますか？」

「おお、それはいいな。ウーティンよ、窓を開けてくれるか」

「はい」

ウーティンはテビス姫の指示を受け、馬車の窓を開ける。窓は留め具を外して持ち上げる形で開け放たれる。そこでまた留め具をつけ、窓が開いたままで固定された。そこまで仕掛けを施してあるのか、この馬車は。なるほど、今度馬車を作るときは、リルにこういう窓を要望として出しておこう。便利だ。

シュリが瓶の蓋を開けて、俺はなぜテビス姫が窓を開けるように言ったのかを理解した。結構匂いが強い。一瞬、酸味の強い匂いが感じられ、俺は思わず驚いてしまった。何を作ったのか知らないが、瓶に保管していた分だけ匂いがこもって強まっていたのかもしれない。

「シュリや。妾《わらわ》にも一つもらえるかね」

「もちろんです。どうぞ」

シュリは先にテビス姫に瓶を差し出した。

テビス姫はその中から一切れ、輪切りのレモンを取り出して口の中に放り込む。

旨《うま》そうに顔を綻ばせ、ご満悦のようだ。

「うむ、やはり旨いのぅ。単純じゃが疲れが癒えるようじゃ」

「ありがとうございます。ガングレイブさんもどうぞ」

シュリは俺の方にも瓶を差し出してきた。

チラとテビス姫の方を見れば、もう一切れ欲しいのか視線が獲物を狙う狩人のそれ。このままテビス姫にこのレモンを奪われ続けるのも癪《しゃく》に障《さわ》る。俺は遠慮なく二切れほどつまみ、一気に口に入れた。

旨い。噛《か》みしめて、俺は天井を見上げる。

確かに、酸味と甘みを考えると、これに使われてる食材なんて水と砂糖とレモンくらいかもしれない。だからテビス姫は単純だと言ったんだろう。

だが、レモンを単体で食べるよりも、確かに食べやすい。

酸味と甘味が体の芯に染みわたり、疲れが癒えるようだ。疲れたときにこういう物を食べれば、頭が冴えることだろう。

レモンを丸ごと、果肉だけではなく皮ごと食べる。だから噛みしめると皮と果肉の間から苦みを感じる。そして、案外噛み応えもある。

だが調理してあるためか、この苦みも悪くない。酸味と甘味でダレてきそうな味を引き締めてくれるようだ。

「うん、旨いな」

俺は一気に飲み込み、口元を拭った。

「レモンを皮ごとそのまま食べる。うむ、悪くないし旨い」

「ありがとうございます」

「また疲れたときにくれるか？」

俺がそう聞くと、シュリは笑顔で答えた。

「もちろん。新しいレモンのお酒も作っているので、それを使えばまた違う味わいのレモンのコンフィができますから、それも食べてくださいな」

「そうか、わかった。これ、コンフィというのか」

「そうです。一応、そういう名前なんです」

シュリは苦笑しながら瓶を撫《な》でる。

外海人、流離《さすら》い人《びと》であるシュリの世界での名前なのだろう。深くは聞かないでおこうか。俺がそう思っていると、テビス姫がシュリを指さした。

「シュリよ。誰かを忘れておらんか？」

「え？」

いきなりなんだ？　俺とシュリが困った顔をしていると、テビス姫はそこから隣のウーティンを指さした。

熱量がこれでもかとこもった声で、テビス姫は言う。

「ウーティンにも食べてもらわねばならぬであろう！　忘れてはならんぞ！」

「姫さま!?」

ウーティンは驚いていた。驚くだろうな。俺も驚く。

唐突に話の中心に持ってこられて、想定外の状況におかれてしまったことに困っているウーティンを、俺は哀れみがこもった目で見ることしかできなかった。

「あの、自分、は、いい、です」

無論、ウーティンは断った。両手を振って、本当にいらないと伝えてきた。そりゃ、主の前だ。遠慮もするだろう。

しかし、俺は見逃さなかった。ウーティンの視線が、シュリの手元のレモンのコンフィへとチラチラ注がれていることを。

「遠慮はいらん。妾《わらわ》が許す！」

「すみませんでした！　ウーティンさん、どうぞ！」

「えっ！」

さらに強めに、シュリとテビス姫の二人に勧められて困っているウーティン。

それを見て、俺は呆《あき》れながら馬車の外へ視線を向けるのだった。

この二人の食事に対する熱意に巻き込まれたら、後が大変だわ。そんなぼやきを胸の中にしまって。

六十八話　挨拶回りとリモンチェッロ～シュリ～

　歴史が大きく動く瞬間に立ち会うってのは、ある意味で実感も体感も何もなくその場にいて、後でそうだったと気づくものだと思っています。

　本人たちが一所懸命に、己の夢のために動き、それが歴史の一部になる。

　その中で、自分たちがそうだと気づかなかった何かが歴史に刻まれる。

　僕は、それに立ち会ったのかもしれません。


　どうも、シュリです。という感じで歴史の本に載ったら面白いだろうなと思ってる、二十歳過ぎの大人です。笑えよ、この子供心を。

　さて、僕がなぜそんなことを考えているのかといいますと……。

「これはこれはフルブニル王。かの革命戦に勝利し王となられたこと、改めておめでとうございます」

「いやいやトゥリヌ総首長殿。俺っち……いや、私もまだまだ若輩の身、そちらのように武をもって治められればよろしいのですがね、私の方は優れた部下がいるおかげでなんとかなってるようなもんですよ」

「いやいや。……優れた部下だけでは国は治められませんからのぅ。俺も常々思いますが、王自身も能力がないと駄目なんですわ、ほんまな。……あなたに何があるのか、知りたいもんですわ」

「ハハハ、大したもんは何もないですよ」

廊下でトゥリヌさんとフルブニルさんが歓談……かな？　をしているところに遭遇してしまいました。

テビス姫に馬車で城まで送ってもらった僕は、テビス姫と別れて、方々を回って色んな人に挨拶しとこうと思ったんですよ。

ちなみにレモンのコンフィは、丸ごとウーティンさんにあげた。とても気に入った様子だったので。そして初めに、しばらく会ってなかったトゥリヌさんに挨拶しとこうと思ったんですよ。今ではグルゴとバイキルは統合されてワロンを支配下に置き、アズマ連邦なる巨大国家になったわけですからね。

そんな人と繋《つな》がりを持っていれば、これからも食料を、特にオリーブオイルを手に入れるためのパイプになるんじゃないかと、腹黒なことを考えてました。

ですが、廊下の一角でフルブニルさんとトゥリヌさんが二人で話している場面に出くわしたわけです。二人の間に陽炎《かげろう》が立つくらいバチバチやり合ってる。

「こりゃ後にしたほうが……」

「おお、シュリくんじゃないか！　久しぶりだね！」

このまま逃げようとしたのに、フルブニルさんに呼び止められました。

おかしいな？　隠れていたから見つかるはずがないんだけどっ？

隠れてても仕方ないか……僕は観念して、二人の前に出て頭を下げました。

「お久しぶりです。……トゥリヌ総首長様、フルブニル王様」

「おいおい、そんな他人行儀はやめるがじゃ！」

「そうだとも！　俺っちとシュリくんの仲じゃないか！　俺っちのお客さんなんだから！」

二人は砕けた様子で僕にそう言ってくれました。トゥリヌさんなんか、僕の肩をバシバシと叩《たた》いてくる。痛い、凄《すご》く痛い。

僕は頭を上げて二人の笑顔を見てから、大きく息を吸っては吐いて、深呼吸をします。

「では……久しぶりですね、トゥリヌさん。フルブニルさん」

「それでええそれでええ。あんな態度を取られたら悲しいがな」

「そうだとも。君にそんな態度を取られるのは、悲しいよ」

二人の本心はわかりませんが、砕けた様子で言ってくれているので、ここは無礼講でいくことにしました。僕は後ろ頭を掻《か》いてから、まずトゥリヌさんの方に体を向けます。

「トゥリヌさん。オリーブオイル、あちこちで買わせてもらってますよ。ますます鮮度が上がってて使いやすいです」

「おお本当か！　今ではアズマ連邦の主力商品の一つじゃからなぁ、そう言ってもらえると嬉《うれ》しいがな」

「ところでミューリシャーリさんは？」

僕がそう聞くと、トゥリヌさんは喜色満面で笑みを浮かべ、僕の両肩に手を置きました。すげえ力が強い、がっしりと掴《つか》まれて逃げられないぞ、これ。

「ミューリシャーリは今、部屋で休んどるところじゃな。かわゆいかわゆい、俺の娘のトゥーシャをねんねんころりさせとるところじゃあ！」

「はい？」

今なんて言った？　ねんねんころり？　この人の口からそんな可愛い言葉が出てくるの？　混乱して表情が固まってしまいましたよ。

「いやぁ、本当にシュリのおかげでの！　ミューリシャーリと夫婦《めおと》になれて、子まで得た！　幸せの絶頂よぉ！」

「ああ、なるほど」

これは、このトゥリヌさんの様子からありありとわかる。乾いた笑いが僕の口から漏れるくらいよくわかる。

「愛妻家で子煩悩で親馬鹿って言われません？」

「言われる。じゃが、俺ぁ一向に構わんとも!!」

やっぱりな。奥さん大好き子供大好きで変わっちゃった系の人だ。こういう人、修業先の先輩にもいた。

とあるレストランで、独身貴族を謳歌《おうか》してた先輩がいたんだ。彼女もいらない、子供もいらない。一生好きなことをして過ごす！　と豪語してた。だけど彼女ができてからはこれでもかと入れ込み、結婚してからは仕事を早く終わらせて真っ直ぐ家に帰ってたな。

娘さんと息子さんの双子が生まれてからは、スマホの待ち受け画面とロック画面に双子ちゃんの寝顔の画像を使ってて、休憩の度に絡んできて奥さんと子供自慢を始める。

なんというか、ここまで変わるかってくらい変わってしまった先輩と、同じ匂いがする。

……ま！　悪い変化じゃないからいいか！　と現実逃避しましょう。

「娘さん、今は何歳で？」

「まだ一歳よ……はぁ、結婚相手を見繕うのも一苦労じゃわ」

「え！　一歳から結婚相手!?　許嫁《いいなずけ》ですか!?」

早いな！　本当に早い！　今の段階から結婚相手を用意するなんて、凄《すさ》まじい早さですよ！　びっくりするわ！

「え、トゥリヌさん……結婚相手って……政略結婚的なやつですか？　今のうちに、骨のある他国の王族の子供と縁を結んで国力を？」

「そんなわけあるかぁ！」

痛い痛い！　肩を握る手が強くなったトゥリヌさんの顔が般若になった痛い痛い！

「トゥーシャには、トゥーシャを一生懸けて守り幸せにできる骨太で才能があり顔が良くて性格も良く財力のある、ふさわしい人間を選ばにゃならん！　トゥーシャの幸せのため、父親は粉骨砕身頑張っとるんじゃあ！」

「わかりましたわかりましたなので落ち着いて痛い痛い」

こ、これは本当の親馬鹿だ！　トゥリヌさんの目に狂気を感じる。笑顔のまま言い切る狂気が！　駄目だ、これ以上子供の話題はやめておこう。ミューリシャーリさんの方へシフトだ。

そろそろ肩が痛すぎて泣きたい。

「みゅ、ミューリシャーリさんとは上手くいってるんですか？　その、日々の生活やら義理の実家との関係は」

「ああ、それなぁ……」

トゥリヌさんは目に見えて、萎《しぼ》んだように弱々しくなりました。僕の両肩から手を離し、いじいじと手を動かしています。

「何かあったんですか？」

「俺ぁな、シュリ。お前には感謝しとるんでの。ミューリシャーリと結婚できるようになったし、グルゴとバイキルの仲は改善されて統合して、ワロンを吸収して大国になったんでよ。昔よりも遥《はる》かに恵まれて裕福んなって、民も笑顔が増えたんじゃ」

「はぁ」

いったいそれがなんの関係があるんだろ？　僕がそれを口に出そうとしましたが、トゥリヌさんはさらに縮こまってしまいました。

「そこでの、俺は一つ施策を講じたわ」

「ほぅ」

「グルゴとバイキルの、異族間での結婚を推奨したんじゃあ」

「なるほど、人的融和政策ですか。こう、人種的に分かれてたのを一つにするみたいな」

「お前もそう言うがか⁉」

え？　違うのか？　トゥリヌさんは慌てて言いました。

「俺はの、シュリ。そんなこたぁ考えとらんよ。ただ、これまでもしかしたら俺とミューリシャーリみたいに、異族間でこっそり恋愛するもんがおろうと思ってたんじゃ」

「はい。まあ……あり得る話かもしれません」

正直そうそうないだろうなとは、この場では言わない。

「じゃが！　実際に施策を実行してみたらグルゴの親父や爺《じい》さま方、バイキルのお義父《とう》さんや相談役の人たちから非難囂々《ひなんごうごう》だったんじゃよぉ！　泣きたいくらいにギャンギャン怒られてもうたわ！」

「急すぎたんですかね」

「多分のぅ……。そのせいで親父と爺さま方、お義父さんと相談役の間が険悪な感じになってもうた……。ミューリシャーリにも急ぎすぎだと怒られて、落ち込んでたわ……」

悲しそうに言うトゥリヌさんですが、まあ双方の気持ちがわかるので難しいところだなとは思う。

二つの部族が一つとなって大国を作り、この戦乱の世を渡っていくのなら、いずれ二つの部族に分かれていた血は一つになっていくでしょう。なんせトップであるトゥリヌさんとミューリシャーリさんが結婚して、その証となる子供に恵まれているのです。

トップがそれなら、いずれ部族間の境はなくなっていく。仕方ない話ですが、それに寂しさを覚える人だっているはずです。年老いた人なら、なおさらでしょう。

それを急激に変えようとすれば反対意見だって出る。

だけど、ゆっくりとですがいずれは一つになっていく。

時代の流れ、時の移ろいでそうなっていくものを無理やり早めてしまっては、不安から反発する人だっています。

トゥリヌさんの施策は間違っていない。反発した人たちも間違っていない。

平行線ですよ。

「それは……大変でしたね。結局廃止したんですか……」

「いや、今の俺の側近連中はほとんどがこの施策で喜んで結婚した奴ばかりじゃし、他にもたくさんおったわ、異族間での結婚。その分相談役の怒りが強かった」

「もうそれは成功と割り切ってしまえ」

なんだ、老人の価値観と若者の価値観の衝突か。難しく考えて損したよ。

「成功でええんかの？」

「それは老人の価値観と若者の価値観の衝突ですよ。いつの時代だって起こるんですから、落ち込んでてもしょうがないです」

「そうか！　そうじゃな！」

と、トゥリヌさんが喜んでいる間に今度はフルブニルさんの方へ体を向けました。

「フルブニルさんもお元気そうで何よりです」

「おうおう。俺っちは元気だとも。イムゥアがかいがいしく世話をしてくれるからね！」

フルブニルさんは楽しそうにしています。

その様子を見て思い出す。この人、イムゥアさんに対して相当強い愛情を持ってるんだよなぁ。

だから、イムゥアさんと一緒に幸せでいられることが、嬉《うれ》しくて仕方ないのでしょう。

「イムゥアさんもお元気で？」

「もちろん！　だけど、ガンロが厳しく教育するから可哀想さ。どこかで労《ねぎら》いたいね！　休みもあげたいんだけど。教育が大切なのはわかるから、俺っちどうしたらいいか……」

フルブニルさんは本気で悩んでいる様子でした。

うーむ、こればっかりは……。僕も困ってしまいます。

「それは、僕から返答はできませんね……せめて、早く終わるように祈ることしか」

「だよねー！　俺っちもそういう結論だからさぁ！　俺っちの傍《そば》にいるってことは、側用人として必要な所作や教養が必要だから……毎日頑張ってるイムゥアを、これでもかと褒めるしかないのさ」

まあ、この人がいれば大丈夫か。フルブニルさんは本気で悩ましい顔をしてますが、フルブニルさんがそういう気持ちを持ってる限り、イムゥアさんは潰れないでしょう。イムゥアさんも、フルブニルさんに敬愛の心を持って懸命に職務に励んでいるんですから。互いに思いやれる今なら、何だってできるでしょう。なので、僕は笑顔で言いました。

「そうやって、お互いを思いやることができるうちは大丈夫ですよ。きっと」

「そう？　……うん、そうだね！　俺っち、そう信じるよ！」

「ええ、信じて待ってあげるのも必要ですよ」

当人が頑張っているのだから、周りは慌てずに見守る。

それも大切なことだと僕は思いますので。

「じゃあ、僕はあとミトスさ……まへの挨拶に回りますので、これで」

危ねぇ。雰囲気に流されてミトスさんへの敬称を忘れてたよ。様を付けとかないと。

「おうおう、また後でなー」

「シュリくん、一ついいかな？」

「はい？」

歩きだそうとした僕を、フルブニルさんが呼び止めました。

「あの約束、俺っちはまだ覚えてるけど。シュリくんはどうかな？」

「もちろん、覚えてますよ」

僕はズボンのポケットから、以前、フルブニルさんからもらった契約書を取り出しました。

フルブニルさんが画家だった頃、契約の証としてもらった屋号が描かれた「予約票」。

それを見たフルブニルさんは満面の笑みを浮かべました。

「それでよし！　もし時間をもらえるなら、今度こそ最高の絵を描いてあげよう！」

「よろしくお願いしますね」

お礼を言って、僕は二人と別れました。

で、廊下を歩いているとなにやら話し声が聞こえてきました。

一人はクウガさんのもの、もう一人は——。

「あ、改めまして、その、お、お久しぶりですね、クウガ殿っ……」

「おう」

なんと、バルコニーでクウガさんとミトスさんが、二人で会っているじゃないですか。

さすがにこの空気の中に入っていくのは、空気を読まないにもほどがあるので、割り込みません。

「……二人で何を話してるんだろう……」

ちょっと盗聴っぽくて、いいことではありませんが、気になったので聞き耳を立てることにしました。

「元気にしてらっしゃいましたか？」

「見りゃわかるやろ。この通りピンピンしとる」

「あ、はい」

おいそりゃないだろクウガさん。明らかにミトスさんはクウガさんに会えて嬉《うれ》しそうじゃないか。もっと気を遣ってあげなよ！

僕の心の叫びはクウガさんに届かず、クウガさんはぶっきらぼうに言いました。

「ヒリュウは元気にしとるか」

「え？」

「ヒリュウやヒリュウ。……あんだけ殺し合ったんじゃ、後遺症が残られても困る」

「はい、元気にしてます。傷も癒えて、訓練と稽古に打ち込んでいます」

「そりゃええわ」

クウガさんは楽しそうに言いました。

「あんときはギリギリでしか勝てんかったからの。今度こそ、完璧に勝つんや。そのためにもヒリュウには死んでもらっちゃ困る」

「……それなのですが」

明らかにミトスさんは声のトーンを落としました。

「……兄のヒリュウは皆さんと別れてから、もう一度負けています。今はそちらへのリベンジを考えております」

「なんじゃとっ？」

ヒリュウさんが、負けた？　別れた後ってことは、あの話し合いが終わって国に帰る途中で誰かに襲われたってことだよね？

僕が驚いていると、クウガさんも同様に驚愕《きょうがく》していました。

「どこの誰や？　あのヒリュウに打ち勝てる奴なんぞ、この大陸には片手で数えるほどしかおらんはず。それほどの剣士なら、ワイだって知っとるはずや」

ミトスさんはクウガさんの顔を見ました。

「リュウファ・ヒエンという者です」

「リュウファ……」

僕はその名前に、全く心当たりがありませんでした。今まで訪れた国のどこでも、そんな名前は出てこなかった。

「リュウファ……確かグランエンドにそんな剣士がおるというのは聞いたことがある」

けどクウガさんは違う。何か心当たりがあるようでした。

「最近になってよく聞く名前や。妙齢の女性とも老人とも聞く。また女とも男とも聞いた。しかし……聞こえてくる話が多すぎて、逆に謎が深まるってのは不思議な話やな」

「はい。それは全て事実でした」

「全て事実やって……？　どういうことや。わからんぞ」

「全て事実なのです。かの御仁は、男でもあり女でもあり、若者でもあり老人でもある」

「わけがわからん。お前は何を言って」

「リュウファは集合体なのです」

次に出てきたミトスさんの言葉は、僕の背中に怖気《おぞけ》を走らせるには十分すぎるほどのものだった。

「過去、様々な武術で名を馳《は》せた達人たちが、賢人魔法で融合させられて一つの存在となった、異形の怪物なのです」

賢人魔法。久しぶりにその名前を聞きました。

あれはフルムベルクにいた頃、最大の宗教組織で人口調整機関である『神殿』の御神体、アスデルシアさんから聞いた話。

過去、この大陸に逃げてきた祖先が作った転移魔法で現れた、賢人と呼ばれる大陸の外の『敵』から学んだ魔法。

その賢人が使う魔法こそ、賢人魔法。

「……バカな。信じられる話じゃない」

「ですが事実です」

ミトスさんの声は、明らかに落ち込んでいる人のそれでした。

「負傷してたとは言えども、ヒリュウ兄ちゃん……兄はオリトル国最強の剣士です。それが一方的に、負けました……」

「そうか……」

クウガさんも何か考えることがあるのか、バルコニーから外を見て黙りました。

昨日のことのように思い出される、オリトルでのクウガさんとヒリュウさんの戦い。

肉を削ぎ、骨を砕き、命を磨《す》り減《へ》らす、あの激闘。

ギリギリでクウガさんが勝ちましたが、そんなヒリュウさんが一方的にやられた。

いったい、リュウファとは何者なのでしょうか……。

「なら、ワイが」

チン、と鯉口《こいぐち》が鳴る。クウガさんが腰の剣に手を添え、抜き放ちました。

そしてその剣を高くかざし、声を張り上げました。

「そのリュウファって奴をたたっ切ったるわ」

「クウガさん……」

「ワイは大陸一の剣士になるんや。ガングレイブの行く道を切り開く、大陸内に比肩する者などいない剣士になっ。やから……そのリュウファって奴にも勝ってみせちゃろう」

それだけ言うと、クウガさんは剣を鞘《さや》に納め、バルコニーから引き返しました。見つかりそうだったので、僕は慌てて廊下の隅に隠れます。

「んじゃ、ワイのやることは決まった。もっと修業せにゃならん。あのヒリュウに勝つっちゅう奴を相手にするなら、まだ鍛錬が足らん。もっと鍛錬を重ねて、自分を研ぎ澄まさにゃあな」

「お、お供しますっ」

そんなクウガさんの後をミトスさんが付いていったようで、足音が重なりました。

「あ？　お前はこれから話し合いじゃろ。そんな暇があるんか」

「やることなんて、話し合いに向けた話し合いです。いつ、本格的な会合を行うかのすり合わせ程度ですから、時間はあります」

「いや、そやから……」

「そ、それにっ」

ミトスさんは一瞬言い淀みましたが、すぐに明るい声で続けました。

「きょ、興味があります」

「は？　興味？」

「あの剣鬼クウガが、どのような訓練をしてるのか、鍛錬をしてるのか、その……」

おや、おやおや。僕は思わずニヤけていました。これは、鍛錬にかこつけて一緒にいたいって意思表示だなと。

さすがにクウガさんはモテるなぁ……オリトルのお姫様まで射止めてしまうとは……。どうやったらそんなにモテるのかコツを教えてほしい。いや顔がいいからか。じゃあ僕ではダメか。

今まで一人で鍛錬をしてきたクウガさんですが、ここで相手ができるのはまた大きく違うのでしょうね。ここは、後の関係も考えて一緒に。

「いや、ワイは独りで鍛錬するからええわ。お前は仕事をせぇ」

「クウガさんも結構な朴念仁《ぼくねんじん》だな!!」

なのにキッパリと断ってしまったので、思わず廊下の陰から飛び出して叫んでいました。僕の登場に二人はそんなに驚いた様子もなく、こちらを見ていました。

「ああ、なんか物陰に誰かいると思ったら兄ちゃんか。どうしたの？」

ミトスさんの口調が出会ったころのようなものに戻り、クウガさんの前で相当猫《ねこ》を被《かぶ》ってたんだなぁと思ったのは内緒。

「なんや、そこにおったんはシュリか。ワイは他の国の奴が偵察のために話を盗み聞きしてるんかと思ってたわ」

「お二人さんの、人の気配を察する能力高すぎません？　隠れてた意味がないじゃん」

気づいてたんなら言ってくれよ……隠れてた僕は道化じゃないか。

いや、そんなことはどうでもいい。今はそんな話をしている場合じゃない。

僕は咳払《せきばら》いを一つして、ミトスさんに言いました。

「ミトスさん。ハッキリ言ってクウガさんはモテます」

「え？　あ、うん」

何言ってんだこいつ、て顔をしてるけど無視。深く考えたら心を病む。

「なので、遠回しなことをしても駆け引きをしても、意識してくれることはないです。モテるのでがっつくこともしません」

ミトスさんは僕が何を言ってるのか考え、そして僕が言わんとすることを理解したようで、顔を真っ赤にしました。

「いや、アタシはそういう意味で言ったんじゃなくて！」

「あ？　ああ、そういう意味か」

クウガさんは気づいたようで、余裕の表情をして腕を組みました。

「なんや。そういうことならそう言えばええやろ」

「「えっ」」

「じゃ、行こか」

「え！　ちょ、ちょっと、その……は、ぃ……」

クウガさんはミトスさんの腰を抱き、僕の横を通り過ぎて去っていきました。

ミトスさんは顔を真っ赤にしながらも満更でもない様子で、クウガさんに連れていかれたのです。

お二人の後ろ姿を消えるまで見ていた僕は、思わず敬礼をしていました。

「クウガさん。頑張れ……」

あのヒリュウさんが、妹に手を出されて黙っているとは思えない。必ず何か混乱はあるでしょう。けっ、これだからモテ男はよぉ……厄介な義兄と修羅場になってしまえ。

結局ミトスさんにちゃんと挨拶ができなかったので、せめてテビス姫には改めて挨拶をしておくべきかなと思って探しました。

城の人に聞いてテビス姫が滞在している部屋を聞き、そちらへ足を向けます。

ウーティンさんにもちゃんと挨拶をしておきたい。

たどり着いた部屋の扉をノックしようとすると、中から声が聞こえてきました。

「……ということは、二週間後を予定していると」

「そうじゃな。妾《わらわ》は、それぐらいが一番じゃと思っておる」

聞き覚えのある声だ……ガングレイブさん、か。それとテビス姫。

中に入るのがためらわれ、思わず聞き耳を立てる形になってしまいました。

外にいる僕に気づかず、中の二人の会話が漏れてきます。

「さて、確認なんじゃが。シュリをこちらへ引き渡すつもりは」

「全くない」

ガングレイブさんの断る声を聞いて、思わず僕は嬉《うれ》しくなりました。

「あの手紙にもあったはずだ。『何かあったら任せる』と。もう何も心配ないんだ、引き渡して任せる必要はない」

「そうかのぅ」

テビス姫の楽しそうな声が聞こえてきました。

「これからもシュリを、戦乱の真っ只中を連れ回すつもりか？　本来の戦場とは違うところに、どうして？」

「それが一番安全だからだ。いや、俺があいつに傍《そば》にいてほしいってのが一番の理由だ」

「……詳しく聞いても？」

「それは」

と、ガングレイブさんが理由を語ろうとした瞬間、扉が開いて、僕は強い力で袖を引っ張られました。

一瞬にして部屋の中に引き込まれ、足払いされる。地に根ざすべき重心を失い、僕の体は宙を舞いました。

そのまま投げ飛ばされ、背中から床に落とされる。

「うぐっ⁉」

背中に受けた衝撃に呻《うめ》いていると、喉元にひんやりとしたものを感じました。

「ん……シュリ？」

衝撃で目がチカチカしていましたが、視界が元に戻ってくると、ウーティンさんの姿が見えました。

喉元へ視線を向ければ、そこにはナイフが。どうやら殺される寸前だったらしい。

「む、シュリ……なぜここにおる？」

声がした方を見れば、そこにはテビス姫の姿が。椅子に座ってこちらを不思議そうに見ていました。

「どうした？　挨拶回りは終わったのか？」

そしてテビス姫の向かいには、ガングレイブさんが椅子に座っていたのです。

どうやら何か密談をしていたらしいですね。

そこで聞き耳を立てていた僕の気配を察して、ウーティンさんが対処したってところか。悪いことをしたかな。

ウーティンさんがナイフを引いてくれたので、僕は背中をさすりながら立ちました。

「あてて……気づいたら投げ飛ばされてましたよ……」

「だい、じょうぶ？」

「大丈夫です。お気になさらずウーティンさん」

「そう」

ウーティンさんがオロオロしているので、心配ないよと笑顔で答えました。

「ほぅ」

僕たちの様子を見て、テビス姫が楽しそうにニヤニヤしています。

「ウーティンがそんなふうにうろたえる姿を見るのは稀《まれ》じゃのぅ。しかも妾《わらわ》以外の相手の、それも男性に」

「あ、姫、さま」

「まあ、冗談はここまでにしておこう」

テビス姫は改めてガングレイブさんの方へ体を向けて、机に肘を突いて言いました。

「さて、ガングレイブ。話はここまでのようじゃ」

「いや、それは……」

「話は二週間後。他の代表者とも予定をすり合わせておく。今度は、シュリを連れてくるとよい。隠そうとせずに、な」

テビス姫はそれだけ言って、立ち上がりました。

「ウーティンよ、そういうことじゃ。シュリといちゃついてないで、付いて参れ。他の代表者と話をしにゆくぞ」

「い、いちゃついて、なんて」

「照れずともよい！」

豪快に笑うテビス姫は部屋を出て行き、その後をウーティンさんが慌てて付いていきました。なんだったんだろう、なんの話をしてたんだろうか。僕についての話なのは間違いないけど、それ以外の話もしている感じだった。

ガングレイブさんとテビス姫が、僕がわかる範囲の話をするためだけにこんな密会をするとは思えない。必ず、他にも話があったはず。

「ガングレイブさん、あれは」

「気にするな。お前が知ることじゃない」

ガングレイブさんもまた、話は終わったと言わんばかりに椅子から立ち上がり、部屋から出て行こうとしました。

「あくまでこれは俺とテビス姫の話なんだからな」

「いや、僕の名前が明らかに出ていましたが」

「気のせいだ」

ガングレイブさんの有無を言わさぬ口調に、僕は押し黙ってしまう。仕事するときのガングレイブさんの顔をしている。何を聞いても無駄だろう。

それを悟った僕は、諦めたように笑みを浮かべました。

「わかりました。何も聞きません」

「……助かるよ」

僕は頭の後ろで手を組み、天井を見上げながら言いました。

「しかし、初めて出会ってから付き合いも長くなりますが、まさか城の中で王族の方と差し向かいで、ガングレイブさんが話をできる立場になるとは。感慨深いですね」

「はは、そうだな」

ガングレイブさんもそう思っていたらしく、砕けた口調に戻りました。苦笑を浮かべ、いつものガングレイブさんの顔になっています。

「初めて出会った頃か」

「そうです。フラフラとガングレイブさんの陣地に紛れ込んでしまい、そのまま保護されたときです」

「ああ、そうだったな。あれは」

僕とガングレイブさんは同時に言いました。

「食事中に」

「会議中に」

「「陣地に現れた」」

……ん？　おかしいな。食い違ってる。ガングレイブさんは驚いた様子で僕に言いました。

「いや、会議中だ。リィンベルの丘での戦の会議中、お前が現れたんだ」

「僕はあのとき、食事中だと聞きました」

「いや、会議中だ。聞き間違いだろ？」

「僕はあのときのことをハッキリ覚えています。食事中に僕が陣地に現れたと」

なんだ、この食い違い？　どういうことだろう？

ガングレイブさんは呆《あき》れたように言いました。

「あのな。俺もハッキリと覚えている。あのとき俺は、確かに会議中と言った。実際会議中だった。間違いない」

「え。……あー、いや、ガングレイブさんがそう言うならそうなんでしょうね」

ガングレイブさんは記憶力が半端ない。それこそ、一度見たり聞いたりしたことを決して忘れないほどに。なら、記憶違いは僕の方なんでしょうね。

しかしおかしいなぁー……確かに食事中って記憶してるんだけどな。

「お前の天然は今に始まったことじゃないが、しっかりしてくれよ」

「はい、そうしますよ」

いかんいかん、これじゃ仕事にも影響が出るかもしれない。しっかりしないと。

僕たちは部屋を出ましたが、ガングレイブさんはまだ何か話し合いがあるとのことなので別行動になりました。


思えば、このときの記憶の齟齬《そご》というか『食い違い』に関して、もっと深く考えるべきだった。

どうして僕が食事中と聞いて、ガングレイブさんは会議中と記憶していたのか。

そこには僕に関する、無視できない大きな理由があったのですが。

このときの僕には想像もできませんでした。


二週間後。僕はガングレイブさんと一緒に宿屋の厨房《ちゅうぼう》にいました。

どうしても大事な用事が、やることがあるために、僕は厨房で最後の仕上げをしていたのです。

「そろそろ城へ行きたいんだが」

「もう少し待ってもらえます？」

ガングレイブさんは焦ったように言ってきますが、こっちも仕事なんだよ外せないんだよ。やることがあるからね。

やること、というのは二週間前に仕込んだあるものを確認しないといけないのです。

「リモンチェッロができたか確かめるんで」

僕は二週間前に作って保存していたリモンチェッロを、慎重に取り出しました。

レモンのコンフィを作ったときに、ついでにクウガさんのお酒で作ったレモンの酒。

実はこれ、一週間前にシロップを作って酒と合わせ、寝かせていたものです。

だから日にちが必要だった。今日がその完成日なのです。

「さてさて」

僕はできたリモンチェッロを杯に移し、まずは眺める。

レモンの皮の色が抜けて移ったそれは、ほんのりと黄色に染まっている。色を確かめたら、今度は一口飲んでみる。

喉を焼くような強い酒精――アルコールが口内に広がりました。うん、クウガさんは良い酒を持っていたようです。吐き気を催すような悪いアルコール分はない。

そして、同時に口の中に広がるレモンの香り。舌で感じるのはレモンの酸味とシロップの甘み。そして酒が持つ本来の味と旨《うま》み。

それらを舌で転がしながら確かめ、十分に鼻の中まで酒精が広がったところで飲み込み、息を吐く。吐いている息にすら酒精を感じ、鼻からも酒精が抜けていく。

うむ、成功だな。リモンチェッロ完成です。

「ガングレイブさん。できましたので、これで僕の仕事は終わりです」

僕はガングレイブさんの方を見て言いました。

「せっかくなので、この酒を城へ持って行きたいと思うんですけど、どうですか?」

「ハハハ。お前、これからのことを考えたら普通、酒は持っていかんだろう」

ガングレイブさんは楽しそうに笑っていました。

「これから、大国四つを相手にした会合が行われるってのによ」

そう、これから僕とガングレイブさんは城へ行き、彼らとの話し合いに参加します。

内乱発生における僕の安否が端緒《たんしょ》となった、ニュービスト、オリトル、アズマ連邦、アルトゥーリアの代表たちの話し合い。

「本当に僕の引き取り先を決める話し合いですか? 僕はガングレイブ傭兵団《ようへいだん》を去る気はないんですけど」

「当たり前だ。俺だってお前がどこかに引き取られるなんて嫌だ。……正直、テビス姫と何度か話はしたが、お前の引き取りに関することなんてのは、ここに来るためのいい口実なだけだと思うぞ」

「やっぱりですか」

ガングレイブさんの神妙な顔に、僕も難しい顔をしました。

確かに最初は、僕を引き取るために来たのかもしれない。なんだかんだと理由を付けて、自分の国に連れて帰れれば、と思ってたのは間違いないでしょう。

僕自身にそこまでの価値があるとは思いませんが、そこを否定すると話が進まないので、そういうことにしておきます。だけど、ガングレイブさんは他の国にも手紙を出していた。そして、ここに集まった代表は心の内ではこう思っているだろう。

――普通は集まらない国が複数も、何の縁もゆかりもない土地に集まれた。

食料生産と輸出によって稼ぎ、豊かな土壌を持つニュービスト。

三国を併呑《へいどん》し、山海の恵みを陸路と海路で流通させて商売するだけでなく、独特の兵力を擁するアズマ連邦。

調味料の販売と生産を経済基盤とし、魔剣騎士団という戦力を持つオリトル。

魔工研究と魔晶石採掘、そして工場生産の食料で豊かになりつつあるアルトゥーリア。

大陸にその名を轟《とどろ》かす大国が、こうして集まったんだ。この機会に話し合いたいことなんて、いくらでもあるだろう――

そして、ガングレイブさんは溜め息をつきました。

「……この二週間、そのトップと話はしてきた。しかし、俺のあずかり知らないところで各国の密談は行われてるだろう。正直、今回の会合で何が起こるのかは俺にもわからない」

まあ、でしょうね。僕も同じように溜め息をついていました。

「……もしかしたら、体よく手紙を利用されましたか」

「今となってはな。だが、俺だってああいう海千山千の曲者《くせもの》たちと渡り合ってきた」

ガングレイブさんはグッと拳を握りしめました。

「あっちの思惑なんぞに乗ってたまるか。俺は俺で、目的を果たす」

「と言いますと？」

「変わらんよ。土地をもらう。それだけだ」

「できますか？」

「……この会合の流れを上手く使えば、なんとかなるかもしれん。そこに懸ける」

力強く言い切るガングレイブさんを見て、僕は安心したように息を吐きました。

大丈夫、こうなったガングレイブさんは強い。最悪を避けて、最善を掴《つか》もうとするに違いない。なので、僕は作ったばかりのリモンチェッロを杯に注《つ》いでガングレイブさんに渡しました。とぷん、と中の酒が揺らぐ。

「なら、景気づけに一杯どうですか」

「……いいのか？」

ガングレイブさんは、おずおずと杯を受け取りました。

全く、なんだかんだ言ったって受け取るじゃん。思わず笑みが浮かんでしまいますがな。

「いやならら受けとらなければいいのでは？」

「あ。それもそうか」

「とか言いながら受け取ってますがな」

結局ガングレイブさんは苦笑を浮かべて杯をまた取り、一気に呷《あお》りました。

「あ、そんなに一気にいくと」

僕が咄嗟《とっさ》に止める前に、ガングレイブさんは飲み干していました。

リモンチェッロの酒精は使ったリキュールに影響されます。クウガさんのリキュールは相当強い酒でした。

だから、僕が味見しても喉が焼けるようなアルコールの強さを感じたのです。

なのにガングレイブさんはそれを飲み干した。

咽《む》せるかな？　と思いましたが、ガングレイブさんは目を固く閉じて笑みを浮かべ、満足そうに口元を素手で拭いました。

「くぅ……キくな、これ」

「え、ええ。大丈夫ですか？」

僕はガングレイブさんが心配になりますが、逆にガングレイブさんは愉快そうに笑っていました。

「ハハハ！」

楽しそうに、幸せそうに。天井を仰いで高笑い。その姿を見て僕は正直、この人は酒で頭をやられてしまったのだろうか？　と思ってしまいました。

「あー、いや、旨《うま》かった。ありがとうよ」

ガングレイブさんはドン引きしている僕を見て察してくれたのか、苦笑を浮かべて僕に杯を差し出しました。

「ああ、かなり強い酒だ。その酒に、レモン本来の味わいを加えて整えているな。これ、女は喜んでパカパカ飲んで潰れるんじゃないか？」

「ああ、多分そうですね」

「なら、これは団の奴らに渡さないでくれ。アサギなんかは酔い潰れてしまうだろうよ」

「わかりました」

僕はガングレイブさんから杯を受け取ろうと手を伸ばしました。

が、杯を掴《つか》んでもガングレイブさんは離してくれません。がっしりと握っているのです。

「ガングレイブさん？」

「まあ、さっきのは気付けの一杯だ」

「はい」

「今度は満願成就を祈っての酒だ。もう一杯くれ」

「ダメでしょっ!?　何を言ってるんですか！」

なんて人だ。ここでリモンチェッロを飲み尽くそうとしてやがるぞ……！

まだ顔は赤くなってないようですが、これ以上飲ませるわけにはいかない。この酒はかなり強いんだ、三杯くらいで酔いが回ってしまいます！

「ダメです、絶対にダメです。さっきの一杯だけです」

だけど、僕とガングレイブさんの力比べは、悲しいかな、僕の方が圧倒的に負けているのです。

僕は両手でガングレイブさんから杯を奪おうとしてますが、ガングレイブさんは片手で杯を握ったまま、僕の後ろの酒瓶に手を伸ばそうとしているのです。それを奪われないように体で精一杯カバーする。

このままでは負けてしまう……！　そして酒を飲み尽くされてこの後の会合が台無しになってしまう！　そうなったらアーリウスさんにシバかれてしまうじゃないか！

「おいガングレイブ、そろそろ行くで……て何をやってるんや？」

と、ここでクウガさんが厨房《ちゅうぼう》に顔を出してくれました。

「クウガさん！　ガングレイブさんが僕の酒を飲もうとしています！　止めてください！」

僕は必死でクウガさんに懇願します。もはやガングレイブさんを止められるのはクウガさんのみ！　縋《すが》るしかありませんでした。

しかしクウガさんはふーんて感じで、興味なさそうな顔をしてる。そして僕とガングレイブさんの争いを横目に通りすぎ、リモンチェッロを手に取りました。

「ふーん、これか」

「そうですっ。強い酒なんで、あんまり飲んだら」

「最近、ワイが隠し持ってた秘蔵の酒が不自然に減っとんたんやけど、もしかしてこれに使うたか？」

「あ」

忘れてた。この酒を作るときに、クウガさんが冷暗所に隠してたものを使ったんだった。

僕が思わず目を逸《そ》らしてしまったことで、クウガさんにはわかってしまったらしく、ニヤニヤと笑いました。ご丁寧に別の杯まで用意して。

「これは元々はワイの酒やな」

「え、ええ」

「なら、ワイももらう権利があるな？」

「え！　これからお仕事があるんじゃないですか⁉」

「気付けの一杯よ。それぐらいなら許されるやろっと」

クウガさんも杯にリモンチェッロを注《つ》ぎ、一気に飲みました。

ああ、だから、強い酒だからそんな飲み方をしたら……止めようとしても、止める前にクウガさんは飲み干していました。

「くわぁあ……本来は強い酒やが、これはレモンの風味がたまらんのぅ」

ご満悦って感じで、クウガさんは余韻を味わっています。

喜んでくれるのは嬉《うれ》しいのですが、これから会合ということを考えると、これ以上飲ませるのはあまりに悪手。僕はクウガさんからリモンチェッロを奪い、胸に抱えました。

「これ以上はダメです。絶対にダメです。これからお仕事なのに、酔っ払ったらダメです」

「ケチくさいことを言うなや。もう一杯くらいええやろ」

「そうだ。景気づけの一杯をくれよ」

「ガングレイブさんは黙っててもらえませんかねっ？」

そうやって押し問答をしていると、もう二人ほど厨房《ちゅうぼう》に入ってきたのを確認。助けを求める気持ちでそっちを見る。

「あ！　誰か知りませんが助けて」

「何をしてるぇガングレイブ？」

「そろそろ行かないと間に合いませんよ？　用意はできているのですか？」

でも、そこにいたのはアサギさんとアーリウスさんでした。ダメだ、この場をどうにかすることはできない。

絶望していると、アサギさんが僕の胸元の酒の存在に気づきました。

「お？　そりゃ新作の酒かぇ、わっちにも一杯くりゃれ」

「待ってください」

アサギさんの肩をガッと掴《つか》んで止めるアーリウスさん。

その顔は剣呑《けんのん》なものへと変わります。これは、怖いぞ……。

アーリウスさんの変化に気づいたガングレイブさんとクウガさんも、冷や汗を流しながら目を逸《そ》らしていました。ここにきてようやく、自分たちのしていることに気づいてくれたらしいです。

「ガングレイブ」

「な、なんだ……？」

「仕事前にそのお酒、飲んでないですよね？」

「の、飲んでないぞ」

え!?　と僕は驚いてガングレイブさんの顔を見る。この人、ここにきてすぐにバレる嘘《うそ》をつきやがった！　しかしアーリウスさんはアサギさんの隣をするりと抜け、ガングレイブさんの胸元へと飛び込む。

しなやかに、それでいて優雅な動きに誰も反応できなかった。ガングレイブさん自身も飛び込まれてから気づいたみたいです。

まるで恋人の胸で甘えるようなアーリウスさんの仕草……しかし、顔を上げたアーリウスさんの顔は能面のように無表情でした。

「この匂いは、酒を飲んでいる人の匂いです」

「こ、零《こぼ》したんだよ胸元に」

「それにしては濡れてませんね」

「……あ、足に」

「足ですか」

するりとアーリウスさんの手が、ガングレイブさんの太股《ふともも》を撫《な》でる。今までに見たことのない妖艶な仕草に、思わずドキリとしてしまいました。

しかしアーリウスさんの顔が、みるみるうちに怒りに染まっていく。

「濡れてませんねぇ」

「は、反対の足」

「嘘をつくのはそこまでにしてください！」

アーリウスさんの怒りが、爆発した。

結局、その後全員説教されました。僕も含めて。なんで僕まで……。

ガングレイブさんが会合でヘタを打たなければいいなぁ。そんなことを考えながら。

六十九話　四か国会合とリモンチェッロ・続　～シュリ～

しこたま怒られて気持ちがへこんでしまった僕ですが、それでも仕事はしなければいけません。具体的には、会合で集まる方々に飲み物を出したりとかした方が良いのかな、などと考えるのです。

いや、会議とか会合とかで僕が役立つことなんてないので、そういう結論に至っただけなんですけどね。

なので、何もできない僕は、ガングレイブさんの後ろで必要に応じて動けるように、控えているのです。

アーリウスさんに説教を食らったあと、僕たち一行は、ゴタゴタしたまま城の会議室に向かいました。

すでに城で待機していた他の皆さんと軽く話をしてから、会議室に入りました。

ガングレイブさんと一緒に入るのは僕とクウガさんとアーリウスさん。僕は……まあ手紙における当事者ということで。クウガさんはガングレイブさんの護衛、アーリウスさんは補佐って感じですね。

そういうことならカグヤさんが適任かもしれませんが、どうやら直前にアーリウスさんとカグヤさんが何か話し合った結果らしいです。詳しいことは知らん。

会議室の扉を開けて中に入ると、そこにはすでに他の方々が集まっていました。

ニュービスト側は、テビス姫とウーティンさんの両名。

オリトルはミトスさんと、確か前に会ったことのある魔剣騎士団の人。テグさんとあれこれあった……確かあのときの話し合いで名前を聞いた気がする。ユーリ・イヴェンさん、だったかな？　クウガさんとやり合った、薙刀《なぎなた》使いの人だ。

アズマ連邦からはトゥリヌさんとミューリシャーリさん。さすがにお子さんはここに連れてきていないらしい。当然でしょうね。

最後にアルトゥーリアからはフルブニルさんとガンロさん、事前に聞いていた護衛のレディフさん。イムゥアさんの姿は見えませんね。

そしてスーニティからはエクレスさんとギングスさん、それと僕の知らない人。有力な貴族の人か？

最後に僕らってことですね。

「遅かったじゃあないか」

トゥリヌさんはこちらを見やると、言いました。

「時間はまだとはいえ、事前に来て顔ぶれの確認は必要じゃねぇか?」

「時間通りだ」

ガングレイブさんは椅子に座り、悪びれもせずに答えます。

「こっちにも打ち合わせがある。それが時間ギリギリまでに終わらせることができた。責められることは何もないと思うが?」

「それもそうじゃあの」

トゥリヌさんは行儀悪く背もたれに寄っかかり、頭の後ろで手を組みました。

「なに、ちょっとチクッとやっとこうと思うただけじゃが。気にするな」

「ちょっとトゥリヌ! 話し合いの前から喧嘩腰《けんかごし》にならないの」

「すまんっ」

隣に座っていたミューリシャーリさんに叱られて、すぐに姿勢を正して座り直すトゥリヌさん。こういうところで家庭を見せるから、こっちは反応に困るんだよな。

それを見てハッ、と笑ったのはミトスさんでした。

「これがあの、広大な版図《はんと》を誇るアズマ連邦の総首長とは。どれほどのものかと思っていたが、なるほど、普通に奥さんを好きな夫だねこれは」

「褒めてるのか?」

「え……ああ、うん」

これ、多分ミトスさんは皮肉で言ったんだろうなー。

どんな傑物かと思ったら普通の男じゃん、て言いたかったんだと思う。

けどその皮肉は全く通じず、それどころかトゥリヌさんは嬉《うれ》しそうな顔で「奥さん好きなのバレた？　あちゃー」って感じになってる。ミトスさん、困惑してるよ。

それを見てフルブニルさんが楽しそうに笑みを浮かべました。

「仲睦まじいのは感心感心！　俺っちのところのように家庭内不和で殺し合いなんて、するもんじゃないからね！」

いや、それニコニコして言うことじゃないのでは。他のみんな凍りついてますからフルブニルさん。後ろにつき従っているガンロさんも苦々しい顔をしてますから。レディフさんも呆《あき》れた様子を見せています。

だけどそれを全く気にする様子のないフルブニルさんが続けて言いました。

「トゥリヌ総首長よ、家庭円満のコツは何かな？　俺っち、そろそろ所帯を持たにゃならんのだけどね、ぜひともその秘訣を教えてほしいものだ」

「そうやんな……。『ありがとう』と『愛してる』は必ず言うことがじゃ」

「なるほど、確かにそれは必要だね！　ありがとうよ！」

「関係のない話はそこまででよろしいか」

そんな二人に割って入ったのが、テビス姫でした。

先日のテビス姫とは打って変わり、背筋を伸ばして威厳のある雰囲気です。顔つきも真剣で、凛《りん》としている。

テビス姫の言葉に、その場の全員の視線がテビス姫に集中しました。こういうところで、テビス姫のカリスマ性というか視線を集める魅力というか、そういうのを感じさせられますね。

「妾《わらわ》たちの話の本筋に入ろうと思うのじゃが」

本来ならここで、他の出席者は言うべきだった。議長気取りをするな、と。

それを許せばこの集まりの中でのヒエラルキーが決まってしまう。それはつまり、国としての序列を示されてしまうということだ。

だけど、テビス姫は違う。有無を言わさぬ、反論を許さぬ佇《たたず》まい。その空気に呑《の》まれて、他の方々は口に出せなかった。

「ちっ……成長してやがるこのお姫さんは……。やりづれぇぞ……」

それを見てガングレイブさんは呟《つぶや》く。ガングレイブさんですら、テビス姫の威圧に苦い顔をしていました。

テビス姫はそのまま手を一つ叩《たた》く。パン、と小さな音が鳴り、場の空気が引き締まるのを感じます。

「さて、始めに……妾の個人的な話からさせてもらう」

「個人的な話は、本筋とは違うんじゃない？」

これにミトスさんが反論する。

「さっき言ったことをすぐに反故《ほご》にするのはどうかと思うけど」

「なに、個人的な話じゃが本筋と関係がある。さて、シュリよ」

「はい？」

唐突に話を振られ、僕は戸惑いながら返事をしました。

「なんでしょうか、テビス姫様」

「聞こうか？　妾が下賜したあの包丁は何処《いずこ》にある？」

あ。

僕は完全に忘れていたので、大口を開けて呆《ほう》けてしまいました。エクレスさんたちは黙ったまま僕を見ます。

ガングレイブさんもアーリウスさんも、そしてクウガさんも僕の返答を待っている。

「あの刻印入りの包丁か。どないしたんやシュリ」

「そういえば、ここ数日あの包丁を使ってる姿は見ませんでした」

「ガーンとアドラの修業中もそうだ。使ってなかった。どうしてだ？」

クウガさんが、アーリウスさんが、ガングレイブさんが聞いてくる。

だけど、僕は言葉に出すのをためらった。その一瞬の迷いが、テビス姫に答えてしまっていました。

「なるほど、やはりなくしていたか」

その言葉に僕はドキリとしました。

「なくしたというか……返してもらってないというか」

「レンハの騒ぎの際に、シュリが捕らえられていたのは知っておる」

テビス姫はエクレスさんへ視線を移しました。

「シュリを捕らえた際、荷物などは奪ったはずであるな」

「そうです、ね」

エクレスさんでさえも、テビス姫には敬語を使うのか。その様子がさらに僕を混乱させました。

「できる限り返還したはずです……その手配はしました」

「手配しただけで確認はしておらんかったな？」

「……ええ」

「さて、皆にもわかるように言っておこうか」

テビス姫は机に肘を突いて、皆の顔を見渡しました。

「妾《わらわ》は過去、このシュリという料理人にニュービスト王家の刻印を入れた、業物《わざもの》の包丁を贈った」

その言葉に、スーニティ側の人たちは凄《すご》く驚いてる様子でした。エクレスさんとギングスさんは知っているので冷静に見えますが、貴族の人たちは驚きを隠せていません。僕を見て、テビス姫を見て、視線を往復させています。

他の人たちはどうかというと、平然としています。まあオリトルとアルトゥーリアは当然でしょう。お偉いさんの前で直に見せてますから。

ではアズマ連邦はどうかというと、驚いてもいないし興味もない様子。何を考えているのかはわかりません。

そんなそれぞれの反応を確認したテビス姫は、言葉を続けました。

「わかると思うが、先にシュリに目を付けたのは妾じゃ。王家の紋章が刻印された包丁を渡したのは、そういうことじゃ」

「それで？　それに本筋となんの関係があるがじゃ」

トゥリヌさんは、このテビス姫の独壇場となっている雰囲気の中で空気を読まず、怒気を含んだ声で聞きました。こういう空気を読まずに発言できる胆力が凄い。僕は思わずトゥリヌさんに尊敬の念を抱いてしまう。

「いや、言葉を濁されるのも気に食わんにゃあ？　本筋いうんは、あの手紙のことでええがな？」

「……間違いはないぞ、アズマ連邦の」

テビス姫はトゥリヌさんに、恐れる様子もなく答える。

「シュリを引き取る。それで間違ってはおらんぞ」

「発言を許されたい」

テビス姫とトゥリヌさんの会話に割って入るのは、ガングレイブさん。

この中で一番地位が低いため、それに配慮した態度を取っているようです。

トゥリヌさんはぶっきらぼうに答えました。

「許す。言うてみぃな」

「手紙に書いたのは『シュリの身に危機が訪れた際、シュリの身の安全を守るために保護してもらいたい』ということです。

こちらとしては、俺……いえ、私としては危機は去ったため、ご配慮に関しては感謝しておりますが、引き渡すことはありません」

「それはこれを見てもかな?」

フルブニルさんが合図をすると、レディフさんは立ち上がり、部屋から出て行きました。

なんだと思っていると、すぐに戻ってきました。

ボロボロにぶん殴られて負傷している、この国の貴族の人です。

「フルブニル殿、これは」

ギングスさんが驚いて立ち上がると、フルブニルさんはそれを手で制しました。

「これはねギングスくん。シュリの身を害そうとした人だよ」

「え？」

僕は驚いてその人の顔を見ました。もしかしたら面識があったかもと思って。

だけど、見覚えがない。この城に来てから会ったことがない人なのは間違いない。

害そうとした人、と言われたけど、当然僕はこの人の恨みを買うような覚えもない。

なぜ？　と思っていたら、フルブニルさんが答えました。

「この人はね、シュリくん。君の包丁を……ニュービスト王家の紋章が刻印された包丁を持ち出して、横流ししようとしたんだよ」

「ええ？」

「そして、その元の持ち主である君を殺し、本来の所有者をウヤムヤにするつもりだったんだなこれが」

「そして、その包丁はこちらにある」

次にミトスさんが後ろの護衛から受け取ったのは、確かに僕の包丁でした。

使い慣れた、かっこいい刻印入りの包丁。見違えるはずがありません。

「裏の世界に流れそうになってたところを、たまたまアタシの部下がその場に居合わせ、ニュービストの紋章の刻印が入ってることから奪い返したんだよ。これを使って、ニュービストの名を騙《かた》る不届き者がいるかもしれないからね」

そうか、ミトスさんが取り戻してくれてたのか……愛着があったから、どこかに売り飛ばされていなくて安心しました。

「使い慣れた大切な包丁なのに、日々の忙しさで忘れてしまっていたことが恥ずかしいです……すみませんでした」

「アタシはいいよ、たまたま取り戻しただけだから」

「さて」

テビス姫がもう一度、手を叩《たた》く。完全にこの場はテビス姫に支配されているかのような運び。これが、天才たるゆえんか！

僕が驚いていると、ガングレイブさんの顔がみるみるうちに曇りました。眉をひそめ、悔しそうな顔をしています。

「……やられた……っ！　これが狙いかテビス姫様……っ!!」

どういうことよ？　僕がわからないでいると、テビス姫は続けて言いました。

「整理しようか、ガングレイブ」

テビス姫は優しげに言いました。

「まず、『妾《わらわ》』の国の刻印入り包丁が紛失した」

優しく、ゆっくりと、

「はぁ……」

「『アルトゥーリア』の人間が、包丁を横流ししようとした『スーニティ』の貴族を捕らえてみると、なんとシュリを害そうとしておることが判明した」

だけど、どこか怖くて恐ろしくて、

「そこで『オリトル』が横流しされかけた刻印入り包丁を取り戻した」

まるで、これから僕たちに、

「『アズマ連邦』が言うところの、本筋の手紙の話と合わせて言わせてもらおう」

――トドメを刺そうとする処刑人のように、

「ガングレイブよ。シュリの危機はどこに去っておるのかな？」

テビス姫はそう告げたのです。

ガタン、とガングレイブさんが椅子から立ち上がり、他の面々を睨《にら》みつけ、呪詛《じゅそ》を吐くように言いました。

「さては仕組んだな……！　このために、この瞬間のために……！」

「はてなんのことじゃろうか？　妾にはわからんな」

テビス姫は余裕の表情を崩さない。それに比べて、ガングレイブさんには余裕がなさそうに見えました。

一連の流れの中でガングレイブさんが何に気づいたのか、何に怒っているのか、僕にはわかりません。だけど、ガングレイブさんにとっては看過できないもののようです。

隣を見れば、クウガさんもアーリウスさんも難しい顔をしてました。

「クウガさん、これってどういう……」

僕がそう聞くと、クウガさんは小さな声で答えました。

「話の流れがスムーズすぎるし都合が良すぎる」

「と言いますと……」

「包丁の紛失を確認したこと、横流しした犯人を突き止めて捕縛したこと、横流しされた包丁を取り戻したこと。この一連の、シュリの危機がまだ去っていないことの証明……。事前に示し合わせたような、打ち合わせた行動としか思えんわ」

クウガさんの言葉に僕はようやく気づかされました。

ここは、権謀術数《けんぼうじゅっすう》渦巻く場所。ガングレイブさんが言ってたじゃないか。

この人たちは自分たちの知らないところで密談しているると。何を企んでいるのかわからない、とも。

それがここに繋《つな》がるんだ。包丁を皮切りに、こちらの論点を崩しにかかってる。ここは安全ではないと、だから僕を引き取ると。

もう一度テビス姫の顔を見ました。本気の顔を。全く揺るがず譲らないといった様子を。

それだけ僕を求めているのか、料理の技術がそんなに欲しいのか。

……僕はこの世界における異物だ。元の世界の料理の知識は、この世界で過ごした数年の間で、どれほど異質なものなのかはよくわかっていたつもりでした。

それを欲している人がこんなにいることを知って、背筋が寒くなる。恐ろしいと思う。

ガングレイブさんは全員を睨《にら》みつけましたが、反論できずに椅子に座り直しました。そして腕を組んで虚空を見つめ、必死に思案している様子。

ここからどうやって論点を崩すか、僕を引き渡さないで済む方法はないか。それを考えてくれているのだと思います。

だけど、その前にテビス姫は視線をエクレスさんへ向けました。

「時にエクレスとやら。お主たちはスーニティの内乱のせいで紋章の入った包丁が紛失したその責任を、どうとってくれるのじゃろうか」

「え……」

唐突に振られた話の内容が、まさかの責任問題。予想してなかったのか、エクレスさんが戸惑っています。エクレスさんが言葉に出せない間に、ギングスさんが口を開きました。

「ニュービスト王家の紋章が刻印された包丁を杜撰《ずさん》に扱ったこと、さぞご不快だったと思います。その点については謝罪いたします」

「ほう」

テビス姫は意外そうに笑いました。エクレスさんが気を取り直して発言するかと思ったら、ギングスさんが謝罪したものだから意外だったのでしょう。

ギングスさんは真正面からテビス姫と対峙《たいじ》して答えます。

「ですが、一連の事件はシュリを害そうとしたそこの貴族と、そもそもが俺様……いや、私どもの母親が行ったことです。その母も反逆罪で捕らえております。責任を取るということならば、母とそこの貴族の身柄をそちらに引き渡し」

「それだけでは責任を取ることにはならぬな」

ギングスさんは驚いた様子で固まりました。僕だって驚いた。

犯人と、内乱の原因である首謀者の身柄を引き渡すことが責任を取ることではない。テビス姫はそう言ったのです。

それ以外の責任の取り方なんて、想像できない。ガングレイブさんだって何も言えずにいた。テビス姫は僕たちの理解が及ぶ前に、さらに言葉を続けました
「なぜなら、お主たちは隠居のために統治の座から引き始め、正妃レンハはすでに犯罪者として捕らえられて領主一族の身分を剥奪された。また父親であり領主であったナケクも強制的に引退させられている。

こちらは王族として、国の紋章を蔑《ないがし》ろにされたことを責めておる。じゃが、お主たち領主一族はすでに権力を振るう立場におらぬ。罪を犯した者を引き渡すのは当然であるが、部下や身内が犯したことの責任を取るべき統治者が誰もおらぬ。そうであろう？

次期領主となるはずの二人は引退し、現領主は権力者の立場から除外され、領主の妃は

領主の一族としての身分を剥奪されておるのだから。

　国を統《す》べる我が王族の顔に泥を塗ったのだから、同じ立場の人間が同じように顔に泥を塗られなければ割に合わん。しかしそれができる人間がおらん。

もう一度聞くぞ？　どうやって責任を取る？」

　有無を言わさぬ言葉に、ギングスさんもエクレスさんも黙ってしまいました。

　領主一族が権力を持つ立場にいない。つまり、権力と次期領主の地位を放棄する、そういった責任の取り方ができない。

　ニュービストほどの大国に対して責任を取れる立場の人間が、一人もいなくなってしまったのが今のスーニティなのです。

　だからこそ、スーニティ側は何も反論できません。

「話を戻そう。ガングレイブ」

　テビス姫はガングレイブさんへ話を向けました。ガングレイブさんは動揺することはない様子。

「なんでしょうか」

「危機は去っておらん。そこの貴族が包丁を持ち出して売ろうとしたことに責任を取れる者がおらん。それはつまり、不届き者を罰する者が一人もおらんのじゃ。領主は揃《そろ》って権力の場から去っておるのだから。

ならば、こういう輩《やから》はまた出てくるぞ？　必ず出てくる。再びシュリの身を害そうとする者は必ず現れる」

「私が、私たちがシュリを守るだけです。テビス姫様に心配いただくことではない」

「つまりは危機が去っておらんことは認めるのじゃな？　危機が去っておらんから、守る必要があるのじゃ。そうであろう？」

「それは詭弁《きべん》だ。この乱世の世の中、完全に安全な場所などない。あるとするならば、それこそ神話の世界の神座《かむくら》の里くらいなものだろう」

「妾《わらわ》の国ならそれが可能じゃ」

テビス姫は自信満々に、自分の胸に手を当てて言いました。

「シュリを戦場に行かせることもなく、己の役割を全うさせ、そのための場所と地位と役割を、妾ならシュリに与えることができる。詭弁ではなく、事実としてシュリを安全なところで料理人として生きさせることができるのじゃ」

そのあまりの言い切りように、ガングレイブさんは絶句していました。

……考えてみる。ニュービストで料理人として生きることになった場合を。

テビス姫とウーティンさんと共にこの乱世をたくましく生きることだろう。

でも、それはない。なぜなら、僕が最初に出会ったのはガングレイブさんだったからだ。

そしてガングレイブさんが共にいてくれたからこそ、ガングレイブ傭兵団《ようへいだん》で生きることを決意した。元の世界に帰ることを諦めるほどに。

「どうじゃガングレイブ？　どうであろうかのシュリよ？」

「ちょっと待ってほしいなー」

テビス姫の問いかけに、横から声を掛けたのはフルブニルさんでした。笑みを浮かべていますが、目は笑っていない。

「テビス姫、それは契約違反だ」

「ふむ。どこがであろうかな」

「最後はシュリの意思に任せる。そう決めただろう？」

「はて、なんのことやら」

フルブニルさんの言葉で、やはりこの人たちは陰で何か話し合いをしていたのがハッキリしました。テビス姫はとぼけていますが、確信を得たガングレイブさんとアーリウスさんは怒りを滲《にじ》ませています。

さらにそこへ、ミューリシャーリさんが手を上げて言いました。

「安全が確保されるって論点なら、アタシのところもありよね。アズマ連邦だって、山の中に集落はあるし海辺の街だってある。料理に山海の珍味を使ってもらいたいわ。

何より、うちの防衛網は完璧よ。あの山の中で、アタシたちよりも機敏に動ける人間はこの大陸には一人もいない。海からの侵略だって、問題はないわ。アタシたちの方が操船技術は高いもの。問題はないわよね？」

ミューリシャーリさんの言葉に、さらに場がピリつきました。ちなみにトゥリヌさんが隣で「さすが俺の嫁！　かっこいいし可愛い！」みたいな感じでドヤ顔してるのが腹立つ。

「どうなんですかね、テビス姫」

「ふむ、それが可能ならばそれでも良かろう」

この言葉に、全員が驚く。当然だ。あれだけ僕に執着する様子を見せながら、あっさりと認めちゃったのだから。

テビス姫の狙いがわからない。読めない。予想できない。

これが各国から美食姫と呼ばれ恐れられる才人か……！　僕は改めて、とんでもない人を前にしてるんだと思い知らされました。

「して、話を戻そうか。エクレスよ。責任はどうなるのかの」

「へ？」

「責任じゃ責任。どう取ってもらおうか」

エクレスさんは少し戸惑っていましたが、すぐに襟元を整えて息を吐き、精神を落ち着かせる様子を見せました。

「こちらとしては先ほど申し上げた通り、レンハとそこの貴族の身柄を引き渡すことだけです。それ以上を求められるのなら、金銭でしょうか」

「何を言っておる。責任の取り方ならあるではないか」

テビス姫はエクレスさんを指さして言った。

「お主が領主の立場となり、責任を取る。これが一番じゃろ」

「へ、あ、え、え？」

「ちょっとお待ちいただきたいっ！」

テビス姫から出た予想外の言葉。これにはエクレスさんも即答ができない様子。

そこで隣に座っていたスーニティの貴族が、口を開いたのです。

「エクレス様はすでに、権力の立場から引いている身です。それがもう一度領主として返り咲くのは、混乱が大きすぎます！」

「ないじゃろ、混乱など。あるとしたら、後釜に座ろうとした不届き者が、座れなかっただけのことじゃ」

スパッとテビス姫は一蹴しました。まあ、確かにそういう見方もあるけどさ。

だけど、テビス姫は腕を組んで悩む様子を見せました。

「ふむ、それにこの領地は、妾《わらわ》のところから代官が来るようになっておったの。ニュービストに統治権を渡し、その代わりに庇護《ひご》下に入りたいと」

「それは……！」

「大方、代官には表向き尻尾を振っておき、自分たちはエクレスとギングスを取り込んで領主一族の血を得て、時を経て自分たち一族が再び領主の座に還《かえ》ろうって計画か。どこも同じようなことを考えるものよ」

その言葉で、全て看破されていたらしい貴族は、顔を真っ赤にして押し黙りました。

「ふむ、困ったの。こちらとしてはそういう裏があるのに代官を置くのは、少々不安がある。となれば代官は、そんなものに負けぬ武力とそれを支える仲間が必要であるなぁ。……ああ、おったな」

……む？ テビス姫が楽しそうにガングレイブさんを指さしました。

悪戯《いたずら》っ子のような笑みを浮かべたテビス姫が、告げる。

「ガングレイブよ。妾《わらわ》の下に入り、この地を統治せよ。傭兵団《ようへいだん》全部をこの領地の統治機構に取り込み、お主がこの地の領主となれ。ニュービストの傘下であるが、働き次第では昇進も認めよう。どうかな？」

ガングレイブさんも、クウガさんも、アーリウスさんも、固まった。

エクレスさんも、ギングスさんも、驚いている。

トゥリヌさんとミューリシャーリさんは、静かにガングレイブさんを見ていた。

フルブニルさんは楽しそうに笑っていて、ガンロさんは無表情のままだ。

ミトスさんは腕組みをして溜め息をついている。

この中で一番に動いたのは、僕だった。僕は一歩前に出て、テビス姫に聞いた。

「テビス姫様……それは、ガングレイブさんがテビス姫の部下となって、代官としてこの地の領主になれと、おっしゃっているのですか？」

「その通り、そのままじゃよ。妾はそう言っておる」

「なぜそのような、ことを？」

懸命に言葉を紡ぎながら、僕は続けます。

「あなたに得はないはずだ。普通に代官を置けば、あなたの影響力がこの地に強く及ぶはずだ。それなのに、なぜ？」

「妾なりの結論じゃよ」

「テビス姫」

ミトスさんが目を閉じたまま、言いました。

「その場合、ガングレイブは土地の名前を決めて名字を名乗ることになりますよね。そこを決めないと、本人も決意が固まらないのでは？」

「おお、そうじゃのミトス殿。その通り、名字は大切じゃ。権力者が権力者たる所以《ゆえん》。土地の名前を決めて、それを己の名の一部にする。必要なことであるな」

「待ってほしい!!」

どんどん話が進んでいく中で、ようやくガングレイブさんが口を開きました。

「どういうつもりかお聞きしたい。なぜ私にこの領地を任せようとなさる？　そちらで代官を置いて統治すれば済む話、なぜ一介の傭兵団《ようへいだん》の団長に？

それに、私とあなたは仕事で知り合った仲とはいえ、それだけのはずだ。それだけの関係で、そんな重要なことを任せてよいはずがない。理由をお聞かせ願いたい」

困惑して声がうわずっているものの、ガングレイブさんの言い分はもっともでした。

僕も、クウガさんも、アーリウスさんだって疑心暗鬼になっている。テビス姫の狙いがわからない以上、この申し出をおとなしく受け入れることなんて、危なくてできない。

そして、この提案に不満を持つ者だっている。

「テビス姫様、お待ちいただきたい」

そう、スーニティの貴族だ。エクレスさんの隣に座るその人が、テビス姫に怒りの表情を浮かべたまま聞いた。

「ニュービストから代官が来ることは受け入れましょう。領主様方が退き、ニュービストの庇護下《ひごか》に入るならば、不満もございません」

多分嘘《うそ》だろうな。苦虫を噛《か》みつぶしたような顔をしてるから。

「ですが！　一介の傭兵団にこの領地を任せるというのは納得できません！　しかもこの場で、略式で仕官させて無理やり領主として据えようなどと、横暴にもほどがございます！　なにとぞ、ご一考願います……！」

「であろうな。それが普通の反応であろう」

テビス姫は貴族を鋭く睨《にら》みました。

「しかし、実際はどうかな？　我が国の紋章を粗末に扱う貴族を野放しにし、下賜した包丁の横流しを許した。この国を庇護し、統治する立場である妾《わらわ》としては、そのようなものがいる領地には能力と武力を併《あわ》せ持《も》つものを送りたいわけじゃ」

「それなら、そちらの国には十分いらっしゃるはずです！　ニュービストなら、それだけの人材が！」

「おるよ。じゃが、そのような者はすでに国の要職に就いておるわ。それなのにここを任せるなど、左遷と取られるだろう」

「さ、左遷……」

貴族は明らかに落ちこんでいました。そりゃ、自分の領地への異動を左遷呼ばわりされるってことは、それだけ下に見られてるってことだもんなぁ。

しかし、それでも納得していない様子のガングレイブさんが、さらに口を開きました。

「私たちがあなたの部下になってこの地を治めろとおっしゃるが、それは受け入れられない。明らかに混乱が生じるし、このように受け入れない者もいる。そのような領地を変則的な形で押しつけられても」

「ガングレイブ、正直に答えよ」

テビス姫は悪い笑みを浮かべ、言いました。

「お主、あのことをまだ許しておらんだけじゃろ？」

「っ⁉」

ガングレイブさんは明らかに動揺しました。クウガさんも、アーリウスさんも、二人とも同じように表情を歪《ゆが》めました。

あのこと、とは多分……ニュービストで僕のことに絡んで起こった裏切り事件のことだ。前に教えてくれたアレだ。

ガングレイブさんが言い淀んでいると、テビス姫はさらに畳み込む。

「妾《わらわ》は詫び状も謝罪金も送った。二度とあのようなことがないようにしておる。それでもお主は許しておらんのじゃろう？　妾が信用ならんのじゃろう？

だから、この話を正直に受け取ることができない。何か裏があるのではないかと、受けたら最後、何をされるかわからんと怖がっておる」

「怖がる、だと？」

「おお、怖がっておる。闇夜の稲穂に怯《おび》える童《わらし》のように、得体の知れないもの、未知のもの、予想できないものを恐れておるのよ。

重ねて言うが、妾は二度とあのようなことが起こらんようにしておる。心に戒めておるし、お主たちには悪いことをしたと反省しておる。

それなのに、お主は未《いま》だに許しておらんし納得もしておらん」

「……そりゃ、納得できないだろうが」

ガングレイブさんが、怨嗟《えんさ》にまみれた声で、絞り出すようにして言いました。

「あの事件は……！　本来あっちゃいけないことなんだ……！　俺の不手際で管理不行き届きであった……！　そしてテビス姫は、部下からそんな話を持ちかけられても断らなければならないはずだ……！　なのに放置したんだっ……！　教えてくれればこっちで対処できたのに、これ幸いと利用したのはそっちだろうが……！」

「しかし、原因はお主が言った通りの管理不行き届きじゃ。妾は黙って利用しようとしたことは謝った。それ以上を妾に押しつけるのは、理不尽というものよ」

テビス姫がハッキリと言い切り、ガングレイブさんを追い詰めます。これはいけない。

これはダメなことだ。僕はガングレイブさんの肩を叩《たた》いてこちらへ向かせました。

「ガングレイブさん。もういいんです」

「何がだ」

「もう、テビス姫を責めるフリして僕に謝罪しようとしないでいいです」

ガングレイブさんは驚いて僕を見ました。

多分理由としては違うんだろうけど、ここはこれで無理やり押し通そう。これ以上、ガングレイブさんとテビス姫が争う姿を周りに見せるのも、ガングレイブさんにやらせるのも、僕の心が苦しい。思わず顔をしかめてしまうほどに。

「本当はもう、テビス姫に対してそこまでの怒りはないんじゃないですか？　でも傭兵団《ようへいだん》の団長として、自分の団の中で起きた裏切り事件にケジメをつけるには、その人を罰してテビス姫を責め続けることしかできないから、いつまでもそうしているのでは？」

「違う、違うぞ、シュリ。俺は……」

「僕はもう気にしてませんし、ガングレイブさんがそれ以上気に病む必要はどこにもありません。ですよね、アーリウスさん」

僕がアーリウスさんに言いながら目配せすると、アーリウスさんは僕の言いたいことを理解してくれたらしく、神妙な顔で頷《うなず》きました。

そしてアーリウスさんもまた、ガングレイブさんの肩に手を当てて優しい顔で告げます。

「ガングレイブ。もう、団長としてのケジメは十分につけています。テビス姫に対する悪感情を周囲に喧伝《けんでん》する必要は、もうありません」

「だから……っ!?」

「ガングレイブ」

アーリウスさんはここでガングレイブさんの反論を封じ込めつつ、何かを耳打ちします。

時間にしては一瞬でしたが、ガングレイブさんは目を見開いて僕とアーリウスさんの顔を見ました。

「何、を……」

その流れから何かを感じ取ったらしいクウガさんが、後ろ頭を掻《か》きながら言います。

「ワイらも、いい加減昔のことについてポーズを取る必要もあらへんからなぁ。ここにはそんな目はないし、そんなケジメを見せなあかん連中もあの喧嘩《けんか》の騒ぎで去ってしもうた。そういうことやぞ、ガングレイブ」

クウガさんの言葉と目で何かを感じ取ったのか、ガングレイブさんは難しい顔をして目を伏せます。何かを考えるように、整理するように。時間にして数秒ほどでしたがガングレイブさんが次に目を開いたときには、スッキリとした顔をしていました。

「すまないシュリ。助かった」

小さな声で僕たちだけに聞こえるように言ったガングレイブさんは、再びテビス姫へと向き直りました。

「大変失礼した、テビス姫様。私が至らぬばかりに」

「構わぬよ。妾《わらわ》としては禍根を流してもらえれば言うことはない。ようやく、『ちゃんと言葉で』流してもらえて安心したぞよ」

テビス姫が飄々《ひょうひょう》と答えますが、わかる。ガングレイブさんの首筋に強張《こわば》りが見えてるから、無理やり気持ちを押し込めてる感じがする。

……これは、後で話をしとかないとね。昔の事件で互いに折り合いを付けたことを、もう引きずるなと。それはさすがにアカンことだぞ、と。

「それで？　妾《わらわ》の提案に関してはどう答えるのじゃ？」

「それは……」

「ガングレイブ殿」

ガングレイブさんが言い淀んでいると、ミトスさんが口を出しました。腕組みを解き、ガングレイブさんとクウガさんへ視線を向けます。

「アタシから言うのもなんですけど、正直この場の話の流れは、ここに帰結するようになってました」

「なんだってっ？」

「ミトス」

テビス姫の静かな、だけど鋭い言い方に、僕は肩をビクッと震わせました。なんか、怒ってる感じがしたので。

ていうか、この話がここに帰結？　つまり――。

「最初から、俺にこの話をするために？」

「そんなこと、認められますか！」

困惑するガングレイブさんに、スーニティの貴族が叫びながら立ち上がりました。

明らかに怒って、顔を真っ赤っかにしています。そして、隣にいるエクレスさんを気にもせず、唾を吐き散らすようにして叫ぶ。

「認められるかそんなもの！　かのニュービストとオリトルの王族が組んで、傭兵団《ようへいだん》を領主に据えようとするなんて！」

「ああ、それは俺っちも噛《か》んでいるんだが」

フルブニルさんが控えめに手を上げ、陽気に言いました。

「こちらの目的を達成するには、そうした方がいいからねー」

「フルブニル王。それ以上は――」

「別にいいじゃないですかテビス姫！　ここらで種明かしをしても！　うろたえるガングレイブ殿を見られたのは儲《もう》けものだったし！」

「それを言うなら俺もがじゃ」

トゥリヌさんもまた、腕を組んで鋭い目つきでテビス姫を睨《にら》みました。

「今回の謀《はかりごと》、それを了承したのは俺らであるがのう。さすがに、そろそろ事情を説明してもよかやろ。……そこの貴族の醜態を見せられるのも限界やからな」

「そうね。テビス姫からこの話を持ってこられたときは、まさにいいように利用されちゃったからね。こっちにも益があるから受け入れたけど」

ミューリシャーリさんもまた、少し不快感をあらわにしました。

てことは……この集まりは、初めからガングレイブさんを領主に据えようとしていたってこと？　それって――。

「あなたたちは……あなたたちを後ろ盾にして、俺に領主になれと……一国の王になれとおっしゃるか」

震える声でガングレイブさんが問います。その顔は平静を装っていますが、やはり緊張している感じがする。

同時に僕もクウガさんもアーリウスさんも、緊張している。諦めかけていた一国の王になる夢が、思わぬ形で転がり込もうとしているのですから。

「はぁ……その通りじゃ」

テビス姫は諦めたように溜め息をつきました。

「全く、最後まで隠すつもりはないのかお主らは」

そして恨めしそうにテビス姫が全員へ視線を送ります。確かにこの話、最後まで隠しておけば良かったのでは？

だけど、ミトスさんが首を横に振りました。

「最後まで隠すより、場の流れに従いながら打ち明けることで、恩を着せることができるかと。そこの貴族の反感は買いますが」

「ああ、それもそうじゃの」

テビス姫は納得したように、立ったまま呆然《ぼうぜん》としている貴族を睨《にら》みました。

その視線に耐えかねたのか、貴族は足早に扉の方へと向かいます。

「付き合いきれん！　そんな話ならこっちにも考えがある！」

　そのまま貴族は扉を乱暴に開閉し、出て行きました。その後ろ姿を見て、エクレスさんは皆に向かって頭を下げました。

「すみません、部下を御し切れてなくて」

「構わんよ。ちょうどここからの話に、あの者は邪魔であった。妾《わらわ》にとっても、これからのスーニティにとっても」

　テビス姫は肩をトントンと叩《たた》きながら、疲れを誤魔化している様子です。

　エクレスさんもまた安心したような顔をしていました。どうやら、本当にあの人は邪魔だったらしい。

「権力を切り離し始めている現状では、どうしても貴族側の人間をここに呼ばなければなりませんでしたので」

「ふん、領主一族が引退したら、今度は貴族どもが派閥を作るっちゅうことか。面倒くさい話や。うちにゃそんなもんないがな」

「羨ましいことですね」

　ミトスさんは微笑を浮かべました。

「魔剣騎士団内部でさえ、少数ですが派閥はありますから。……といっても、まだ政治へ口を出すほどの勢力ではありませんが」

穏やかに談笑するそれぞれの国の代表の方々。本当にあの人は邪魔だったというか、ようやくこの場を飛び出してくれて助かったって感じですね。

そんな様子を見て考えるのが、ガングレイブさんはどういう決断を下すかということです。ガングレイブさんを見ると、目を閉じ、俯《うつむ》いて何かを考えてる様子。

おそらくこの話を受けることによって生じるメリットとデメリットを、頭の中で精査しているのでしょう。そして、自分や仲間にとっての最悪を探り出し、それを避ける手立ても考える。それがガングレイブさんという男なのです。

数秒後、ガングレイブさんはゆっくりと顔を上げ、代表たちの顔を見渡します。

「……そろそろよろしいですか？」

ガングレイブさんが声に出すと、テビス姫たちはお喋《しゃべ》りをやめてガングレイブさんを見ました。一気に視線が集まり、僕の方が緊張してしまいました。

なのに、ガングレイブさんは堂々としています。心臓に毛が生えているような、胆力を見せるような感じです。

「まず、聞きたい」

「答えられるものなら、答えよう」

テビス姫は楽しそうに答えました。ガングレイブさんは一回だけ小さく深呼吸をする。

「まず、領主となる提案を受け入れた際……エクレス、様……たちはどうなる？」

ガングレイブさんの問いに、思わず僕はエクレスさんとギングスさんを見る。

二人とも視線を逸《そ》らし、これから言われるだろう内容に覚悟を決めているようでした。

うん、ここでガングレイブさんが四つの国の後ろ盾を得てこの地の領主となったら、それこそエクレスさんたちの扱いがどうなるかわからない。

だけど、その心配に対して、テビス姫はキョトンとした顔をしました。その様子は、わかりきったことをなぜ聞くんだ、って感じ。

「何を言う。そこの両者は聞く限り、優秀な武官と文官であろう。ガングレイブの補佐をすればよい」

テビス姫が当たり前のように言うので、僕たちは何も言えなかった。

いや、補佐って言われても……この方々は前領主のお子さんで、次期領主候補だった人たちですよ？　面倒くさいことになりますよ？

それを言おうと思っていたら、突然ギングスさんが手を上げました。

「テビス姫、発言を許されたい」

「どうぞ」

「では……その申し出、もしガングレイブが領主となるのなら受け入れさせてもらいたい」

ギングスさんの表明に、驚くエクレスさん。エクレスさんは慌ててギングスさんの両肩を掴《つか》み、体を自分の方に向けました。

「何を言ってるんだい！　そんなことをしたらどうなるか、ギングスにだってわかるはずだ！　あのとき、お互いに納得したじゃないか、ギングスだって納得したはずだ！」

「わかってる。俺様たちを擁立しようとする派閥からも反発があるだろうし、最悪の場合貴族たちの離反が起こる可能性がある」

「だったら！」

「でも、俺様は……」

ギングスさんはエクレスさんから目を逸《そ》らし、悔しそうに唇を噛《か》みました。

「俺様は……このまま、母上と父上の尻拭いで歴史の表舞台から消えたくないんだ……！」

「ギングスっ」

「あね……兄貴だってそうだろう！」

両肩に置かれたエクレスさんの手を撥《は》ね除《の》け、ギングスさんは立ち上がりました。

「俺様たちには能力がある！　この乱世を渡るには、二人一緒にいなければならないだろうが、俺様たちには間違いなく能力があるんだ！　それを発揮しないまま知られないまま、大人の事情を受け入れて去るのはゴメンなんだ！」

それは慟哭《どうこく》に近かった。

ギングスさんは本当は、自分の力で乱世を渡り歩き、名を轟《とどろ》かせたかったのでしょう。

それを否定することはできない。男ってのは、いつかは何かで立身出世を果たしたいって夢を、一度は抱く生き物だ。

僕だってそうだ。修業中はいつだって、世界一の料理人になるんだと夢想したもんだ。

だけどその夢は、立ちはだかる現実の壁と上には上がいることを知って破られ、何度も何度も気が挫《くじ》けた。それでも立ち上がって努力を続けて、それが今に繋《つな》がってここにいる。

ギングスさんの夢だってそうだ。ギングスさんは武官として才能がある。自ら領主となって武力で周辺を治めて、エクレスさんが補佐する道だってあっただろう。

もしくは逆で、エクレスさんがトップに立って領地を統治しながら、ギングスさんは名だたる武将として幾多の戦を勝利し、大陸の歴史に名を残す道だってあっただろう。

だからこそ、ギングスさんは胸の奥にくすぶる野心と向上心を捨てられなかった。

苦しんだことだろう。悩んだことだろう。

領地のために、領民のために、その夢を全て捨てる道を選んだ。

だけど、それを捨てなくてもよい道が目の前に開けている。

ガングレイブさんの部下という形になるけど、ギングスさんはそれだっていいんだろう。エクレスさんの下で武官として生きる道だってあったんだから。

「頼む！　俺様は、自分の夢を裏切れない！」

ギングスさんの悲痛な叫びに、エクレスさんは悲しそうな顔をしました。

「ギングスは、それを捨てられなかったんだね」

「違う。捨てたはずのものがまだ拾えるなら、拾いたいんだ」

「そうか……そうか……」

エクレスさんもまた、悩む。悩んで悩んで、悩み続ける。

その間、他のみんなは無粋な口出しをしなかった。テビス姫も、トゥリヌさんも、ミトスさんも、フルブニルさんも、ガングレイブさんも。全員が何も言わずに経緯を見守っていました。

これは他の人が口を出すことじゃない。口に出せることじゃない。

提示できることは全て提示した上で、当人の判断に委ねたのですから。

少しして、エクレスさんは溜め息を一つつきました。

「茨《いばら》の道だけど、一緒に行くかい？」

その言葉にギングスさんは喜色満面となり、すぐに意欲的な笑みを浮かべて拳を手のひらに打ちつけました。パン、と快活な音が鳴り響く。

「もちろんだとも！」

「……そういうことです。テビス姫様……ボクたちの覚悟は決まりました」

「了承した。二人がその道を選ぶなら、妾《わらわ》が後見となろう。して」

テビス姫が、ガングレイブさんへ視線を向ける。

この場にいる全員が、ガングレイブさんを見る。全員が、ガングレイブさんを待つ。

「どうする？　覚悟を決めた二人がお主を補佐すると言うておる。ここまでお膳立てされて、お主は断るのか？」

「……」

ガングレイブさんは、それでも悩んで悩む。それを見て僕は察した。

おそらくこの流れはガングレイブさんの中で、最悪に近い何かなのだろう。だから受けるわけにはいかないと思っているのかもしれません。それは、ガングレイブさんが難しい顔で眉をひそめて悩んでいることからわかる。

普段のガングレイブさんなら、最悪であるならさっさと断って次の案を考えるでしょう。そして行動に移す人だ。

それでも何も言わないのは、最悪の流れであっても最高の夢を掴《つか》むチャンスだからだ。断るには大きすぎる魅惑的な果実を前に、ガングレイブさんは引っ込みがつかなくなっているのでしょう。

「……俺は」

何度も言おうとして、口を噤《つぐ》み、悩んで、もう一度言おうとする。それを繰り返す。

それを見て、僕は覚悟を決めました。

隣のアーリウスさんとクウガさんを見つめる。真剣に見る。

僕の視線に気づいた二人は、同じように僕を見つめ返す。

「アーリウスさん」

「……なんでしょう」

「覚悟はできてますか?」

僕が小さな声で、ガングレイブさんに聞こえないように聞くと、二人とも驚いた顔をしました。僕が言いたいことを察したのでしょう、二人とも苦しそうな顔をしました。

いけないんだ。それじゃダメなんだ。

「ガングレイブさんが決めたことに従うだけでは、ここは乗り切れませんよ。クウガさんはどうですか?」

クウガさんにも言ってみる。

二人して少し悩んだみたいですが、すぐに決意を固めたようです。

「どこまでも、ガングレイブと共にならo。これはガングレイブが決めたからではなく、私が決意したからです」

「苦しかろうがワイの剣で切り開く。それをする。それだけはやる。それがワイや」

答えた二人にもう悩みはないようです。よかった、これで行動に移せる。

まだ悩んでいるガングレイブさんの背中を、僕は勢いよく叩《たた》きました。

「うわ!? なんだ!?」

「いつまで悩んでるんですか」

ガングレイブさんが戸惑った顔を見せました。

「お前ら」

「僕らは覚悟を決めましたよ」

一言。

たった一言だけですが、ガングレイブさんには十分に伝わったようです。ガングレイブさんはクウガさんとアーリウスさんの顔を見て、気づいたようです。

僕たちが覚悟を決めたことを。

それを見て、ガングレイブさんは納得したように頷《うなず》きました。

「わかった」

ガングレイブさんは、もう一度テビス姫に向き直る。

正面から、視線を逸《そ》らさず誤魔化さず、頭を下げました。

「テビス姫様。その話、受けさせていただきたい」

この言葉を待っていたように、他の方々が反応を見せました。

フルブニルさんは疲れたように背もたれに寄りかかって笑い、トゥリヌさんとミューリシャーリさんは満足そうに頷き、ミトスさんは目を閉じて笑みを浮かべ――

そしてテビス姫は。

「本当に受けるのじゃな。ニュービストの傘下としてこの領地を治め、民を導くと」

「はい」

「他の方々も異論はないな？」

「俺っちはないなー」

「俺もなかよ」

「アタシもない」

「同じく」

王族が全員同意し、テビス姫は大きく手を広げました。

「ではここに！　スーニティはガングレイブが統治するものとし、改めてニュービストの属国となったことをここに認める！」

大仰な、芝居ぶった仕草でテビス姫が宣言します。

「同時に、五つの国を連ねて国交を開くことを、ニュービスト王家に名を連ねるテビス・ニュービストが、ここに宣言するものとする！　……以上じゃ」

凄《すご》いな。改めて僕はテビス姫に対して、興奮で鳥肌が立つ感覚を覚える。

「あんな、まだ小さい女の子が……他の国の大人たちよりも堂々として、仕切るのが当然と言わんばかりの威風を纏《まと》うなんて……」

そうなんだ。これまでの流れで忘れがちだったんだけど、テビス姫は僕よりもずっと年下だ。まだ背丈も体格も小さい、女の子なんだ。

それがどうだ。ガングレイブさんをやり込め、回りの人たちを巻き込んで策謀を巡らし、こうして議長のように采配《さいはい》を振るっても回りの人から何も言われない。

それが許されるほどの、力。

「あれがテビス・ニュービストだ」

僕の言葉に、ガングレイブさんが答えました。

「稀代《きたい》の政治家で王族、天才で天災……俺が一番、苦手な相手だ」

その言葉が、僕の芯に響いてくる。ガングレイブさんにそこまで言わせる傑物。

テビス・ニュービスト……。その器の大きさに、僕も認識を改めざるを得ませんでした。

「じゃ、おおむね話も終わったことだしさ。そろそろ休息を取らないかな？」

場の空気が一気に弛緩《しかん》する。フルブニルさんが右肩を左手でトントンと叩《たた》きながら、疲労を露わにしていました。

「ちょっと肩肘張っちゃってさ。疲れちゃったよ、俺っち。一息入れてから、詳しい話の詰めをしたいと思うんだけど？」

「そうじゃな。妾《わらわ》も少々疲れた」

テビス姫も同様に疲れた様子を見せました。

「一旦場を仕切り直しかのぉ」

「仕方ないわよ。そろそろ戻らないと、トゥーシャがお腹《なか》を空《す》かせてるころだし」

「そうじゃの！」

「というわけで、トゥリヌは残ってね」

「なんでじゃ!? 俺もトゥーシャのとこに行きたい！　今、すぐにでも！」

「ダメ。総首長としての責任を果たしてね」

「うぐ……」

夫婦のやりとりをしたあとミューリシャーリさんが部屋を出て行き、残されたトゥリヌさんは拗《す》ねた顔をしている。

「アタシはまだ平気だけど、場の仕切り直しが必要なのは賛成するよ」

ミトスさんも賛同して姿勢を正していました。

「場の仕切り直しかぁ……」

僕はふと、思い出したことがあってコッソリと部屋を出て行きました。

そして隣の部屋に置いていたものを手に取り、ニッコリと笑いました。

「それなら、一気に場の空気を緩めてしまいましょうか。ククク」

僕は悪戯心《いたずらごころ》を抑えられず、それを持って部屋に戻りました。

「ぬ、どこに行っとんたんやシュリ……」

僕に気づいたクウガさんが、僕の手に握られているものに気づいて、悪い笑みを浮かべました。

「これを、取りに行ってました」

「そうか、確かに疲れは強い酒を飲んで、一気に流しちまうんが一番やな」

　そう、僕が持ってきたのはリモンチェッロです。大きめの瓶に入れられたそれを、僕は示すように持ち上げました。

「でしょ？」

「でしょじゃありません」

　アーリウスさんは僕の手からリモンチェッロを奪い取ると、背後に隠してしまいました。

　僕とクウガさんが慌てて取り返そうとしますが、アーリウスさんはするりと逃げてしまうので取り返せません。

「アーリウスさん、返してくださいな」

「そりゃワイの酒やぞアーリウス」

「やかましいですよっ」

　アーリウスさんは背中に酒を隠して怒りました。

「何を考えてるんですか、こんな大事な場面に酒を持ってくるなんてっ。ダメでしょうが」

「いや、こういう場だからいるかなって」

「そこ、何をしておるのじゃ」

　僕たちがそうやって騒いでいると、テビス姫に声を掛けられました。

「シュリが持ってきたもので騒いでおるようじゃが」

「あ、はい。酒を仕込んだので持ってきたんです」

「ほぅ！　酒がか！」

トゥリヌスさんは前のめりになって笑みを浮かべます。

「そりゃあええ。ぜひとも振る舞ってほしいもんじゃ」

「まあ、皆さんの分はありますから」

作った酒の量を考えれば、この場にいる全員分は確かにあるでしょう。

ちら、とアーリウスさんを見ますが、そっぽを向かれました。どうやらまだ返してはもらえないようです。どうしようかな。

「あ、アタシにも？」

「俺っちにもかい？」

ミトスさんとフルブニルさんが聞いてくるので、僕は黙って頷《うなず》きました。

しかし、そこでストップをかける人がいました。

「待った待った。ちょっと待ってほしいシュリくん」

エクレスさんです。難しい顔をしながら僕に言ってきました。

「あのね、ここは一応会議場なんだ仕事場なんだ。そこに酒を持ち込むのは」

「アリだな」

エクレスさんの説教の途中で、神妙な顔をしたギングスさんが、頷きながら口を挟む。

それにエクレスさんはメチャクチャ驚いた顔をして、バッと首を振ってギングスさんを見る。

「何を言ってるんだギングス、君までシュリに毒されたのか」

「……え？　僕に毒されるってどういうこと……？」

恐る恐るエクレスさんに聞いた僕なのですが、無視されたので少しいじけそうでした。

僕に毒されるってどういうことなのさ。ちゃんと説明してほしいんだけどさ。

クウガさんが僕の肩を叩《たた》いて、優しい顔をしています。

「その自覚がないところが、シュリなんやで」

「待って、それは酷《ひど》い侮辱に聞こえる。訂正を求める」

「訂正のしようはないやろ。事実やし」

飄々《ひょうひょう》とクウガさんが答える。納得いかないぞ、全く納得できないいっ。

バチン。

「いったぁ!?」

反論しようとした僕のおでこに、いきなり横から現れた誰かがデコピンしてきました。

そちらを向けば、ガングレイブさんがしかめっ面をして椅子から立ち上がっています。

「いきなり何をするんですかガングレイブさんっ！」

「それはこっちの言葉だ馬鹿野郎。こんな大切な話し合いの場に酒を持ち込んで、休憩中に飲もうだなんてアホなことを考えてるんじゃねぇ」

「えー……」

んなこと言いながらガングレイブさん、あなたの目はずっと酒に留まったままじゃないですか。そこから視線が外れてないじゃないですか。

アーリウスさんもそれに気づき、ガングレイブさんから距離を取って離れました。

「ガングレイブ……あなたまで……」

「ち、ちが！……違うぞアーリウス。俺は全く不埒《ふらち》なことは考えてない。ちょうどいいから飲もうとか考えてない」

「考えてるでしょそれ！」

「馬鹿話はそこまでにせよ」

厳かに、だけど有無を言わさぬ威圧感を放ってテビス姫が言いました。

場の全員が押し黙ったのを見た後。

「で？　シュリ、そこにお主が作った酒があるのだな？」

「あ、はい」

テビス姫はアーリウスさんの背中にある酒に視線を移して、笑いました。

「では皆でいただこう。話も一段落したことじゃし、一杯やってもよかろ」

「そりゃどうぞ。ほら、アーリウスさん。テビス姫の許可も出ましたし」

「……わかりました」

アーリウスさんは納得してない顔つきでしたが、僕に酒を渋々渡してくれました。

僕は用意していた杯を配り、リモンチェッロを注いでいく。

全員に行き渡り、空になった瓶を机の上に置いてから、自分の杯を持ちます。

「では皆様に行き渡ったようですし、ここでガングレイブさんが領主に就任したことを祝って乾杯を」

「待てシュリ」

む？　なぜここでテビス姫がストップをかける？

「どうしました」

「なぜ妾《わらわ》の分がない？」

え……。それを言う……？

僕がチラとウーティンさんへ視線を送ると、静かに首を横に振りました。だよね。

「テビス姫はまだ酒を飲んでもよい年齢ではないので、除外します」

「そんな無体な⁉」

テビス姫は悲しそうな顔で騒ぎますが、そんなこと知ったこっちゃないよ。こっちは未成年に飲酒を勧めちゃいけない立場なんだよ。料理人だからね。

いや、料理人じゃなくても未成年に飲酒は勧めちゃダメだから。未成年飲酒、ダメ。

「ウーティンさんに許可をもらってからです」

「よいじゃろウーティン⁉」

「ダメ、です」

「妾《わらわ》はご主人様じゃぞ⁉　そこは許可を出すのが普通であろう！」

「姫様、の、ため、です」

「そんなこと言いながら、自分はちゃっかりもらっておるではないか！」

そう、僕はちゃんとウーティンさんにもリモンチェッロを渡しています。

だってウーティンさんは飲める年齢ですからね。飲める人には渡すよ？

しかし次のテビス姫の一言でその考えは崩れ去る。

「ウーティンは自分の年齢を知らぬじゃろう！　酒が飲める年齢かどうかわからぬではないか！」

「それなら回収でーす」

テビス姫の言葉に、僕はウーティンさんから杯を回収しました。こう、気配を読ませない感じでぬるっと近づいて奪う。ウーティンさんは凄《すご》く驚きましたが、僕は回収した杯をそのまま持っていこうとしました。

だけど、目を離した次の瞬間にはウーティンさんが杯を奪い返していました。

「おわ、いつの間に！」

「シュリ。一つ、忘れ、てる」

ウーティンさんは無表情のまま、語気を強めて宣言します。

「自分、は、アルトゥーリアで、酒、を飲んで、る！」

「あ、そっか。ならなおさら回収しないとダメですね」

「え」

何を驚いてるんだよ。必死に隠すなよ渡せよ。

忘れてたよ、この人酔っ払ったら脱ぐんだよ。厄介なことを思い出してしまったじゃないか。止めないと悲惨なことになる。

「ウーティンさん、それを渡してください。ゆっくり、そうゆっくりと」

「ダメ、もう、もらう」

止める前に、ウーティンさんは一気に酒を飲み干してしまいました。

「じゃあ俺らもいただくっちゃ」

「そうだねー。待ってらんない」

「俺っちも」

「ボクもそうするよ」

「俺様も」

他の人たちは全員、僕らが騒いでいる隙にリモンチェッロを口にし始めました。

ガングレイブさんたちも飲んでいるので、置いてけぼりをくらっちまったよ。

「げほ、げほ……」

ウーティンさんは小さく咽《む》せていました。

僕はウーティンさんの背中をさすりながら聞きます。

「あーあー。かなり強い酒だから止めようと思ったのに……」

「確かに強いねこれ……っ」

ミトスさんが少し飲んで顔をしかめていました。

「だけど美味《おい》しいよ。ただ果汁を入れただけの酒じゃないね。どうやって作ったのさ?」

「レモンの皮を薄く剥《む》いて酒に漬けて熟成させ、次にシロップを加えてさらに熟成させます」

僕がそう説明すると、ミトスさんは感心したように微笑《ほほえ》みました。

「あー……なるほど。だからレモンの香りが高いんだねこれ。いいものもらったいいこと聞いた、と」

ミトスさんはそのまま、チビチビと飲み続けました。

その後ろで、護衛のユーリさんもまた、楽しそうに杯を傾けています。

「ゼンシェが聞いたら、また喜んで試しそうねー。ワタシのお友達も喜ぶわー」

懐かしい名前を聞いた僕は、思わず笑みが浮かびました。

ゼンシェさん。オリトルで会った料理人。あの夜の料理の話は楽しかった。

……お友達？　同時に聞こえた不穏な単語に、笑みが消えます。

「そうですね、ユーリさん。ただ、お友達とは喧嘩《けんか》にならないようにしてくださいね」

「どうしてー？」

「ますます増えてるからです」

……ユーリさんに近づくテグさんのような男性のお友達が増えてるってこと……？

ミトスさんの言葉があまりにも不穏なので、聞かなかったことにしよう。彼女をナンパしようとして失敗したテグさんにも言えねぇよ。死体蹴りになってしまう。

「かー、なかなか強い酒じゃぁ……ミューリシャーリが戻ってくる前に、飲み干しとかんとなぁ……。ああ、でも酒臭いまま会いに行っても嫌がられるかのぅ……」

すでに酔ってるのか顔を真っ赤にして、ブツブツと何かを呟《つぶや》きながら酒を楽しむトゥリヌさん。

「うーん、旨《うま》いね……香りも味もよしだぁ……俺っち、酔っ払いそうだよ」

「我が王よ、酒は飲んでも飲まれてはなりませぬ。それに、休憩中とはいえ、大事な場でありますからな」

「わーかってるよ！　お前は俺っちの親か何かかっ」

「諫言《かんげん》を呈するのも側仕《そばづか》えの役割にございます。しかし……確かに旨《うま》い酒ですな」

やいのやいのと言葉を交わしながら、酒を飲むフルブニルさんとガンロさん。

「くぅ……強い。強い酒だねこれ……ボクにはキツいよ……」

「そうか？　俺様にはちょうどいいがな。旨いぞ、これ」

「確かに美味《おい》しいけどさ……元々そんなに酒は飲めないんだよ、ボクは」

酒精の強さに顔をしかめるエクレスさんとパカパカ飲み干してしまうギングスさん。千差万別の反応を見せる人たちですが、美味しいとは言ってくれてるので、リモンチェッロは成功だったと言えるでしょう。

思わず顔をにやけさせてしまう僕でしたが、突然ウーティンさんの体が小刻みに震えだしたのを見て、驚きました。

「どうしましたウーティンさん？」

「いかがしたウーティン？」

僕とテビス姫がウーティンさんに聞いてみますが、返答がありません。

どうしたのかなと思っていると、ガバッとウーティンさんが体を起こしました。

すでに顔が真っ赤。

そして蘇《よみがえ》る——アルトゥーリアでのバカ騒ぎが。

「……熱い」

「あっ、こら！」

自分の服に手を掛けたウーティンさんの手を、僕はがっしりと掴《つか》みました。

やっぱ力が強いなぁこの人はよぉ！

「熱、い。脱ぐ」

「脱ぐなっ。ここで脱ぐな！　やめるんだ、ウーティンさん！」

「う、ウーティン？」

テビス姫が心底驚いた顔をして呆然《ぼうぜん》としているので、こんなウーティンさんの姿は見たことなかったのかと、逆に驚いちゃったよ。

「脱ぐー。熱いー」

「やめ、やめるんだ！　本当にやめろ！　こんなところで脱ぐんじゃない！」

「どうしたのじゃウーティン！　何をしておるのじゃ！」

僕はテビス姫と一緒に、ウーティンさんが服を脱ぐのを防ぐ。だけどウーティンさんの力が強くて抑えきれない！

「何をしとうがか!?」

「ちょっと！　ウーティン！」

回りもざわつき初めて、ウーティンさんの醜態が晒《さら》されてしまいそうです！　せめて服だけは死守するぞ！

と考えていたら、唐突にウーティンさんの体から力が抜けました。

え？　と思う間もなく、ウーティンさんが僕に体を預けてくる。

「あー！」

エクレスさんが何か騒いでいるけど、僕は女性の体が密着したことで心臓が大きく鼓動し、戸惑ったまま、動けませんでした。が、すぐにそれから解放される。

「すぅー……すぅー……」

なんと、ウーティンさんは糸が切れたように体の力が抜け、そのまま眠ってしまったのです。穏やかな寝息を立てながら、安らかに眠っている。

その顔を見て、僕は苦笑しました。

「ということでテビス姫様。ウーティンさんが寝てしまったので今日はもう……」

「そうじゃな……今日のところは、話し合いを終わらせておくかの……」

テビス姫がげんなりとした顔で答えます。

結局、みんな騒ぎに騒いでその日は会議になりませんでしたので、解散となりました。

ほんと、脱ぎ癖がある人に酒を飲ませたらダメですね！

次からは絶対に飲ませないぞ！

閑話　会議の裏話～テビス～

「皆のもの、本当に面倒をかけてすまなんだ」

「あ、ああ……そうやな、ありゃあ俺も驚いたわ」

「酒癖が悪いにもほどがあるよ」

「俺っちは面白かったけど……さすがに何度も見るもんじゃないな」

うぐ、皆の意見に胸が痛い。妾《わらわ》は羞恥で顔を真っ赤にしながら俯《うつむ》く。

ウーティンとは長い付き合いであるが、まさかあんな酒癖があったとは知らなんだ。次からは酒を飲ませるわけにはいかんの。本人にも重々言い聞かせておかねば。

あやつを育てた師匠からは何も聞いておらなんだが……本当に知らなんだか、あるいは潜入任務で体を使う時に有効だと黙っていたのか。本国に帰り次第確認が必要じゃな。

「まあ、俺っちの感想としては、今日の会合は上手くいった、と思えるがね」

フルブニルの言葉に、妾は咳払《せきばら》いを一つして頷《うなず》いた。

あの会合のあと、妾はウーティンを連れて部屋に帰った。といっても、途中で寝てしまったのでシュリに無理を言って、ウーティンを部屋までおぶってもらったのじゃ。ベッドに寝かせた後、シュリに厚く礼を言っておいたが、本人は二度目なのでと言って去っていった。

これが、二度目。そうであったな、アルトゥーリアのときも寝坊して、シュリたちを引き留めることに失敗しておったな。

忘れておったよ。そしてその原因が酒だなんて知らなんだよ。ウーティンめ、あやつ……妾を前にしてつまらぬ誤魔化しをしおってからに。

そして会合の後、改めてガングレイブたちを除いて別室に集まり、こうして話し合いの場を設けている。妾は疲れて頭《かぶり》を振り、言った。

「ともかくとして、ウーティンの失態は改めて謝罪する。大切な場で多大な迷惑をおかけしたこと、平《ひら》に容赦願いたい」

「俺は構わぬ。それより、会合の結果だ。フルブニル王の言う通り、俺らの望む展開をなぞったのぉ」

トゥリヌは楽しそうにしていた。

「テビス姫に最初、取引を持ちかけられたときには驚いたけどね」

ミトスも満足そうだ。

「この領地の問題点を一つ提示してやってガングレイブを揺さぶり、そこで恩を売る。最後にこの領地を押しつけて、寄る辺なき傭兵団《ようへいだん》に土地を与える……」

ミトスは天井を見上げて言った。

「そして、シュリとの間に安定した友好的な繋《つな》がりを作り、この四か国で独占する。上手くいったね」

ミトスの言葉に、妾《わらわ》は黙って頷《うなず》いた。

そうだ、結局この場にいる全員が、シュリの技量を認めている。あの知識を、腕を、発想力を、想像力を、創造力を。四か国で密談を交わしたとき、シュリは各国で料理を振舞っていることがわかった。それも、既存の料理の枠にはまらない新作をだ。

しかも、オリトルでは何十回と試行錯誤をしなければ作られないだろう菓子を作り、アルトゥーリアでは乳酒の酒蔵で新しい食材を見い出した。

それらの話を統合した結果、やはりシュリの腕は金のなる木であり、新たな調理技術の宝庫だと結論が出たのじゃ。

アズマ連邦ではなんと、シュリの料理本を得ているらしい。ぜひとも妾も欲しいものだが、それを手に入れるためには多大な労力が必要であろう。

シュリを自国に取り込みたい。しかしこの四か国で争うのはまずい。

ここにいる四か国は、大陸でも大国に匹敵する国々。

まともにぶつかり争えば、不毛な消耗ばかりだろう。

実際、最初の密談の際は互いにバチバチに言い争った。

このままではまずい。そう考えた妾が結論としたのが、今回の会合であった。

「独占はできぬ。あれだけの腕を自分のものだけにしようとすることは、価値を知る我らの誰もが許さない。だからこそ、妾の提案に賛同いただけたことに感謝する」

結論として、ガングレイブからシュリを引き剥《は》がすことは不可能であり、それをしたとしても他の国が許さないのであれば、独占は諦めた方が得策なのじゃ。

だけど、だからといって野放しにするわけがない。

シュリであれば、新たな加工食品を作り、新たな料理を考案するであろう。

そうなれば、食材に新たな価値を生み出し、新たな糧食も作れる。

放置して他の、我ら以外の国にシュリが取り込まれるのは認められない。

ならどうするか？

簡単である。この四か国でシュリを囲い込んで独占する。妾たちでシュリの技術を隠匿《いんとく》し、利益を還元して分け合う。

それをしてさえもなお、シュリの生み出す価値は膨大であろう。

食材を主に取り扱うニュービストの姫である妾だから、それがよくわかる。

だから妾は他の者たちにそれを言った。

最初、この者らは反対していたが、話し合ううちに妾の言い分を理解してくれたようで、助かったわ。話し合う互いの顔や主義主張を聞いていくうちに、争うことや独占することの愚を理解してくれたわけじゃ。

なら、具体的にはどうするか？

自分の領地ではないどこかの国にガングレイブを定住させ、シュリもそこにいさせる。今までは大陸のあちこちを移動していて所在を掴《つか》みにくかったが、これからはシュリと連絡しやすくなるだろう。

ガングレイブに領地を治める能力があるかどうかなぞ、どうでもよい。大事なのは、シュリが確実にそこにいる、その事実さえあればよい。

「さて、テビス姫。俺っちたちは、あなたの包丁の話から貴族を捕まえるっていう計画の役割は、十全果たした。次はあなたの番だよ」

フルブニル王が笑顔のまま妾《わらわ》を見る。

だが、目が笑っていない。

「俺っちたちが実際に動いて貴族の行動や包丁の流れた先を探ったんだ。あなたの計画に乗ったからこそ、そこまでやった。さて、確認するぞ。あなたはこれからどうする？」

フルブニルの問いかけに、妾は腕を組んだ。

他の者も妾を見ている。目を閉じて、先日のことを思い出す。

あのときも、同じ話をした。今日の会合では妾は議長となりガングレイブと話をした。

だがその前の準備に妾はほとんど関与していない。他の者たちに任せっきりにした代わりに、妾は何をするのか？

目を開き、妾はあのときと同じ言葉を発する。

「妾が個人的な金を出し、シュリの活動を補佐する。加工食品を作るなら工房を用意しよう。厨房《ちゅうぼう》が必要なら妾が用意させよう。人手が必要なら妾が出そう。お主たちが行動した分、妾が金と人を出す。それで良かろう？」

そこにいる全員に伝える。これが妾の答えである。

フルブニル王は満足そうに頷《うなず》いていた。

「ああ、それでよい。よいな」

「一つ、聞きたいがじゃ」

トゥリヌが怪訝《けげん》な顔をして聞いてくる。

「金を出し人を出し環境を用意する。そこで生まれる利益を俺ら四か国で分け合う。じゃが、実際に金を出すテビス姫が権利を握っているとも言えるのぅ」

「何が言いたい？」

「ちゃんと書面にしてほしいってことだがな」

トゥリヌは椅子の背もたれに寄っかかり、足を組んで皮肉な笑みを浮かべていた。

「金を出したからと、直前になってそんな理由で契約を反故《ほご》にされちゃたまったもんじゃなか。俺らは包丁の行方を追い、貴族を追い込んで捕まえ、あの場に引きずり出すのに労力を払い、この状況になるためのお膳立てをしたんやけんな」

「構わぬよ」

予想はしていたよ、そういう話が出てくることは。というより、誰だって警戒する。

自分たちが狙っていた人材を取り合う最中、最も先行していた王族が急に協力体制を作ることを提案し、そのための段取りを行えばそう思われる。

そして言い出した本人がすると言っているのは、上手くいったときにかかる費用を負担するというもの。

疑われても仕方あるまい。金銭を出したからと、権利を主張してもおかしくはない。

だから、妾《わらわ》は懐から一枚の紙を取り出した。

「これでよいかの」

その紙を見たトゥリヌは一瞬驚いた顔をしたが、すぐにバツの悪そうな顔をした。

「いや、すまん。疑ったこと、謝罪する」

「構わぬよ。お主の懸念はもっともじゃからな。妾とて、誠意はちゃんと持っておる」

それは妾の署名と王家の紋章が刻まれた誓約書。シュリの技術を独占することなく、金銭を負担することによって権利を主張しないということが書かれたもの。

さすがにこれを見て本気だとわかってもらえたらしく、ミトスとフルブニルも納得した顔をしておった。

「なるほど、それほど本気ということなんだね」

「テビス姫がそこまで誠意を見せるなら、俺っちもしとかないとね」

ここで予想外だったのが、フルブニルもまた懐から紙を取り出したことじゃ。

そこに書かれておったのは、ニュービストの支援に支障が起きた場合には、アルトゥーリアがこれを肩代わりするというもの。さらにはニュービストと同じく権利を主張しないということが書かれておった。

妾は驚いてフルブニルの顔を見る。笑顔じゃが、目が笑っていない。

「テビス姫がちゃんと約束を守るなら、俺っちもそれを支えとかないと」

「フルブニル王」

「シュリに『気持ちよく印象よく』仕事してもらいたいよね。困ったときには助けるけど、シュリならそこまで支援してくれる人の人的支援も『問題なく』受け入れるだろうし」

その目を見て、妾は悟った。こやつ、妾の狙いに気づいておる。

これまでの話を統合して考えると、妾の負担が大きいように思える。実際、金銭による支援をシュリに行った際の支出の大きいことは、妾は事前に計算して予測しておった。

それだけの支援をして妾に得はあるのか。権利を主張しないと言っている以上独占はできない。ならば、妾が利益を得る余地はどこにあるのか。

簡単である。シュリに恩を売ること。これが一番の利益なのじゃ。

シュリは頭は良いが根っこの部分でお人好しである。じゃから、恩を売られれば恩を感じ、まともに返そうとする正直な性格をしておる。

妾《わらわ》が支援し、妾を信頼してくれたとき、妾は何食わぬ顔で言うのじゃ。

『人手が足りぬなら都合しよう』と。無論ガングレイブだって、こう言われれば妾の狙いに気づくであろう。シュリの傍《そば》に人を送り、その技術を盗もうとすることを。

シュリから生まれる利益を拡大させつつ、シュリから生まれる価値を少しずつ手に入れる。シュリ本人を手に入れることができぬ妾が考えた策。

他のものに気づかれぬよう、おくびにも出さぬよう、気をつけておったつもりじゃが……どうやらこの王はそれに気づいて先手を打ってきおったらしい。なるほど、これをシュリに見せれば恩を売れるじゃろう。

「そうじゃな、妾の個人的な金にも限界がある。そうしてもらえると助かるわ」

「でしょ？　それに俺っち、シュリとはそこそこ仲良くさせてもらってたからさ、こっちはこっちで恩を返しておきたいんだよ。それができるなら、喜んで」

フルブニル王は目尻を下げて微笑《ほほえ》む。

確かにその話をウーティンから聞いておった。シュリとフルブニル王は、革命以前に面識があったと。

そして、シュリに対しても多大な恩を感じているということを。

「して、議題は以上であるかな」

これ以上フルブニル王の発言を許せば、ボロが出る可能性がある。ここらで話を切っておくのが得策であろう。

「俺からはなかよ」

「アタシからはないよ。アタシからはね」

……む？　何か含みのある言い方じゃの。ミトスは疲れたような顔をして溜め息をついておる。

「他にあるのか、ミトスよ」

「……アタシが連れてきた部下の中に、ゼンシェという男がいる」

「うむ、知っておるぞ。オリトル一の料理人であったな」

その名は聞いたことがある。オリトルで一番の腕前を持った料理人であり、宮廷料理長として城に勤めていると。

かの三不粘《サンプーチャン》を作ったとも聞いておるが、これはシュリが作ったものを再現できたのがゼンシェであるということだろうと、妾は思っている。

しかし、どうやら話は相当面倒くさいことになっているのだろう。ミトスは嫌そうな顔をしておる。

「そのものがどうしたのじゃ」

「彼はシュリの弟子だと言い張っている。以前会ったときに、どうやら相当腕に惚《ほ》れ込んだんだろうね、今回ここに来るときも、かなり無理を言って使節団に加わったようだ」

「まあ、ゼンシエほどの者ならば、簡単に城を空けるわけにもいくまい」

そうほいほい宮廷料理長が仕事場を離れておったら、仕事が回らなくて困ることが多かろうに。しかし、話はそれだけではないらしい。

「シュリの弟子とはまた大きく出たのぅそいつ。それを言えば、俺の国の料理人もシュリの残した手記によって料理技術を大きく上げちょるから、あいつらも弟子じゃわ」

「それ、ゼンシェに言わないでね。かなり面倒くさいことになるから。……それくらい、シュリの腕に惚れ込んでいるから、自分の孫も弟子入りさせようとしてる」

「それはそれは。また騒ぎになりそうだねぇ。本人に釘を刺した方がいいんじゃない？」

フルブニル王は皮肉な笑みを浮かべて言った。

確かに、ここで釘は刺した方がよいじゃろうな。このままほっとくと、シュリの技術が弟子を通じて無秩序に拡散してしまうであろう。妾たちの与《あずか》り知らぬところでやたらと弟子が増えるのは、阻止しておきたいのぅ。

妾《わらわ》は腕を組んで言うた。

「ミトスよ。部下の暴走は諫《いさ》めねばならぬのではないか？」

「諌めたよ、すでに。無茶なことはするなと道中で何度も言った。でも、アレは知らないところでやるね。やられたらもちろん対処はするけど、止められないね」

そんなミトスの疲れたような口調に、妾はミトスの意図が含まれておることに気づいた。ミトスの口の端が僅かに、ほんの僅かに上がっておったからじゃ。ミトスは気づいておる。妾たちが裏で画策しておることを、すでに。

気づいたうえですでに手を打っておった。

『自分は無茶をするなと言った。だけど止まらない。こちらは制止する義務は果たした。それを破るようなら一応は罰する』と、ここで宣言しとる。

逆を言えば、止められないから無駄と言っておるのじゃ。

弟子入りが上手くいってもいかなくても、ミトスは一応ゼンシェに警告するじゃろう。警告をするだけ、で終わるであろうな。罰を与えようにも、後から本国で罰する、とでも言われれば、こちらは確認のしようがない。

なかなかやるわ、この女め。ま、妾も人のことは言えんがの。

「そうか。無用な混乱がなければよいが」

「シュリはむしろ、自分で混乱を起こす方じゃがな」

妾の最後の釘差しに、トゥリヌは快活に笑った。

「俺んとこに来たときも、降伏を申し入れるか思うちょったら、まさかワロンを裏切って自分らについてほしい、ときたわけじゃき、驚いたもんよ！　まあ、そのおかげで俺は愛しい女を娶《めと》り、さらにはこいつも手に入れたのだがの」

そう言ってトゥリヌが取り出したのは、一冊のノートであった。

妾《わらわ》の背中を冷や汗が流れる。思わず唾を飲み込んでしまう。

一目でわかった。あれは妾が今、どうしても欲しいと思っている代物。

「それがシュリが渡した、レシピかの」

平静を装いながらも、妾の体を緊張が包む。声が震えぬように精一杯抑えることしかできぬわ。

ウーティンからあのノートの話を聞いたとき、妾は身もだえするほどそれを欲した。なんせシュリが己の技術や知識を書き留めたものである。それだけでどれほどの価値があるかわかろう。

秘密裏になんとか手に入れようと思ったが、下手には動けなんだ。

前のグルゴならば対処できた。バイキルでも同様になんとかなった。しかし、相手はグルゴとバイキルが統合した上に、ワロンまで併呑《へいどん》してしまった大国である。ニュービスト王族の妾でも下手に手出しができぬほど、国力が高まってしもうたのじゃ。

悔やまれるわ。早くその話を聞き、アズマ連邦が成立する前になんとかできておればと、枕を殴りつけたことは一度や二度ではない。

「そうじゃ。久しぶりにこれについてシュリと話をしようと思うての。なんせ、あいつのおかげで俺ぁミューリシャーリを手に入れることができたんじゃからな。お礼と思い出話で、酒でも酌《く》み交《か》わしたいもんじゃが」

トゥリヌめ、さてはこやつ、ノートを話題にしてシュリに頼むつもりか。そしてその続きを書いてもらおうと！

見過ごせん。さすがにそれは見過ごせん。あのノートを持つのはアズマ連邦のみ、計り知れぬ価値を持つノートにさらにシュリが記載を加えるとなると、妾も警戒する。

「それは旧交を温めるよい機会であるな。よければ妾もぜひ、その場に呼んでもらいたいものだ」

「シュリが許せばよかね。きっと楽しい話になるがじゃ」

トゥリヌは楽しそうに笑いながら、ノートをしまう。思わずそれを目で追ってしまい、妾は自分を恥じた。まさか妾が物欲《ものほ》しそうな童《わらし》のような態度を取ってしまうとは……もっと自分を自制しておかねば……。

しかし、これでわかった。この場にいる全員、表向きはシュリへの無茶な勧誘をやめて友好的に接するように見せかけ、裏ではどのように他国を出し抜いて利益を得てやろうかと画策しておるな。妾も人のことを言えぬが……食えぬ連中よ。

「まぁ……ガングレイブとの話の詰めのためにもう幾日かこの領地に留《とど》まることになろう

が、互いに争うことのないようにしたいものじゃな」

妾《わらわ》が内心、シュリとの関係性の強化を考えながらも、それをおくびにも出さぬようにしていれば、

「全くじゃな。俺も、この場にいる全員と事を構える気にゃならん」

したり顔で友好的にトゥリヌが語り、

「俺っちもそう思うよ。せっかく集まったこの場、大切にしたいものだよ！」

笑顔でフルブニル王が続ければ、

「アタシも同感だね。こういう時でもなければ、話し合うことすらなかったと思うし」

神妙な顔でミトスが言う。

全員が全員、この場に集まれたことの有用性を語りながらも、内心では自国の利益をいかにして気づかれずにより多く得るかを考えておる。

それが王族であり、指導者であり、為政者であり、そういう立場にある者として当然の話なのじゃ。

さて、妾もここにいるものをいかにして出し抜くか……策謀を練らんとな……。

七十話　相談と決意と冷や汁 〜シュリ〜

波乱の会議を終えた後、ガングレイブさんはウーティンさんの酒癖を気にすることなく部屋に戻っていきました。

というか、話のあまりの展開に、気にかけてられないって感じです。アーリウスさんとクウガさんが何を言っても、心ここにあらずっていうか。

やはりその場では堂々としてみせても、後になってみればいきなり領地を任されて不安にならないはずがありません。これから負うことになるだろう責任の重さを、ひしひしと感じているのでしょう。

お二人がガングレイブさんに付いて行ったので、後のケアは任せてしまいましょう。

「ということなんですよ」

「ええことやぇっ」

「全くっスよ！　回り回って、オイラたちが領地持ちの身分持ちになったってことじゃないっスか！」

で、僕はというと城から帰って宿屋の厨房《ちゅうぼう》に引っ込んで考えごとをしていたら、アサギさんとテグさんがやってきたので話をしたわけです。

あ、もう一人いたな。

「もぐもぐ……落ち込む理由がわからない……」

リルさんもやってきて、ハンバーグを所望したのでお出ししました。何食わぬ顔でやってきて、当たり前のようにハンバーグを要求し、僕もそれに応える。もはや様式美。

「確かにしてやられた感はある。テビスたちの本当の目的、何を狙っているのかはリルもわからない。ガングレイブが考えてもわからないってことは、何もないのかもしれないけど……テビス相手に楽観的にはなれない」

「なら、なおさら」

「だけど、それの何が問題？」

リルさんは美しすぎる所作でフォークとナイフを扱い、ハンバーグを口に運んでいます。もはやハンバーグを食べすぎて、ハンバーグを食べる所作に神々しさすら感じます。ハンバーグ限定ですが。

「問題って……あの人たちの狙いがわからない状況で餌に食らいつくのは危険では？」

「だから、問題はあるけどこちらの最大の目的は達成してる」

まるで王侯貴族のような所作でハンバーグを食べ終え、口元を丁寧に布で拭ったリルさんが言いました。

「こちらは安住の地を手に入れた」

「ええ、まあ」

確かにこれで根無し草にはならないでしょう。そこはリルさんの言う通りです。

だけど、僕は苦々しい顔をしました。

「その代わり、よくわからない因縁か縁《えにし》ができたと思うんですけど」

「建国なんて、因縁だらけだよ。それを世代を経るごとに因縁を晴らすか力にするかは、ガングレイブ次第。

一番最初の段階で不安がってたら、建国なんてできないし国を得るなんてしない方がよい。また根無し草に戻るだろうけど、不安からは逃げられる。その日の暮らしに一所懸命になってれば、未来を考えたための不安や葛藤は感じなくてすむ」

「でもそれは」

「そう、本当にその日のことだけしか考えないから、これがあと十数年もすれば、確実に立ちゆかなくなる。だから、ガングレイブが迷おうが不安がろうが関係ない。

この先十数年だけじゃない、数十年を見据えるためにも、ここは耐えるしかない。耐えて、あいつらの思惑を乗り越えるために雌伏《しふく》の時を過ごす。そして、独立する。

……べきと、リルは思う」

ハンバーグにも議論にも満足したのか、一気にだらけきったリルさんは力を抜いて机にもたれかかりました。ふにゃ、と力が抜けた感じ。

どうやらハンバーグを食べるのに使っていた女子力が尽きたみたいです。その女子力を普段から発揮してほしい。

「ま、リルの言うことも正論やぇ」

アサギさんは懐から煙管《きせる》と火種を入れた小さな壺を取り出すと、煙草《たばこ》に火を付けて喫煙を始めました。

「こら、ここは厨房《ちゅうぼう》です。喫煙はよそでやってください」

「ちょっとだけだから許してほしいぇ。ええと、そや。正論て話でありんしたね。わっちもリルの意見には賛成でありんす。しかし、それは正論であって最善論ではないと思うぇ」

「それはなぜか聞いても？」

「ガングレイブの気持ちが、そこに一切考慮されてないからでありんす」

まあ……確かにアサギさんの意見は正しい。

「ガングレイブは今、大変な立場に立たされているでありんす。自分の将来だけでなく、わっちら全員の将来に関わる、大事な決断の前に立っているぇ。

……いや、すでに決断は済ませているから、その先を歩くことに怯《おび》えていると言っても過言じゃありんせん。リルの言う通り、全てを合理的に判断して感情抜きで歩ければ楽でありんしょう。でもガングレイブだって完璧じゃない」

完璧じゃない。その言葉に、僕は心臓が一度大きく鼓動する感覚を覚えました。

そうだ。ガングレイブさんは完璧な存在じゃない。完璧であろうとしているだけの人間だ。あの人のスペックが凄《すご》いから時々忘れそうになりますが、僕と同じ人間なのです。

記憶力が高く、判断力だってこの場にいる誰よりもある。

だけどミスがないわけじゃないんだ。誰だってミスをするように、ガングレイブさんだってミスをしてきた。アズマ連邦との戦だって、アルトゥーリアのときだって、そしてここ、スーニティのときだって……判断の遅れからミスをしている。

というか、このミスは僕の暴走が原因だったりするけど、そこは省いておこう。

どこかで細々としたミスはある。それは確かだ。

「だから、わっちらにできるのは……ガングレイブが決断するまで後ろで待機するくらいやえ。もしくは……」

「もしくは？」

「後ろから尻を蹴っ飛ばして無理やり決断させるかやぇ」

アサギさんは両手の拳を打ち合わせて、乾いた音を鳴らしました。パン、と鳴ったその破裂音で、僕は完全に目を覚ました気分になりました。

「僕は、ガングレイブさんの行く先を見たいと思っています。このまま立ち止まっているのは、どうもガングレイブさんらしくない」

「どうする気っスか？」

テグさんが僕にそう聞いてくるので、僕は挑戦的な笑みを浮かべて返しました。

「そりゃもう、アサギさんの言うとおりケツを蹴っ飛ばすんですよ」

ということでリルさんたちが宿屋の厨房《ちゅうぼう》から出て行ってから、僕は一品だけ料理をこしらえてお盆に乗せ、城を歩いていました。

向かう先は、城内に用意されたガングレイブさんの部屋です。そこに目的はある。

会合から帰っていくガングレイブさんの後ろ姿には、迷いと弱さがありました。

なんだか、それをそのまま引きずると良くない気がする。だから、元気になってもらいましょう。無理やりにでもね！

そんなことを考えてガングレイブさんの部屋の扉をノックしました。

「もしもし、ガングレイブさん。いますか？」

……しかし、返答がない。何も反応がありません。

おかしいな？　もう外は夕方を過ぎて夕闇が広がってくるような時間帯なんだけど、部屋にいないのかな？　僕は無遠慮に扉を開けて中を覗《のぞ》きました。

「すはー……！　すはー……！」

すぐに扉を閉じました。うん、何もいなかった。

「なんかアーリウスさんがガングレイブさんのベッドに転がりながら、ガングレイブさんの服に顔を埋《うず》めて深呼吸してたけど何もなかった！」

気にしたら負けだあんなもん。関わってられるか。

しかし、ガングレイブさんはどこにいるんだろう？　まさか、仕事かな？

「さて……ガングレイブさんが仕事をしている前提で考えたら……執務室？　かな……？」

他に目的地もないので、そちらへ向かうとしましょう。一秒でも早くこの場を離れたい。

なので僕は以前の記憶を辿って、執務室へ向かうことにしました。内乱の際に城の中を走ったときに、ぼんやりと場所は覚えているからね。

しかし詳しい場所はわからない。来た道を戻りたくないし振り返りたくないので、おぼろげな記憶を頼りに歩きだしました。

確か、この廊下の向こうだったかな。そう考えていると、廊下を曲がった向こうから声が聞こえてきました。

「……して、妾《わらわ》に何を望むのじゃ。ガーンよ」

「何も。ただ、シュリのやることの後ろ盾になっていただきたいだけだ」

!?　この声は……テビス姫とガーンさん？　盗み聞きは良くないとはわかっているので

すが、僕は廊下の曲がり角に背中を預けて息を潜めました。

「まさかエクレスとギングスに兄がおって、しかも遠くへ留学しておる末の妹までおるとは。妾《わらわ》でも知らなんだぞ」

「これはまた盛大な嘘《うそ》を……。あなたなら、この程度のことは察知していたはずだ」

「はて、なんのことじゃろうな」

「先だっての会合で俺をあの場に呼ばなかったのが、あなたの誠意だってのは知ってる。ガングレイブにこの土地を任せるときに俺があの場にいたら、他の王族やあの場にいたっていう貴族たちに素性がバレてややこしいことになっていただろうからな」

「たまたまじゃろう。お主は……シュリの弟子じゃ。シュリが認め、直に技術を伝授しておる料理人ではあるが、あの場に料理人を呼ぶ謂われはなかろう」

「シュリは会への出席を認めたのに、か？」

「あの者は傭兵団《ようへいだん》の中でも重要な立ち位置にあるのじゃ。出席する意味は、あった」

「それはつまり、あなたにとってもシュリがあの場にふさわしいと思える理由があったということだな」

なんの話かはわからないけど、どうやら僕関連らしい。ガーンさんの声に、何か緊張のために硬くなっている雰囲気が感じ取れます。

「……そんなに深い理由はない。お主もアドラも、シュリの弟子じゃ。あまり政治に関わるものじゃないわ」

「それでも、伏してお願い申し上げる。シュリはこれから、多くの人に料理を振る舞う立場になる。これまで以上に、あいつに関わろうとするものが増えるだろう。

……あなたの言う通り、料理人は政治に関わるものじゃないし、料理の場に政争を持ち込むような料理人は論外だと俺も思う。

それでも、あいつを政争で絡め取ろうとする人間は必ず現れる。必ず、だ」

「だから妾が後ろ盾になれと？　料理人一人のためにか？」

「その料理人一人に随分と執心していたのは、あなただ」

二人の間に沈黙が流れます。何やら不穏な空気だ。

「……そのために、お主は妾に何ができる？」

「ニュービストに、俺たちの妹がいる」

「ふむ……」

「妹が何をしているのかは知らないが、シュリの部下として配属されるように手を回そう」

「それはつまり、妾とシュリとの間に繋《つな》がりを作るということであるな」

「言葉のままだ」

「しかしよいのか？　ガングレイブに黙ってそのようなことをして……お主はシュリの弟子であるが、同時にガングレイブの部下ともなった。

上司はガングレイブであるし、主《あるじ》はガングレイブとなる。その者の意向をまるきり無視して、頭越しに妾《わらわ》と交渉をしようなどとは、怒るのは予想できるはずじゃ」

「確かにその通りだ。あいつにも釘を刺された。しかし、俺はガングレイブは尊重してやるが、一番に考えるのはシュリのことだ。こんな俺を弟子に迎え、毎日丁寧に技術指導してくれるあいつの方が、俺には大事だ。それが答えだ」

……うーむ、難しい話をしてる。僕は必死に頭を働かせて、ガーンさんが何をしようとしているのかを考える。

多分、これから僕に起こるであろう政治がらみのいざこざを、テビス姫の後ろ盾を使って守ってくれようとしてるんだと思う。そうなのだと思うんだけど……どうなんだ？　本当のところは何を考えているんだろう。

僕には真意はわからないけども、それでもこれだけはわかる。

何かを犠牲にして、僕を守ろうとしているんだ。

僕は思わず廊下の角から出ました。

「どうも、テビス姫様。ガーンさん」

「⁉　シュリ！」

「シュリか」

テビス姫とガーンさんはそれぞれ、驚きようは違うけども僕がここにいるのは予想外だという顔をしていました。まあ、たまたまここを通りがかっただけだからね。

僕はお椀に盛られた料理を乗せたお盆を片手に、二人に近づきました。

「すみません、盗み聞きをするつもりはありませんでしたが」

「……ふむ」

テビス姫は踵《きびす》を返すと、廊下の向こうへ行こうとしました。

「テビス姫！」

それをガーンさんが慌てて呼び止めました。

「シュリに聞かれた以上、妾が口や手を出すことではなくなった。それだけじゃ」

「しかし！」

「シュリはガングレイブと深い信頼で結ばれておる。ここでの密談も知れるであろう。そうなれば再びガングレイブとの仲はこじれる。それを避けたいのじゃ、妾は」

「あ、なら僕は黙ってますよ」

当たり前のように言う僕に、ガーンさんとテビス姫は驚いていました。

僕はガーンさんの前に立つと、空いていた片手を軽く振り上げる。

そして、ガーンさんの頬へビンタを叩《たた》きつけた。

パーン、と音が響く。ガーンさんは驚いた顔をして頬をさすり、僕を見ます。

「シュ、リ？」

「これで、ガングレイブさんに黙ってテビス姫と密談をした罰を与えました。だけど、あなたの独断専行は最終的に上司である僕の責任になります。なので、」

次に僕は握りこぶしを作って、思い切り自身の頬を殴りつける。

何も考えずに本気で殴ったので、あやうく料理を落としそうになりましたが……寸前で堪《こら》えました。

しかし、痛いわ！　自分でやっときながらなんだけど。

「これで僕も罰を受けました。なのでガングレイブさんに報告することは何もありません」

「え、ちょっとそれは……」

「何も、ないです。いいですか？　テビス姫様」

僕は念を押すように、困惑した顔のテビス姫に言いました。

テビス姫は何か言いたげですが、すぐに思案顔になります。

「ふむ、身内間で始末をつけたのなら、妾《わらわ》が言うことは何もない」

「ありがとうございます」

危なかった……どうやら僕の真意を悟ってくれたようで、テビス姫はこの場のことを流してくれました。

しかしテビス姫は僕の耳元に口を寄せると、ガーンさんには聞こえないくらい小さな声で僕だけにこう告げます。

「しかしじゃ。そちたちのいざこざに妾を巻き込んだのじゃから、後で何か報いてもらおうかのぅ」

やはりそうきたか。なので、僕は同じくテビス姫だけに聞こえる声で言いました。

「とびっきり辛くて美味《おい》しい麻婆豆腐《マーボーどうふ》と、以前お約束したレモンのコンフィでいかがでしょうか？」

「うむ、それで許そう。……それで許される内容であったからの」

よかった……テビス姫が寛大な方で助かりました。テビス姫が離れてから、僕は大きく息を吐きました。緊張のあまり呼吸を忘れていたよ。

言葉の裏にあるのはきっと、「食事で許せる程度の内容であることを忘れるなよ」ってことでしょうね。これ以上問題が大きかったら、ご馳走では許してくれなかった。

「してガーンよ。もう一人の妹がニュービストにおるという話じゃが」

「はい」

「名は？　もしかしたら妾が知っておるかもしれぬ」

ガーンさんは答えました。

「フィンツェと申します」

「フィンツェ……すまぬが知らぬな」

テビス姫は腕を組み、ガーンさんへ視線を向けました。

「妾《わらわ》から本国へ向けて、フィンツェという女性が国内におるかどうか、調査を命じておこう。……何をしておるか、どこにいるかも確かめておいてやる」

「！　ありがとう、ございます……！」

ガーンさんは頭を下げ、肩を震わせていました。

「よい。長年会っておらなんだ家族じゃ。こちらへ呼び戻すのもよかろう。旧勢力はいなくなったし、もう呼び戻してもよい……と思うのじゃからな」

「はいっ」

「ま、呼び戻してからどうするかは本人に決めさせればよいし、戻らぬなら戻らぬで、せめて無事であることは確かめておけばよかろうよ。そして」

テビス姫は悪戯《いたずら》っ子のような笑みを浮かべて、僕を見ました。

「戻るなら、任せる先も決まっておろうな」

「それってつまり」

「皆までは言わん。では妾は行くぞ」

それだけ言うと、テビス姫は背を向けて今度こそ去っていきました。

……これは、テビス姫の思い通りに事が運んだってことなのだろうか？　結局、ガーンさんの妹……ニュービストにいる末の妹さんが、僕の下に来るってことだろうか……。

まあ、それはそのときに考えよう。

「ガーンさん」

「すまない、シュリ」

僕が何かを言う前に、落ち込んだ顔をしてガーンさんが言いました。

「何がでしょうか」

なので僕は、あえてとぼけることにしました。ガーンさんは言いにくそうにしていましたが、苦々しい顔をして答えます。

「お前にも、ガングレイブにも黙ってテビス姫と密談を交わしたことだ」

「僕があなたに与えるべき罰は与え、僕が受けるべき罰は受けました。テビス姫もそれを了承してくれたからこそ、この場を引いてくれたのではないでしょうか」

「それはそうだが」

僕がガーンさんが何かを言う前に、拳をガーンさんの胸に当てました。

「なので、僕が聞きたいのは一つだけ。何を、どうして、そうしようとしたか……それを聞かせてもらえれば、もうこの話は終わりです」

グッ、と拳に力を軽く込めてから、ガーンさんから離す。

ガーンさんは驚いた顔をしていましたが、真剣な顔つきに戻りました。

「俺は、お前を守りたかった。というか、お前を守らなければ俺は料理人になれない」

「はい。そうですね」

僕はガーンさんの師匠だ。今はまだ技術を教えている最中です。

もし僕に何かあれば、ガーンさんとアドラさんは困ったことになるだろうことは、予想に難《かた》くない。

しかし、そのためになぜテビス姫が出てくるのか？　それを聞かないといけない。

「それで、師匠である僕を守るためにテビス姫と何を？」

「テビス姫の後ろ盾を得ようと思った」

「……僕たちにはすでにガングレイブさんがいる。後ろ盾なんて考えなくてよいのでは」

「それだけでは甘いんだ。ガングレイブはまだ、まだ大きくない」

ガーンさんは真剣な顔のまま、僕の両肩を掴《つか》みました。

ぐぐ、と力がこもっていく。痛みもあるけど、僕は顔色一つ変えずにガーンさんの瞳を見つめる。

そして瞳の中に炎を見た。荒々しく熱い、それでいて清廉な炎を。

自分が信じるもののため、自分が守りたいもののために全力を尽くさんとする男の目だ。

「ガングレイブは確かにテビス姫たちの後ろ盾を得て、この領地を得た。だが、まだこの領地の全てを掌握するほどの才覚を示すものはない。その間にも、この決定を不服に思う人間が何かしないとも限らない。そして、その悪意はお前にも必ず降りかかる。だからテビス姫の、さらなる後ろ盾が必要だ。そのためなら」

「そのためなら、遠く離れて長年会っていない妹を犠牲にする、と?」

「必要なことだ」

……全く、心配性だなぁ。ガングレイブさんも似たようなところを見せるけど、ガーンさんも大概だ。

僕は空いている片手で、ガーンさんの手を優しく退《ど》かしました。

「大丈夫。僕は、大丈夫です」

「何を根拠にっ」

「だって、みんながいるじゃないですか。ガーンさんだって、いるでしょ? 僕は一人じゃない、みんながいる。だから大丈夫。でしょう?」

僕がハッキリとそう言い切ると、ガーンさんはしっかりと頷《うなず》き返しました。

「ああ、俺もいる。他の奴らもいる」

「僕は今まで、たくさん助けられてきましたから。今度は僕が、何かで支えられればと思います」

「お前は十分、他の奴らの救いになってると思うぞ」

「だといいのですが」

僕は苦笑しながら言いました。なんせ捕まってばかりだからなぁ。みんなに迷惑をかけるばかりで、助けられた分の恩を返せてるかどうか。

だけど、恩を仇《あだ》で返すことだけはしてないつもりです。

ちゃんと恩を返そうと思い続ける限り、僕は大丈夫のはずだ。あの人たちの隣に立っていられるはずだ。

「さて……それはそうと聞きたいことがあります」

「なんだ？」

「ガングレイブさんが今どちらにいるかご存じですか？　部屋にいなかったので」

「それならエクレスの執務室にいるはずだ。話があるらしい。……もしかしてその手に持っている料理を届けようとしていたのか？」

「ええ、まあ」

「それはすまないことをしたっ。すっかり冷めてしまっただろ……」

む？　ガーンさんがすまなそうな顔をしていますが、僕は苦笑して言いました。

「ああ、大丈夫ですよ」

僕はお盆に乗った料理を示して、

「これ、元々冷たい料理なんですよ。冷めても問題ないっていうか、そもそも冷めてる料理なんです」

「え」

驚いた顔をするガーンさんですが、説明する時間が惜しいので、僕は廊下の向こうへ視線を向けました。

「では僕はこれを届けに行きますのでこれで失礼します。教えてくださってありがとうございました」

「あ、ああ」

「それと最後に一つ」

僕は歩き出し、ガーンさんの方を振り返らずに言いました。

「守ろうとしてくれてありがとうございました」

それだけ告げて、僕はその場を去る。

後ろでガーンさんが何をしてるかわからないけど、

「これからも、お前を守るよ。俺のためにも、エクレスとギングスのためにも」

と元気な返答が来たので、失敗を引きずってはいないのでしょう。

それでいいのです。もうその話は、終わったのですから。


で、結局僕はエクレスさんの執務室へ向かうことにしました。あとはこの階段を上って、廊下の角を曲がるだけだ。

そのとき、階段の前に立ったら、陰から誰か出てきました。

「待っておったぞ、シュリよ」

なんとそこにはテビス姫が。隣にはどこで合流したのかウーティンさんまで一緒にいる。

いや、なぜここに？　さっきはなんか格好良く去って行ったじゃないですか？

「テビス姫様？　どうしてこちらにいらっしゃるのですか？」

「うむ、忘れておったことがあってじゃな」

「麻婆豆腐《マーボーどうふ》をいつ作ってもらうかの話ですか？」

「そうではない。いやそれも大切なことなのじゃが、今はそれではない」

なんだ、違うのか。てっきりその話かと思いましたよ自分。

しかし違うとなるとなんだろうか。僕が疑問に思っていると、テビス姫が近づいてきて僕が持っているお盆に手を伸ばしました。

「なーに、さきほどは話をしてる最中でも視界の端にあった、その料理をいただこうかと思うてな！」

「いや渡しませんよ?!」

なんと、テビス姫がお盆に乗せた料理を奪おうとするので、慌ててお盆を背中に隠して守りました。なんだいきなり。

「これはガングレイブさんに渡すものなので、いくらテビス姫でもここで渡すのはちょっと……」

「つれないことを言うでないわ！　妾《わらわ》とシュリの仲であろう、ちょっとつまみ食いする程

度、つべこべ言うでないっ」

「人様への料理を横から奪おうとしている段階で、仲がどうとか関係ないですよ！」

なんだ？　このためにここで待ち伏せしていたというのか？　なんという執念だ……料理を奪われないように逃げてるけど、この人の目がずっと料理を捉えていて怖いぞ。

「なに、冷めていてもシュリの料理が旨《うま》いのは知っておる！　遠慮はいらん、妾《わらわ》に差し出すがよい！」

「いや、これは元々冷たい料理なので冷めてるも何もないですよ……っ！　温《ぬる》くなるってことはあるでしょうけど、ね……！」

僕は必死にテビス姫の追跡を躱《かわ》しながら説明しました。こんなところで料理を奪われてたまるか、戻って作り直しなんてしてられない。

「冷たい料理？」

テビス姫の動きが止まりました。

「最初から冷たい料理か。それはスープだな。スープは温かいものと思っておったが」

「間違いではないです。でも、これは冷たい汁物なんですよ。そして……」

僕は背中に隠していた料理を前に出して、思わず苦笑しました。

「失礼ながら、これをテビス姫にお出ししては、不敬であると怒られてしまいます」

「妾はシュリの料理でそんなことをせぬぞ！」

「話がややこしくなるのでそこまでにしてください。……これはですね、テビス姫。いわゆる、陣中食ってやつなんです。それをガングレイブさんに届けようと」

僕がそういうと、テビス姫は何かを考えるように眉をひそめました。

そして言いたいことがわかったのでしょう、苦笑いを浮かべます。

「お主は。また、これはなんとも皮肉が効いた食事を出すのじゃな」

「ガングレイブさんにはそういう意識でいてほしいなと」

「なるほど。確かにその食事、妾が手を出すわけにはいかぬな」

テビス姫は僕の横を通り過ぎました。

「なに。麻婆豆腐《マーボーどうふ》とレモンのコンフィの約束はもらっておるのじゃ。欲をかくのは、ここまでにしておこう」

「ありがとうございます」

「うむ。ガングレイブによろしくの」

それだけ言うと、テビス姫は去っていきました。

よかったよ、話が通じて。あのままだとこの料理を奪われるところだったからね。

そんなことを考えていると、ウーティンさんが僕の近くに立って言いました。

「姫、さま、が、迷惑、を、かけ、た」

「お気になさらずに。わかってもらえれば僕はそれでいいので」

僕が笑顔で言うと、ウーティンさんは安心したように息を吐きます。

「姫、さま、は、嬉《うれ》しいの、です」

「嬉しい？」

「この地に、来て、またシュリの、料理、を、食べられることが」

ウーティンさんが真面目な顔でハッキリ言うので、僕は思わず恥ずかしくなりました。

顔が赤くなってないか、思わず顔を触ってしまうほどに。

「いや、本当にそう思っていてくださるなら、これ以上に嬉しいことはありませんけど」

「本当、だから」

そ、そうか。本当なのか。なら、喜んでおこうかな。

思わず照れてしまいましたが、ウーティンさんはそんな僕を無視して、何も言わずテビス姫の元へ駆けていきました。言いたいことは全部言ったという様子です。

そんな姿を見て、僕は思わず笑っていました。いや、なんというか。

「この国にいて、またあの人たちのああいう姿を見ることになるとはなぁ」

ニュービストで出会った頃から、あの人たちはああいう感じだった。常に一緒にいる。

そして背中を預け合ってる。信頼し合ってる。

なんとも羨ましい。そして、輝かしいものに見える。主従関係として、これ以上に美しいものはないと思うほどに。

……だから、疑問が浮かぶ。

「そういえば、ガーンさんとテビス姫が一緒にいたとき、なんでウーティンさんが一緒にいなかったんだろ？」

ふと湧いて出た、小さな疑問。

まあ今は考えなくていいや。僕が考えてもどうにもならないし。思考を切り替えて、当初の目的だったガングレイブさんに会いに行こう。


で、ようやく扉の前に立った僕は、胸に手を当てて息を整える。

「……緊張するな」

なんでだろう、緊張する。この扉の前に立つと、不思議と得体の知れない不安感が胸を支配する。

どうしてだろう、と考えても結論が出ない。こんなことは初めてだ、ガングレイブさんに会うのが怖いと思うなんて。

「……考えていても仕方がない」

自分に言い聞かせるように呟《つぶや》き、僕は扉をノックする。ここはエクレスさんが使っていた執務室だ。ガーンさんの話ではここにいるとのこと。

何のために？　どうしてここに？　そんなことを思うのは無駄だ、やめておこう。

もう扉の前に立って手を伸ばしたんだ。覚悟を決めろ。

「ガングレイブさん。シュリです、入ってもよろしいですか？」

「シュリ？　どうした、入れ」

中からガングレイブさんの返答が聞こえる。その声に従い、僕は扉を開けました。

そこでは、ガングレイブさんが執務室の椅子に座り、傍《そば》にエクレスさんが一緒にいる。

机の上には膨大な量の書類と帳面が散らばっていて、床にも置いてある。

「お疲れさまですガングレイブさん。あの、これは？」

「それはね、シュリくん」

エクレスさんは僕の姿を見ると嬉《うれ》しそうに、こちらに近寄ってきて僕の肩に肘を乗せました。なんか顔が近いな。

「あの話し合いで、ガングレイブがこの土地を治めることになったじゃないか」

「かなり無理やりな話し合いでしたがね」

そうだ、思い返してみてもなかなかの屁理屈《へりくつ》合戦だった。なんだかんだ、それがわかる程度には考えが及ぶ。

「そうだね！　かなりの屁理屈のぶつけ合いだった。でも……それでもガングレイブは四国の後ろ盾を得てこの領地を得たんだ。これから、領主として働かなきゃいけない」

「ええ、そうですね」

「だから、ボクからできる引き継ぎをしていたんだ」

ああ、なるほど。だから一緒にいたのか。机の上と床に散らばる書類と帳面は、それを教えるためのものだったか。

一枚拾い上げて見ると、この世界の言葉で何かの収支報告が書かれている。数字と文字の羅列だけど、父さんの店を継ごうと決意していたから、こういうのは少しだけわかる。

とはいえ、一つの領地ほどの規模の大きな経営関連の書類なんて、理解しきることはできない。ああ、こういうときに勉強不足を後悔する。

「それで、部屋の隅っこでアーリウスさんが血涙を流さんばかりに充血した目で、こちらを睨《にら》んでいるんですか。怖いっスよあれ」

そう、ここにアーリウスさんがいるのは当然だと、僕は思っていました。こんな男女二人っきりの空間を、アーリウスさんが許すはずがないと。いや、ていうかそもそも、いつの間にガングレイブさんの部屋からここに来たのよ？

「シュリ、言っとくけどね……彼女はいつの間にかこの部屋の前に来てたらしくて、扉を開けてこちらを覗《のぞ》いたかと思うと、音も立てずに部屋に入ってあの位置に陣取って、こっちをじっと見てたからね」

「……ガングレイブがこの領地を引き継ぐ以上、この部屋にいることは予想できていました。疲れて消耗していた気力を補充して来てみたら……ここで女と二人きりで……」

怖っ。声に怨嗟《えんさ》がこもってるよ。アーリウスさんはそのまま微動だにせず、それこそ瞬きすらせずにこちらを睨《にら》んでいるのです。無表情で、ジッと。

見つけたときには悲鳴を上げそうになりましたよ。無視して見なかったことにして、逃げ出したくなるほどに。

「俺だって、さすがに妻がいる身で女と二人っきりになるのはマズいとわかってるさ。いや、領主となったからには側室も」

カツン。

ガングレイブさんが続きを言う前に、アーリウスさんがその場で足踏みをしました。靴と床がぶつかることで鳴る足音が、妙に響きわたる。

なんだか、アーリウスさんの無言の圧を感じるぞ。

「いや、俺には最高の嫁さんがいるからな！　側室なんて、いらないか！」

「そうそう！　美人でお淑《しと》やか！　傍《そば》にいて支えてくれる最高のお嫁さんがいますよ！」

「シュリくん。ボクはぜひとも君とそういう関係になりたい」

「エクレスさんここではややこしいことになるので言わないでくださいお願いします」

早口で言い切って、僕は改めてガングレイブさんの前に机越しに立ちました。

「さて。ガングレイブさん、これをどうぞ」

「ん？」

僕はガングレイブさんの前に、皿と匙《さじ》を置きました。

「疲れているでしょう。仕事で火照《ほて》った体にはちょうどいいかと」

「なんと、ちょうどいいときに持ってきてくれたな」

「ええ。ではこの」

僕は笑顔で言いました。

「冷や汁をどうぞ」

冷や汁っていうのは、簡単に言うと冷たい味噌汁です。冷たいだし汁に味噌と調味料を合わせて、そこに具材を加えて作る料理ですね。

まあ冷たい汁なので夏場に食べるものです。そして地球の現代日本では、郷土料理としても親しまれておりますね。ちなみに「ひやしる」と「ひやじる」、どちらで呼ぶかは地域で異なる。

古くは鎌倉時代の記録にも記述が見つかる料理です。昔、修業時代にこれの存在を知って自宅で試して、夏場はこれを主食にして生活してました。美味《おい》しいんだもん。

そして地域ごとに調理方法や入れる具材が違っていたりします。こういう郷土料理は地域ごとに個性が出て面白いので、ぜひ調べて食べに行ってください。

で、今回の冷や汁の材料はゴマ、だし汁、砂糖、塩、味噌、キュウリ、豆腐です。

まあ作り方なんて、器に調味料を入れて混ぜ合わせて、だし汁を入れて、あとは切ったキュウリと豆腐を加えて完成なんだけど。煮込まないからキュウリは薄切りにした方が食べやすくていいですよ。

「じゃあ、いただこうか」

ガングレイブさんはそう言うと、一気に冷や汁を食べ始めました。どうやら相当、お腹《なか》が空《す》いて疲れていたみたいですね。

「うむ、旨《うま》い」

ガングレイブさんは一気に食べ進めながら言いました。

「冷たいスープだが、十分に味を楽しめる。ゴマの香りとだし汁の旨み、そしてもう一つ何かの調味料が、疲れて火照《ほて》った胃に気持ちよく落ちていく。

それにキュウリがこれによく合う。薄切りにしてあるから汁の味が染みこみやすい。煮込まない料理だからな。こういう工夫がいるんだろうな。

同時に豆腐も合う。ときどきシュリが、豆腐をそのまま出すことがあるが……なるほど、冷たい料理にもよく合う」

ガングレイブさんはそのまま汁まで飲み干し、机の上に器を置きました。

「ぷはー……いやー、助かった。エクレスからこの領地のこととか、仕事のこと、人事のことを山ほど聞いて引き継ぎをしていたから、頭が熱くなってたらしい。冷たくて腹持ちがいい料理を出してくれて、満足したぞ」

「はい」

僕は器と匙《さじ》を片付けました。うん、綺麗《きれい》に食べてくれている。

「それで、聞きたいことがあるんですけど」

「なんだ？」

「ガングレイブさんは、もう覚悟を決めたってことでいいんでしょうか。こうやってエクレスさんに仕事のことを聞いてるってことは……」

僕がそう聞くと、ガングレイブさんは驚いた顔をしました。

そして僕が何を言いたいのかを考え、理解してくれたらしく、咳払《せきばら》いをします。

「ゴホン……なるほど、お前たちが不安になるのも理解できる」

「ガングレイブさん」

「大方、ここに来るまでに悩んでいる俺を見て、他の奴らもそう考えてるってことだろ」

うぐ、バレてる。僕が思わずのけぞりながら顔をしかめると、ガングレイブさんは真剣な顔のまま言いました。

「……ハッキリ言って、不安がないと言えば嘘《うそ》になる」

「ガングレイブさんでも、ですか？」

「俺だからだよ。夢を掴《つか》めるチャンスが目の前に転がり込んできて、しかも他国の思惑が絡んでいる。これで不安にならない方が、緊張しない方がおかしいだろう」

ガングレイブさんが吐き捨てるように言いました。

「こんな形ではなく、仕官が叶《かな》った上で領地をもらい、そして未開地の開拓から始まる……そう考えてばかりいた。実際に夢を掴《つか》んだと思ったらどうだ？　しがらみや権謀術数《けんぼうじゅっすう》がひしめく場所に放り込まれたんだ。

……俺だけなら、喜んで茨《いばら》の道も進むがな。俺には部下がいる。お前たちがいる。俺一人で済む話じゃない」

だけど、とガングレイブさんは僕の目を真っ直ぐに見つめる。

その目には迷いも揺らぎもなかった。ただただ、強い意志を感じた。

クウガさん、アサギさん、リルさん。

どうやら僕たちの心配は杞憂《きゆう》だったよ。この人に、心配することなんてないみたいだ。

「だから、俺は挫《くじ》けないぞ。利用されていることに憤りを感じる暇もない。あいつらに利用されつつこちらも利用し、いつか対等になってみせる。見てろ、シュリ」

「そうですか」

僕は目を伏せ、思わず微笑を浮かべていました。ガングレイブさんの様子を見て、安心した。心配はない。だから、僕はガングレイブさんに言いました。

「ガングレイブさんにお出ししたさっきの料理なんですけど」

「それがどうした？」

「これ、暑い日に食べること以外にも、意味を込めていたんです」

僕は顔を上げ、笑みを浮かべてガングレイブさんに言いました。

「これは陣中食なんですよ」

そういうとガングレイブさんは意味に気づいたらしく、椅子にもたれかかって腕を組みました。不敵な笑みを浮かべ、僕を見つめる。

「これからは戦のつもりでやれと、俺が腑抜《ふぬ》けていたら活を入れるつもりだったか」

「その通りです。いらぬ心配でした」

「全くだ。心配はいらん。フフフ……そこまで心配されていたとはな」

僕はエクレスさんにすまないと思い、言いました。

「すみません……ガングレイブさんが一人でいるのだと思ったので、他の人の分を用意していません。今度何か埋め合わせをしますので、許してもらえますか？」

「そうだね。埋め合わせはしてもらおうかな？　……それに『陣中食』なんだろ？　ガングレイブが食べるのが一番じゃないか」

よかった。エクレスさんは理解してくれたようで、苦笑を浮かべて言いました。

ガングレイブさんはひとしきり笑うと、机の上の書類を掴みました。

「さて、お前の言いたいことはわかったし、俺の言いたいこともわかっただろう。心配せず休むといい。俺はもう少し、エクレスと仕事だ」

「そうさせてもらいますが」

僕はアーリウスさんの方を指さして言いました。

「あれはそのままでよろしいので？」

相変わらず、瞬きもせずにアーリウスさんが佇《たたず》んでいました。

違うのは、なんか体が左右に揺らぎだしたってところですかね。フラ、フラ、と揺れています。

なんか……獲物に食らいつこうとする肉食獣みたいだ。単純に怖い。

「……エクレス」

「なんだい？」

「今日はもう終わりにしよう」

「その方がいいね」

「終わったのですね！」

瞬間、空間が爆《は》ぜた。いや、正確には弾けたと言った方がいいだろうか。

アーリウスさんが一瞬にしてガングレイブさんの隣に立ち、肩を揉《も》み始めたのです。どうやったの？　なにこの焦げ臭い匂い……？

「何が起きた……どうやったんだ」

エクレスさんも呆然《ぼうぜん》としています。

するとアーリウスさんは優越感に満ちた顔で言いました。

「ふふふ。これはガングレイブに一瞬にして近づくために編み出した魔法です。正確には、足の下で小規模な爆発を起こしつつ、風で姿勢を制御し、シュリに教えてもらった、雷が神経を伝って体を動かすという原理を利用して脳と体の反応速度を上げ、超高速移動を可能にしたのです！」

「うーん、なんという魔法の無駄遣い」

それ、もっと別の使い方があるだろうに……と思いましたが、それを言うのはやめました。今のアーリウスさんに何を言っても無駄だ。

「ねぇ？　その優越感に満ちた顔、もしかしてボクからガングレイブを奪い返したことによる勝利を感じてるの？」

「もちろんです」

「最初から勝負してないよ。ボクは」

エクレスさんは僕の後ろに回ったかと思うと、後ろから抱きしめるように腕を回してきました。優しく首に抱きつくように、です。

「ボクはこっちと一緒にいる方が楽しいから」

「そいつぁどうも。ケッ!!」

なんだよ、勝負すらしてないと思ったらアーリウスさん、思いっきり嫌そうな顔で舌打ちしたよ。怖いよ、その顔。

「あの、エクレスさん」

「なんだい？」

「この姿勢、とても、その、恥ずかしいので離れてもらえると」

僕は平静を装いながら言いました。あのね、エクレスさんは女性なんだよ。それもとびっきりの美人なんだよ。こんな風に抱きしめられて、僕は顔が真っ赤だし緊張で膝が震えちゃうんだよ。

そんな僕の硬直を見抜いたエクレスさんが、僕の顔の横に首をヌッと出しました。

気味が悪いほどの、満面の笑み……！

「そうかそうか！　キミも男の子だもんね仕方ないね！」

「わかってもらえたなら離れて」

「じゃあこのままここから離れよう！　アーリウスとガングレイブに悪いからね！」

「え、ちょ！」

僕が止める前に、エクレスさんは抱きついたまま僕を連れていこうとし始めました。

なんだこれ、これが、青春……？　なわけあるかっ。

「ガングレイブさん！」

と、僕が振り返ってガングレイブさんの方を見た瞬間、背筋が凍りつきました。

アーリウスさんが、空洞のような目でこっちを観測《み》てる……！　こええ！　人間がする目じゃないよ！

ちなみにガングレイブさんは、アーリウスさんに後ろから肩を揉《も》まれてマッサージされているので、そんな目に気づいていません。なんというか、ちょっと癒やされてる顔だ。

知らぬが仏や。

「お、おう、シュリ、大変だな」

「いえ、なんでもありません。今日はここで去ります」

「は？　あ、ああ」

何がなんだかわからないって顔をしてますが、そのまま僕とエクレスさんは部屋を出ました。そろそろ離してくれるかな？

「じゃあ、このままボクの部屋に行こうか……」

正直、びっくりして動けなかった。エクレスさんが後ろから熱を帯びたように、息を荒くして呟《つぶや》くので、怖くて怖くて仕方ねぇ。

「あの、エクレスさん。僕はそろそろ」

「遠慮はいらない。時間はあるからね……具体的には日の出まで……」

「そこまでだ！」

と、エクレスさんが僕を連れて行こうと体を動かした瞬間、廊下の向こうからリルさんが走ってきました。そのままの勢いで僕からエクレスさんをひっぺがしてくれました。

「油断も隙もない！　シュリはまだ仕事がある！」

「ち!!　邪魔が現れるかとは思ってたが、予想以上に早い！」

「帰れ！　具体的には自分の部屋に！」

「断る！」

そのまま僕の目の前で二人がキャットファイトを始めちゃったんだけど……どうすればいいの、これ？

止めようにも、二人ともなんか変なポーズで構えて取っ組み合いをし始めたので、止めようがないんだけど……！

結局、二人の騒ぎを聞きつけたガーンさんとアサギさんが現れ、説教を始めるまで続きました。

まあ、なんだかんだで夢の第一歩を踏み出すことができました。

これからどうなるのか、どこへ向かうのか。

僕は、彼らと一緒にそれを見定めよう。

僕は傭兵団《ようへいだん》の料理番なのだから。

閑話　剣術稽古 〜クウガ〜

ワイこととクウガはミトスと二人で城の裏庭におった。

なんだかんだと酒で滅茶苦茶になってしもうたが、ガングレイブがこの領地を治めることになったのは間違いないやろ。

ワイらは木剣を持ち、体を解《ほぐ》して準備を進める。

「わがままを聞いてくださってありがとうございます、クウガさん」

「構わん。ワイも魔剣騎士団のリィンベル流剣術を相手に稽古したかったでな」

そう、ワイとミトスは剣の稽古をするためにここに来ておる。

先日、ワイの稽古や鍛錬が気になる言うとったからな。あんときも一緒に稽古するためにここに来たわけで。

しかし、なんかミトスの顔が明らかにガッカリしとったのは見逃しておらん。手なんぞ出すわけないやろ。

「ええ、構いません」

「これでええんか？」

「あの話し合いが本当になるのなら、ワイもさらなる力を付けにゃならんからな」

「そうですね。アタシも、これからのことを考えると稽古を積んでおきたいと思っていました」

「これから、のぅ」

「これからです。クウガさんたちがこの領地を治め、アタシたちと交流を深め、そのことを邪推する周辺諸国が現れないとも限りませんから」

「それは……そういう火種があるということか？」

「そう取ってもらって構いません。この、ほぼ大陸中央に位置する国とアタシたちオリトルの間に国交ができると、いろいろと不都合を感じる国もありましょうから」

なるほどのぅ。あの川だらけの国とここの間に街道か何かができたら、不利益を被《こうむ》る国があるんやな。これは重要な情報じゃ、後でガングレイブに言っとくか。

ワイは準備体操を終えると、無構えの姿勢を取る。

「じゃ、始めようか」

「はい」

ミトスはそれに対して、剣を八相構えの位置へ。ワイとミトスの間に、緊張が生まれる。

「せっかくじゃミトス。ワイの奥義を見せたろう」

「奥義？　……まさか、ヒリュウ兄を倒した」

「あれとは別じゃ。行くで」

ミトスの顔に緊張と笑みが浮かんだ。ワイの奥義を見られることが嬉《うれ》しいのやろう。

しかし、この奥義は一見しても真似は絶対にできん。行くぞ。

「空我流《くうがりゅう》第弐《だいに》奥義《おうぎ》」

ワイは両腕をだらんと脱力させる。

「壱意閃心《いちいせんしん》」


〈『傭兵団の料理番 11』へつづく〉

ヒーロー文庫

傭兵団《ようへいだん》の料理番《りょうりばん》 10

川井《かわい》 昂《こう》

2020年8月10日　第1刷発行

発行者　前田起也

発行所　株式会社　主婦の友インフォス
〒101-0052 東京都千代田区神田小川町 3-3
電話／03-6273-7850（編集）

発売元　株式会社　主婦の友社
〒141-0021
東京都品川区上大崎 3-1-1 目黒セントラルスクエア
電話／03-5280-7551（販売）

印刷所　大日本印刷株式会社

ISBN 978-4-07-445050-3